蜀山劍俠傳

第一部

1 訪道入山

還珠樓主——著

蜀山劍俠傳

目錄

蜀山劍俠傳

目錄

推薦序

別開武俠生面的還珠樓主

《武俠小說史話》作者 林遙

中國的武俠小說發展到二十世紀三〇年代，創作的中心開始由南方轉移至北方的京津地區，遂有「北派五大家」的稱呼出現。這其中產生巨大影響的，當屬以「奇幻仙俠派」別開武俠生面的還珠樓主。

還珠樓主在筆下開創了世界上亙古未有、異想天開的奇幻世界：

關於自然現象者，海可煮之沸，地可掀之翻，山可役之走，人可化為獸，天可隱滅無跡，陸可沉落無形，以及其他等等；

關於故事的境界者，天外還有天，地底還有地，水下還有湖沼，石心還有精舍，以及其他等等；

對於生命的看法，靈魂可以離體，身外可以化身，借屍可以復活，自殺可以逃命，修煉可以長生，仙家卻有死劫，以及其他等等；

關於生活方面者，不食可以無饑，不衣可以無寒，行路可縮萬里成尺寸，談笑可由地室送天庭，以及其他等等；

關於戰鬥方面者，風霜水雪冰、日月星氣雲、金木水火土、雷電聲光磁，都有精英可以收攝，煉成功各種兇殺利器，相生相剋，以攻以守，藏可納之於懷，發而威力大到不可思議。

還珠樓主（一九〇二至一九六一），原名李善基，後改名李壽民，四川長壽人。他出身於書香門第，祖上世代簪纓，其父李元甫曾於光緒年間在蘇州做官，由於不滿官場黑暗，後辭官還鄉，靠教私塾為生。在父親的悉心教導下，李壽民從小便學習中國傳統文化，文學積澱頗豐。三歲伊始，李壽民讀書習字；到了五歲，已能吟詩作文；七歲時，已能寫下丈許楹聯；年方九歲，因一篇洋洋五千言的《「一」字論》，在鄉里有神童之稱。李壽民生平興趣廣泛，頗務雜學，於諸子百家、佛典道藏、醫卜星相無所不窺、無所不曉，堪稱奇才。

李壽民的人生經歷，跌宕曲折，傳奇色彩十分濃厚。十歲時，他在塾師「王二爺」的帶領下多次登上峨嵋和青城。李壽民後曾在日記中反覆提到「三上峨嵋，四登青城」的所見及體悟。李壽民的塾師「王二爺」與一般腐儒不同，不僅能如數家珍地即興解說掌故，還曾帶他前往峨嵋仙峰寺，拜見了一名精通氣功的和尚，此後堅持鍛煉，從未間斷。

峨嵋山、青城山優美的傳說故事，層巒疊嶂、千姿百態的壯麗景色，使童年的李壽民流連忘返，這種生活和經歷，也為他後來的作品《蜀山劍俠傳》和《青城十九俠》提供了豐富的創作源泉。

李壽民少年喪父，家道中落，隨母親投親蘇州，後移居天津，先後做過軍中幕僚、郵政局職員、報紙編輯等職務。

李壽民的愛情婚姻的經歷也非常不平凡。李壽民夫人孫經洵，父親是大中銀行董事長孫仲山。

一九二八年，李壽民經友人介紹，擔任天津警備總司令傅作義的中文秘書，彼時留英歸國的英文秘書段茂瀾和他興趣相投、十分要好。段茂瀾不久擔任天津電話局局長，邀請李壽民做他的秘書，李壽民應邀而去。一九二九年春，李壽民業餘時間兼職在孫仲山家中做家庭教師。二小姐孫經洵與這位比她大六歲的家庭教師相愛。得知此事後，孫仲山大怒，他將李壽民辭退，並嚴斥孫經洵，孫經洵憤而離家。孫仲山藉「拐帶良家婦女」之名，把李壽民送進監獄。開庭審理過程中，孫經洵出人意料地出現在旁聽席上，氣宇軒昂地表示婚姻自主權掌握在自己手中，李壽民因判無罪釋放。

一九三二年二月五日，李壽民與孫經洵舉行婚禮，彼時，他已開筆創作《蜀山劍俠傳》，寫完十二回，恰巧友人唐魯孫臨時代理《天風報》社務，力促李壽民將書稿交由《天風報》連載發表，李壽民答應下來，開始以還珠樓主為筆名，撰寫《蜀山劍俠傳》。

還珠樓主筆名的來歷，與李壽民的初戀有關。少年時期，李壽民曾在蘇州認識了比他年長三歲的姑娘文珠，兩人正是青梅竹馬、兩小無猜，嗣後感情漸生，彼此不離形影。十六歲時，李壽民意識到自己正處於初戀中。然而由於家境所迫，李壽民當時要北上天津謀生，後來兩人只能以書信往來。不想天意弄人，變故無常，文珠誤入風塵，從此杳無音訊，李壽民精神上受到創痛。婚後的李壽民還會偶爾提起文珠，夫人孫經洵聽後，對文珠的遭遇深感同情，建議他以還珠樓主為筆名，取唐代詩人張籍《節婦吟》「還君明珠雙淚垂」詩意，以此紀念文珠。

《蜀山劍俠傳》在《天風報》一經刊出，大受讀者歡迎，《天風報》發行量成倍增長，李壽民從此一發不可收拾，名聲越寫越大。

《蜀山劍俠傳》寫於「九一八」事變後不久，開篇以愛國情懷為基調。全書第一集第一回的第一位出場人物，是一名鬚髮全白的半百老人，他立於舟上，慨歎道：「哪堪故國回首月明中！如此江山，何時才能返吾家故物啊！」哀慼之情，溢於言表。

多年後，談及《蜀山劍俠傳》的創作歷程時，李壽民寫道：「第以稗官雖屬小道，立言貴有寄託，涉筆不慎，往往影響世道人心，故於荒唐事蹟之中，輒寓愛國孝親之旨。」

一九三七年，「七七」事變後，李壽民因為子女眾多，滯留北平，以寫小說為生。一九四二年二月，時任中央廣播協會會長的周大文（原北平市市長）邀請李壽民擔任偽職，李壽民為之拒絕，於是被冠以「涉嫌重慶分子」的罪名抓到憲兵隊，遭受鞭打、灌涼水甚至往眼睛揉辣椒麵等種種酷刑。然而李壽民始終不肯屈服，經過七十天的煎熬，終於在社會人士的保釋下出獄。這一次酷刑折磨，李壽民視力大損，不能親自執筆，只好請秘書筆錄由他口授的文字。李壽民踱步屋中，指天畫地，滔滔而談，逐步構築起自成一家的「劍仙世界」。

此後，李壽民的小說開始由報紙連載轉向大規模結集出書，《蜀山劍俠傳》、《青城十九俠》等作品相繼出版，在全國範圍內風靡一時。「還珠熱」在上海灘一度風行，《蜀山劍俠傳》每本印數達到上萬，仍滿足不了市場銷售，位於西藏路遠東飯店附近的一個小書攤，上午剛放出十餘本，下午即告售罄。

新中國成立後，李壽民不再繼續從事武俠小說創作。一九五一年五月，完成其第三十四部武俠小說《黑森林》後，李壽民宣佈「放棄武俠舊作」。在隨後出版的《獨手丐》的卷首前言中，他公開檢討自己二十多年來所寫「是那麼低級和內容空虛」，並表示「將銷行二十年、在舊小說中銷路最廣、讀者最多、歷時二十年而不衰、能夠顧我全家生活的《蜀山》、《青城》等帶有神怪性的武俠小說，在當局並未禁止的環境之下，毅然停止續作」。

《蜀山劍俠傳》這部五百萬字的曠世奇作就此戛然而止，全書的「峨嵋三次鬥劍」和「道家四九重劫」等故事的高潮部分並未出現，關係著正與邪之間的大決戰結局如何終成懸案。

放棄武俠小說寫作後，李壽民轉職成為一名京劇編導，編寫戲曲劇本。一九五五年，李壽民在《北京日報》第三版刊登了《一個荒誕、神怪小說製造者的自白》，對自己的過去做了反省和批判，文中說：「我所寫的這些所謂『武俠』的荒誕小說，內容都是憑空捏造的，也都是具有反動本質的。在這些書裡，有的是亂打亂殺，有的是恐怖殘忍，其中也夾雜一些色情淫亂的成分。這實際上替資產階級、封建地主階級作了宣傳品……今天回想過去我寫的那些壞書和它們對讀者的毒害，我真不寒而慄，日夜不安。我願意努力改造自己，盡自己的力量，多寫一些通俗讀物和劇本，多為人民作些事情，以贖我從前造下的罪愆。」

一九五六年春天，李壽民托人將自己寫的歷史小說《岳飛傳》帶往香港出版。一九五七年「整風運動」開始後，李壽民發表了歷史武俠小說《劇孟》，在「內容提要」中特別注明，此書「沒有舊劍俠小說的荒誕」。然而「反右運動」旋即展開，武俠小說再遭批判。一九五八年三月，《讀書》雜誌發表文章，抨擊此書為「滿紙荒唐言，一套騙人語」，作者寫道：

> 有一個中學的一部分學生因為互相借閱武俠小說而結合成一個集團，武俠小說中個人英雄主義的腐化思想，把這些青少年的思想毒害得和社會主義現實生活格格不入，這個小集團最後竟變成了反黨小集團！

《評還珠樓主的武俠小說〈劇孟〉》一文，從《蜀山劍俠傳》一路批到《劇孟》。一九五八年六月，李壽民讀此文後默然不語，次日凌晨即突發腦溢血，由此輾轉病榻兩年有餘。

病榻上的李壽民萌生了創作歷史小說《杜甫》的念頭，一九六〇年二月，他躺在牀上，開始口授，到一九六一年二月十八日，《杜甫》初稿完成，共十一回，九萬餘字。《杜甫》的結尾講到，杜甫在窮愁潦倒間病死舟中，李壽民轉首告訴夫人孫經洵：「二小姐，我也要走了。你多保重！」三日後，一九六一年二月廿一日，李壽民因肺膿瘍不治，逝世於北京大學附屬醫院，恰和杜甫同壽，享年五十九歲。

還珠樓主在武俠小說作家中，其作品最能展現中國傳統文化特色。儒、道、佛等中國特色文化元素佔據了小說裡重要位置。他採用半文言半白話式的文字風格，語言淺近易懂，卻沒有受到西化語言的影響。

還珠樓主一生撰寫武俠小說約四十餘部，其中最能代表其創作成績及其地位的，是《蜀山劍俠傳》一書。

龐大的「蜀山」譜系

一九三二年，《蜀山劍俠傳》開始連載於天津《天風報》，一九三三年四月由天津百城書局出版第一集單行本，七月，改由文嵐簃古宋印書局出版第二至十七集，一九三八年五月，改由勵力印書局（後改名勵力出版社）出版第十八至三十六集。一九四五年，李壽民移居上海，不再登報連載，而是寫完一集（每集約十萬字）直接出版。上海正氣書局於一九四六年取得第一至三十六集的版權，一九四七年三月出版第三十七集，一直出版到五十五集（後五集為《蜀山劍俠後傳》），總三百二十九回，不含《後傳》則為三百零九回。在第五十五集結尾，依然是「欲知後事如何，且看下集分解」，出版日期為一九四九年三月。據說全書計畫完成一千萬字，如今只到五百萬字，關乎正邪大決戰的結局是「峨嵋三次鬥劍」和「道家四九重劫」，這也是最重要的故事高潮部分，但並未完成。

在還珠樓主的武俠小說中，《蜀山劍俠傳》是其開山扛鼎之作，通過一部《蜀山劍俠傳》，還珠樓主構築起了一個龐大的「蜀山」世界，他的多數武俠小說都是由「蜀山」延伸而出，可分為正傳、前傳、別傳、新傳、外傳等。

歸為「正傳」者有《蜀山劍俠傳》（一九三二）、《峨嵋七矮》（一九四六）及《蜀山劍俠後傳》（一九四八）；歸為「前傳」者有《柳湖俠隱》（一九四六）、《北海屠龍記》（一九四七）、《長眉真人傳》（一九四八）和《大漠英雄》（一九四八）。

歸為「別傳」者有《青城十九俠》（一九三五）、《武當異人傳》（一九四六）及《武當七女》（一九四九）。

歸為「新傳」者有《邊塞英雄譜》（一九三八）、《冷魂峪》（初名《天山飛俠》）（一九四七）及《蜀山劍俠新傳》（一九四七）。

歸為「外傳」者有《蠻荒俠隱》（一九三四）、《雲海爭奇記》（一九三八）、《皋蘭異人傳》（一九四三）、《黑孩兒》（一九四七）、《俠丐木尊者》（一九四七）、《女俠夜明珠》（初名《關中九俠》，一九四八）、《青門十四俠》（一九四八）、《大俠狄龍子》（一九四八）、《兵書峽》（一九四九）、《龍山四友》（一九四九）、《獨手丐》（一九四九）、《鐵笛子》（一九五〇）、《翼人影無雙》（一九五〇）和《白骷髏》（一九五一）。

此種劃分是以小說中的武功描寫為主，正傳、前傳、別傳、新傳，皆寫劍仙鬥法，而外傳則是以武術技擊為主，劍仙為次，有的甚至是完全沒有劍仙法寶。

在這些小說當中，最為經典和代表性的非《蜀山劍俠傳》莫屬，前後創作近二十年，是還珠樓主的心血之作，其設想之奇，氣魄之大，文字之美，功力之高，諸書無法與之相比。

在蜀山譜系中，《青城十九俠》亦是一篇力作，與《蜀山劍俠傳》堪稱雙璧，一九三五年五月起在《新北平報》連載，旋由天津勵力出版社出版單行本，至一九四三年十月出版第二十四集，一九四七年十一月由兩利書局出版、正氣書局印行第二十五集，全書未完。

《蜀山劍俠傳》第十六集第一回（總一百六十六回）中曾藉矮叟朱梅之口言道：「師弟伏魔真人姜庶……執意要創設青城一派，以傳本門衣缽。頭一代按照先恩師遺偈，共只收男女弟子十九人。」《青城十九俠》即以朱梅的這段話鋪陳，著力記敘青城派劍仙的眾弟子——裘元、羅鷺、虞南綺、狄勿暴、狄勝男、呂靈姑、紀異、楊映雪、楊永以及紀登、陶鈞、楊翊、陳太真、呼延顯、尤璜、方環、司明、塗雷、顏虎等十九人修仙煉劍、行道誅邪、開創青城派的事蹟。還珠樓主有意識要在《蜀山劍俠傳》之外，別樹一幟，將「天下第五名山」的青城山和川黔滇苗疆作為小說背景，通過對「入世武俠」的生活經驗和人情世故的深切體會，創造出一個可與「蜀山峨嵋」媲美的藝術天地。

《青城十九俠》在談玄說異方面不及《蜀山劍俠傳》神奇宏偉，但某些章節，如虞南綺與裘元夜觀天體星群、李洪大戰太虛一元祖師蒼虛老人等，也是想像豐富，瑰麗不可方物。

《青城十九俠》與《蜀山劍俠傳》不同之處，在於還珠樓主並不專注於飛劍法寶的神奇超邁、仙山靈域的瑰麗奇幻和想像構思的出人意表，他藉四川、貴州、雲南等地的山川景物和當地民族生活為背景，把裘元、虞南綺夫婦的活動作為小說敘述主線，詳細地展示了裘元夫婦、狄氏姐弟、紀異、呂靈姑等青城派弟子的生活遭遇和歷經艱險、創立門派的曲折過程。比起《蜀山劍俠傳》來，本書不僅更顯得內容首尾連貫，結構相對完整，文字風格統一，而且作家筆下的人物，更富有濃厚的人情味，因而也更有獨特的文學價值。

《蠻荒俠隱》（一九三四）、《黑森林》（一九五〇）和《黑螞蟻》（一九五〇）等作品，繼承發展了還珠樓主以苗疆風土人情作為故事背景的構思方式。《青城十九俠》（一九三五）直接或間接地影響了眾多武俠小說作家，比他略晚幾年出道的「詭異奇情派」朱貞木，就繼承了他這一構思，其作品《羅刹夫人》（一九四八）、《苗疆風雲》（一九五一）等作品，就將故事背景選在了苗疆。

除《蜀山劍俠傳》和《青城十九俠》，還珠樓主其餘作品雖然成就不俗，但不及這兩部小說成就大，然而正如天地日月，縱有大小之分，但彼此間密切相連，缺一不可。

第一章　月夜孤舟

四川峨嵋山，乃是蜀中有名的一個勝地。昔人謂：「西蜀山水多奇，而峨嵋尤勝。」這句話實在不假。西蜀神權最勝，山上的廟宇寺觀，不下數百。每年朝山的善男信女，不遠千里而來；加以山高水秀，層巒疊嶂，氣象萬千。那專為遊山玩景的人，也著實不少，後山的風景，尤為幽奇。

自來深山大澤，實生龍蛇；茂林幽谷，大都是那虎豹豺狼棲身之所。遊後山的人，往往一去不返，一般人妄加揣測，有的說是被虎狼妖魔吃了去的，有的說被仙佛超度了去的，聚訟紛紜，莫衷一是。人到底是血肉之軀，意志薄弱的佔十分之八九，因為前車之鑑，遊後山的人，也就漸漸裹足不前，倒便宜了那些在後山養靜的高人奇士們，省去了許多塵擾，獨享那靈山勝境的清福。

四川自經明末張獻忠之亂，十室九空，往往數百里路無有人煙，把這一個天府之國鬧得陰風慘慘，如同鬼市一般。滿清入關後，疆吏奏請將近川各省如兩湖、江西、陝西的人民移入四川，也加上四川地大物豐，樣樣需要之物皆有，移去的人民，大有此間樂不思故土之概。這樣的賓至如歸，漸漸的也就恢復了人煙稠密的景象。

且說在康熙即位的第二年，從巫峽溯江而上的有一隻小舟。除操舟的船夫外，舟中只有父女二人，一肩行李，甚是單寒；另外有一個行囊甚是沉重，好像裡面裝的是鐵器。那老頭子年才半百，鬚髮已是全白，抬頭看人，眼光四射，滿臉皺紋，一望而知是一個飽經憂患的老人。那女子年才十二三歲，出落得非常美麗，依在老頭子身旁，低聲下氣地指點煙嵐，問長問短，顯露出一片天真與孺慕。

這時候已經暮煙四起，暝色蒼茫，從那山角邊掛出了一輪明月，清光四射，鑑人眉髮。那老頭兒忽然高聲說道：「那堪故國回首月明中！如此江山，何時才能返吾家故物啊！」言下淒然，老淚盈頰。

那女子說道：「爹爹又傷感了，天下事各有前定，徒自悲傷也是無益，還請爹爹保重身體要緊。」

正說時，那船家過來說道：「老爺子，天已不早，前面就是有名的烏鴉嘴，那裡有村鎮，我們靠岸歇息，上岸去買些酒飯吧。」

老頭說道：「好吧，你只管前去。我今日有些睏倦，不上岸了。」船家說完時，已經到了目的地，便各自上岸去了。

這時月明如晝。他父女二人，自己將帶來的酒菜，擺在船頭對酌。正在無聊的時候，忽見遠遠樹林中，走出一個白衣人來，月光之下，看得分外清楚，越走越近。那人一路走著，一路唱著歌，聲調清越，可裂金石，漸漸離靠船處不遠。老頭一時興起，便喊道：「良夜明月，風景不可辜負。我這船上有酒有菜，那位老兄，何不下來同飲幾杯？」

白衣人正唱得高興，忽聽有人喚他，心想：「此地多是川湘人的居處，輕易見不著北方人。這人說話，滿嘴京城口吻，想必是我同鄉。他既約我，說不得倒要擾他幾杯。」一邊想著一邊走，不覺到了船上。二人會面，定睛一看，忽然抱頭大哭起來。

老頭說：「京城一別，誰想在此重逢！人物依舊，山河全非，怎不令人腸斷呢！」

白衣人說道：「揚州之役，聽說大哥已化為異物，誰想在異鄉相逢。從此我天涯淪落，添一知己，也可謂吾道不孤了。這位姑娘，想就是令嬡吧？」

老頭道：「我一見賢弟，驚喜交集，也忘了教小女英瓊拜見。」隨叫道：「英瓊過來，與你周叔叔見禮。」那女子聽了她父親的話，過來納頭便拜。

白衣人還了一個半禮，對老頭說道：「我看賢姪女滿面英姿，將門之女，大哥的絕藝一定有傳人了。」

老頭道：「賢弟有所不知。愚兄因為略知武藝，所以鬧得家敗人亡。況且她一出世，她娘便隨我死於亂軍之中，十年來奔走逃亡，毫無安身之處。她老麻煩我，叫我教她武藝。

我抱定庸人多厚福的主意，又加以這孩子兩眼怒氣太重，學會了武藝，將來必定多事。我的武藝也只平常，天下異人甚多；所學不精，反倒招出殺身之禍。愚兄只此一女，實在放心不下，所以一點也未傳授於她。但願將來招贅一個讀書種子，送我歸西，於願足矣。」

白衣人道：「話雖如此說，我看賢姪女相貌，決不能以丫角終老，將來再看罷！」

那女子聽了白衣人之言，不禁秀眉軒起，喜形於色；又望了望她年邁的父親，不禁又露出了幾分幽怨。白衣人又問道：「大哥此番入川，有何目的呢？」

老頭道：「國破家亡，氣運如此，我還有什麼目的呢？無非是來這遠方避禍而已。」

白衣人聞言，喜道：「我來到四川，已是三年了。我在峨嵋後山，尋著了一個石洞，十分幽靜，風景奇秀，我昨天才從山中趕回。此外我教了幾個蒙童，我回來收拾收拾，預備前往後山石洞中隱居，今幸遇見了大哥。只是那裡十分幽僻，人跡不到，猛獸甚多。你如不怕賢姪女害怕，我們三人一同前往隱居，以待時機。尊意如何？」

老頭聽說有這樣好所在，非常高興，便道：「如此甚好。但不知此地離那山多遠？」

白衣人道：「由旱路去，也不過八九十里。你何不將船家開發，到我家中住上兩天，同我從旱路走去？」

老頭道：「如此賢弟先行，愚兄今晚且住舟中，明日開發船家，再行造府便了。但不知賢弟現居何處？你我俱是避地之人，可曾改易名姓？」

白衣人道：「我雖易名，卻未易姓。明日你到前村找我，只須打聽教蒙館的周淳，他們都知道的。天已不早，明天我尚有一個約會，也不來接你，好在離此不遠，我在舍候駕便了。」說罷，便與二人分手自去。

那女子見白衣人走後，便問道：「這位周叔父，可是爹爹常說與爹爹齊名、人稱齊魯三英的周琅周叔父嗎？」

老頭道：「誰說不是他！想當年我李寧與你二位叔父楊達、周琅，在齊魯燕豫一帶，威名赫赫。你楊叔父自明亡以後，因為心存故國，被仇人陷害。如今只剩下我與你周叔父二人，尚不知能保性命不能。此去峨嵋山，且喜得有良伴，少我許多心事。我兒早點安歇，明早上岸吧。」

說到此間，只見兩個船家喝得酒醉醺醺，走了回來。李寧便對船家說道：「我記得此地有我一個親戚，我打算前去住上幾個月，明早我便要上岸。你們一路辛苦，船錢照數開發與你，另外賞你們四兩銀子酒錢。你們早早安歇吧。」船家聽聞此言，急忙稱謝，各自安歇。不提。

到了第二天早上，英瓊父女起身，自己背了行囊包裹，辭別船家，逕往前村走去。行約半里，只見路旁閃出一個小童，年約十一二歲，生得面如冠玉，頭上梳了兩個雙丫角。那時不過七八月天氣，蜀中天氣本熱，他身上只穿了一身青布短衫褲。見二人走近，便迎上前來說道：「來的二位，可是尋找我老師周淳的麼？」

李寧答道：「我們正是來訪周先生的。你是如何知道？」

那小童聽了此言，慌忙納頭便拜，口稱：「師伯有所不知。昨夜我老師回來，高興得一夜未睡，說是在烏鴉嘴遇見師伯與師姐。今晨清早起來，因昨天與人有約會，不能前來迎接，命我在此與師伯引路。前面就是老師他老人家蒙館。老師赴約去了，不久便回，請師伯先進去坐一會，吃點早點吧。」

李寧見這小童儀表非凡，口齒伶俐，十分喜愛。一路言談，不覺已來到周淳家中，雖然是竹籬茅舍，倒也收拾得乾淨雅潔。小童又到裡面搬了三副碗箸，切了一大盤臘肉和一碟血豆腐，一壺酒，請他父女上座，自己在下橫頭側身相陪。說道：「師伯，請用一點早酒吧。」

李寧要問他話時，他又到後面去端出三碗醋湯麵，一盤子泡菜來。李寧見他小小年紀，招待人卻非常慇勤，愈加喜歡。一面用些酒菜，便問他道：「小世兄，你叫什麼名字？幾時隨你師父讀書的？」

小童道：「我叫趙燕兒。我父本是明朝翰林學士，死於李闖之手。我母同舅父逃到此處，不想舅父又復死去。我家十分貧苦，沒奈何，只得與人家牧牛，我母與大戶人家做些活計，將就度日。三年前周先生來到這裡，因為可憐我是宦家之後，叫我拜他老人家為師，時常周濟我母子，每日教我讀書和習武。

「周老師膝下無兒，只一女名叫輕雲。去年村外來了一位老道姑，也要收我做徒弟，我因為有老母在堂，不肯遠離。那道姑忽然看見了師妹，便來會我老師，談了半日，便將師妹帶去，說是到什麼黃山學道去。我萬分不捨，幾次要老師去將師妹尋回來，老師總說時候還早；我想自己去，老師又不肯對我說到黃山的路。我想我要是長大一點，我一定要去將師妹尋回來的。我那師妹，長得和這位師姊一樣，不過她眉毛上沒有師姊這兩粒紅痣罷了。」

李寧聽了這一番話，只是微笑，又問他會什麼武藝。燕兒道：「我天資不佳，只會一套六合劍，會打鏢接鏢。聽老師說，師伯本事很大，過些日子，還要請師伯教我呀！」

正說之時，周淳已從外面走進來。燕兒連忙垂手侍立。英瓊便過來拜見世叔。李寧道：「恭喜賢弟，你收得這樣的好徒弟。」

周淳道：「此子天分倒也聰明，稟賦也是不差，就是張口愛說，見了人兀自不停。這半天的工夫，他的履歷想已不用我來介紹了。」

李寧道：「他已經對我說過他的身世。只是賢弟已快要五十的人，你如何輕易把姪女送人撫育，是何道理？」

周淳說：「我說燕兒饒舌不是？你姪女這一去，正是她的造化呀。去年燕兒領了一個老道姑來見我，談了談，才知道就是黃山的餐霞大師，有名的劍仙。她看見你姪女輕雲，說是生有仙骨，同我商量，要把輕雲帶去，做她的末代弟子。本想連燕兒一齊帶去，因為他有老母需人服侍，只把輕雲先帶了去。如此良機，正是求之不得，你說我焉有不肯之理？」

李寧聽了此言，不禁點頭。英瓊正因為她父親不教她武藝，小心眼許多不痛快，一聽周淳之言，不禁眉軒色舉，心頭暗自盤算。周淳也已覺得，便向她說道：「賢姪女你大概是見獵心喜吧？若論你世妹天資，也自不凡，無庸我客氣。若論骨格品貌，哪及賢姪女一半。餐霞大師見了你，必然垂青。你不要心急，早晚自有機緣到來尋你，那時也就由不得你父親了。」

李寧道：「賢弟又拿你姪女取笑了。閒話少提，我們峨嵋山之行幾時動身？燕兒可要前去？」

周淳道：「我這裡還有許多零碎事要辦，大約至多有十日光景，我們便可起程。燕兒有老母在堂，只好暫時阻他求學之願了。」

燕兒聽了他師父不要他同去，便氣得哭了起來。

周淳道：「你不必如此。無論仙佛英雄，沒有不忠不孝的。我此去又非永別，好在相去不過數十里路，我每月準來一回，教授你的文武藝業，不過不能像從前朝夕共處而已。」

燕兒聽了，思量也是無法，只得忍淚。

李寧道：「你蒙館中的學童，難道就是燕兒一個麼？」

周淳道：「我前日自峨嵋山回來，便有入山之想。因為此間賓主相處甚善，是我在歸途中救了一個寒士，此人名喚馬湘，品學均佳，我替他在前面文昌閣尋了寓所，把所有的學生都讓給他去教。誰想晚上便遇見了你。」

李寧道：「原來如此，怪道除燕兒外，不見一個學生呢。」

周淳道：「燕兒也是要介紹去的，因為你來家中，沒有長鬚奴，只好有事弟子服其勞了。」

言談片時，不覺日已沉西，大家用過晚飯。燕兒又與他父女鋪好床被，便自走去。只有英瓊，聽了白日許多言語，在床上翻來覆去睡不著。時已三鼓左右，只聽見隔壁周淳與燕兒說話之聲。一會，又聽他師徒開了房門，走到院中。

英瓊輕輕起身，在窗隙中往外一看，只見他師徒二人，手中各拿了一把長劍，在院中對舞。燕兒的劍雖是短一點，也有三尺來長。只見二人初舞時，還看得出一些人影。以後兔起鶻落，越舞越急，只見兩道寒光，一團瑞雪，在院中滚來滚去。

忽聽周淳道：「燕兒，你看仔細了。」話言未畢，只見月光底下，人影一分，一團白影，隨帶一道寒光，如星馳電掣般，飛向庭前一株參天桂樹。又聽卡嚓一聲，將那桂樹向南的一枝大枝椏削將下來。樹身突受這斷柯的震動，桂花紛紛散落如雨。定睛一看，庭前依舊是他師徒二人站在原處。

在這萬籟俱寂的當兒，忽然一陣微風吹過，簷前鐵馬兀自丁東。把一個英瓊看得目定神呆。只見周淳對燕兒說道：「適才最後一招，名叫穿雲拿月，乃是六合劍中最拿手的一招。將來如遇見能手，盡可用它敗中取勝。我一則憐你孝道，又見你聰明過人，故此將我生平絕技傳授於你。再有二日，我便要同你師伯入山，你可早晚於無人處勤加溫習。為師要安睡去了，明夜我再來指點給你。」言罷，周淳便回房安歇不提。

燕兒等周淳去後，也自睡去。如是三日，英瓊夜夜俱起來偷看。幾次三番，對她父親說要學劍。李寧被她糾纏不過，又經周淳勸解，心中也有點活動，便對她道：「劍為兵家之祖，極不易學。第一要習之有恆；第二要練氣凝神，心如止水。有了這兩樣，還要有名人傳授。你從小嬌生慣養，體力從未打熬，實在是難以下手。你既堅持要學，等到了山中，每日清晨，先學養氣的功夫，同內功應做的手續。二三年後，才能傳你劍法。你這粗暴脾氣，到時不要又來麻煩於我。」

英瓊聽了，因為見燕兒比她年幼，已經學得很好，她父親之言，好像是故意難她一般，未免心中有點不服。正要開口，只見周淳道：「你父所說，甚是有理，要學上乘劍法，非照他所說練氣歸一不可。你想必因連夜偷看我傳燕兒的劍，故你覺得容易，你就不知燕兒學劍時苦楚。我因見你偷看時那一番誠心，背地勸過你父多少次，才得應允。你父親劍法比我強得多，他所說的話絲毫不假，賢姪女不要錯會了意。」

李寧道：「瓊兒，你不要以為你聰明，這學劍實非易事，非凝神養氣不可。等到成功之後，十丈內外，塵沙落地，都能聽出是什麼聲音來。即如你每每偷看，你世叔何以會知道？就是如此。這點眼前的事物如果都不知，那還講什麼劍法？幸而是你偷看，如果另一個人要扒在窗前行刺，豈不在舞劍的時候，就遭了他人的暗算？」

英瓊聽了他二人之言，雖然服輸，還是放心不下。又偷偷去問燕兒，果然他學劍之先，受了若干的折磨，下了許多苦功，方自心服口服。

光陰易過，不覺到了動身的那一天。一干學童和各人的家長，以及新教讀夫子馬湘，都來送行。燕兒獨自送了二十餘里，幾次經李、周三人催促，方才揮淚而別。

第二章 峨嵋煙雨

話說李寧父女及周淳三人辭別村人，往山中行去。他三人除了英瓊想早到山中好早些學劍外，俱都是無掛無牽的人，一路上遊山玩景，慢慢走去，走到日已平西，方才走到峨嵋山下。只見那裡客店林立，朝山的人也很多，看去非常熱鬧。三人尋了一家客店，預備明早買些應用的物品，再行上山，以備久住。一夜無話。

第二天，三人商量停妥：李寧擔任買的是家常日用物件，如油、鹽、醬、醋、米、麵、酒、肉等；周淳擔任買的是書籍、筆墨及鍋灶、水桶等廚下用品，末後又去買了幾丈長的一根大麻繩。英瓊便問：「這有什麼用？」周淳道：「停會自知，用處多呢。」三人行李雖然有限，連添置的東西也自不少。一會雇好腳夫，一同挑上山去。

路上朝山的香客見了他們，都覺得奇怪。他三人也不管他，逕自向山上走去。起初雖走過幾處狹仄小徑，倒也不甚難走。後來越走山徑越險，景致越奇，白雲一片片只從頭上飛來飛去，有時對面不能見人。英瓊直喊有趣。

周淳道：「上山時不見下雨光景，如今雲霧這樣多，山下必定在下雨。我們在雲霧中行走，須要留神，不然一個失足，便要粉身碎骨了。」

再走半里多路，已到捨身巖。回頭向山下一望，只見一片溟濛，哪裡看得見人家；連山寺的廟宇，都藏在煙霧中間。頭上一輪紅日，照在雲霧上面，反射出霞光異彩，煞是好看。英瓊正看得出神，只見腳夫道：「客官，現在已到了捨身巖，再過去就是鬼見愁，已是無路可通，我們是不能前進了。今天這個雲色，半山中一定大雨，今天不能下山，明天又耽誤我們一天生意，客官方便一點吧。」

周淳道：「我們原本只雇你到此地，你且稍待一會，等我爬上山頂，將行李用繩拽上山去，我再添些酒錢與你如何？」說罷，便縱身一躍，上了身旁一株參天古柏，再由柏樹而上，爬上了山頭。取出帶來的麻繩，將行李什物一一拽了上去。又將麻繩放下，把英瓊也拽了上去。剛剛拽到中間，英瓊用目一看，只見此處真是險峻，孤峰筆削，下臨萬丈深潭，她雖然膽大，也自目眩心搖。

英瓊上去後，李寧又取出一兩銀子與腳夫做酒錢，自己照樣地縱了上去。三人這才商量運取行李。

周淳道：「我此地來了多次，非常熟悉，我先將你父女領到洞中，由我來取物件吧。」

李寧因為路生，也不客氣。各人先取了些輕便的物件，又過了幾個峭壁，約有三里多路，才到了山洞門首。只見洞門壁上有四個大字，是「漱石棲雲」。三人進洞一看，只見這洞中共有石室四間；三間作為臥室，一間光線好的作為大家讀書養靜之所。又由周淳將應用東西一一取了來，一共取了三次，才行取完。收拾停妥，已是夕陽啣山。大家胡亂吃了些乾糧乾脯，將洞口用石頭封閉，逕自睡去。

第二天清晨起來，李寧便與英瓊訂下課程，先教她練氣凝神，以及種種內功。英瓊本來天資聰敏異常，不消多少日月，已將各種柔軟的功夫一齊練會。只因她生來性急，每天麻煩李、周二人教她劍法。周淳見她進步神速，也認為可以傳授。惟獨李寧執意不肯，只說未到時候。

一日，周淳幫英瓊說情。李寧道：「賢弟只知其一，不知其二。我難道不知她現在已可先行學劍麼？你須知道，越是天分高的人，根基越要打得厚。瓊兒的天資，我絕夠不上當她的老師，所以我現在專心一意，與她將根基打穩固。一旦機緣來到，遇見名師，便可成為大器。現在如果草率從事，就把我平生所學一齊傳授與她，也不能獨步一時。再加上她的性情激烈，又不肯輕易服人，天下強似我輩的英雄甚多，一旦遇見強敵，豈不吃虧？我的意思，是要她不學則已，一學就要精深，雖不能如古來劍仙的超凡入化，也要做到塵世無敵的地步才好。我起初不願教她，也是為她聰明性急，我的本領有限的緣故。」

周淳聽了此言，也就不便深勸。惟獨英瓊性急如火，如何耐得。偏偏這山上風景雖好，只是有一樣美中不足，就是離水源甚遠。幸喜離這洞一里多路，半山崖上有一道瀑布，下邊有一小溪，水清見底，泉甘而潔。每隔二日，便由李、周二人，輪流前去取水。李、周二人因怕懈散了筋骨，每日起來，必在洞前空地上練習各種劍法拳術。英瓊因他二人不肯教她，她便用心在旁靜看，等他二人不在眼前，便私自練習。

這峨嵋山上猿猴最多，英瓊有一天看見猴子在山崖上奔走，矯捷如飛，不由得打動了她練習輕身的念頭。她每日清早起來，將帶來的兩根繩子，每一頭拴在一棵樹上，她自己就在上頭練習行走。又逼周、李二人教她種種輕身之術。她本有天生神力，再加這兩個老師指導，不但練得身輕如燕，並且力大異常。

周淳每隔一月，必要去看望燕兒一次，順便教他的武藝。那一日正要下山去看望於他，剛走到捨身巖畔，忽見趙燕兒跑來，手中持有一封書信。周淳打開一看，原來是教讀馬湘寫來的。信中說：

「三日前來了一個和尚，形狀凶惡異常，身上背了一個鐵木魚，重約三四百斤，到村中化緣。說他是五台山的僧人，名喚妙通，遊行天下，只為尋訪一個姓周的朋友。村中的人，因為他雖然長得凶惡，倒是隨緣討化，並無軌外行為，倒也由他。他因為村中無有姓周的，昨天本自要走，忽然有個口快的村人說起周先生，他便問先生的名號同相貌。他聽完說：『一定是他，想不到雲中飛鶴周老三，居然我今生還有同他見面之日！』說時臉上十分難看。

「他正問先生現在哪裡，我同燕兒剛剛走出，那快嘴的人就說，要問先生的下落，須問我們。那僧人便來盤問於我。我看他來意不善，我便對他說，周先生成都就館去了，並未告訴他住在峨嵋。他今天已經不在村中，想必往成都尋你去了。我見此和尚來意一定不善，所以通函與你，早作準備。」

周淳見了此信大驚，便對燕兒道：「你跟我上山再談吧。」說時，匆匆攜了燕兒，縱上危崖，來到洞中。

燕兒拜見李寧父女之後，便對周淳說道：「我因為馬老師說那和尚存心不好，我那天晚上，便到和尚住的客棧中去偵察他到底是什麼樣的人。我到三更時分，趴在他那房頂上，用珍珠簾捲鉤的架勢，往房中一看，只見這和尚在那裡打坐。坐了片刻，他起身從鐵木魚內取出臘乾了的兩個人手指頭，看了又看，一會兒又伸出他的右手來比了又比。原來他右手上已是只剩下三個指頭，無名指同三指想是被兵刃削去。

「這時候又見取出一個小包來，由裡面取出一個泥塑的人，那容貌塑得與老師一般模樣，也是白衣佩劍，只是背上好像有兩個翅膀似的東西。只見那和尚見了老師的像，把牙咬得怪響，好似恨極的樣子，又拍著那泥像不住地咒罵。我不由心中大怒，正待進房去質問他，他與老師有什麼冤仇，這樣背後罵人？他要不說理，我就打他個半死。

「誰想我正想下房時，好像有人把我背上一捏，我便做聲不得，忽然覺得身子起在半空。一會到了平地，一看已在三官廟左近，把我嚇了一大跳。我本是瞞著我母親出來，我怕她老人家醒了尋我，預備先回去看一看再說。我便回家一看，我母親還沒有醒，只見桌子上有一張紙條，字寫得非常好。紙上道：『燕兒好大膽，背母去涉險。明早急速上峨嵋，與師送信莫遲緩。』我見了此條，仔細一想：『我有老母在堂，是不應該涉險。照這留字人的口氣中，那個和尚一定本領高，我絕不是對手。我在那房上忽然被人提到半空，想必也是此人所為。

「我想了一夜，次日便告知母親。母親叫我急速與老師送信。這幾天正考月課，我還怕馬老師不准我來。誰想我到學房，尚未張口，馬老師就把我叫在無人處，命我與老師送信，並且還給了我三錢銀子做盤費。我便急速動身。剛走出十幾里，就見前面有兩個人正在吵架。我定睛一看，一個正是那和尚，一個是一位道人，不由把我嚇了一大跳。且喜相隔路遠，他們不曾注意到我，我於是捨了大路，由山坡翻過去，抄山路趕了來。不知老師可知道這個和尚的來歷麼？」

第三章　雲中飛鶴

話說周淳聽了燕兒之言大驚，說道：「好險！好險！燕兒，你的膽子真是不小。我常對你說，江湖上最難惹的是僧、道、乞丐同獨行的女子。遇見這種人孤身行走，最要留神。幸而有人指點你，不曾造次；不然，你這條小命已經送到枉死城中去了。」

李寧便道：「信中之言，我也不大明白，幾時聽見你說是同和尚結過冤仇？你何妨說出來，我聽一聽。」

周淳道：「你道這和尚是誰？他就是十年前名馳江南的多臂熊毛太呀！」

李寧聽了，不禁大驚道：「要是他，真有點不好辦呢。」

周淳道：「當初也是我一時大意，不曾斬草除根，所以留下現在的禍患。可憐我才得安身之所，又要奔走逃亡，真是哪裡說起！」

李寧尚未答言，英瓊、燕兒兩個小孩子，初生犢兒不怕虎，俱各心懷不服。燕兒還不敢張口就說。英瓊氣得粉面通紅，說道：「世叔也太是滅自己的威風，增他人的銳氣了！他狠上天也是一個人，我們現在有四人在此，懼他何來，何至於要奔走逃亡呢？」

周淳道：「賢姪女你哪裡知道。事隔多年，你父雖知此事，也未必記得清楚。待我把當年的事說將出來，也好增你們年輕人一點閱歷。在十幾年前，我同你父親、你楊叔父，在北五省真是享有盛名。你父的劍法最高，又會使各種暗器，能打能接，江湖人送外號『通臂神猿』。你楊叔父使一把朴刀，同一條鏈子鏢，人送外號『神刀楊達』。彼時我三人情同骨肉，練習武藝俱在一塊。

「為叔因見你父親練輕身功夫，是我別出心裁，用白綢子做了兩個如翅膀的東西，纏在臂上。哪怕是百十丈的高山，我用這兩塊綢子藉著風力往上跳，也毫無妨礙。我因為英雄俠義，作事要光明正大，我夜行時都是穿白，因此人家與了我一個外號，叫作『雲中飛鶴』。又叫我們三人為『齊魯三英』。我們弟兄三人，專做行俠仗義的事。

「那一年正值張、李造反，我有一個好友，是一個商人，由陝西回揚州去，因道路不安靖，請我護送，這當然是義不容辭。誰想走在路上，便聽見南方出了一個獨腳強盜，名叫『多臂熊』毛太。綠林中的規矩：路上遇見買賣，或是到人家偷搶，只要事主不抵抗，或者沒有仇怨，絕不肯輕易殺人，姦淫婦女尤為大忌。誰想這個毛太心狠手辣，無論到哪裡，就是搶完了殺一個雞犬不留；要遇見美貌女子，更是先姦後殺。我聽了此言，自然是越發當意。

「誰想走到南京的北邊，正在客店打尖，忽然從人送進一張名帖，上面並無名姓，只畫了一隻人熊，多生了八隻手。我就知道是毛太來了，我不得不見，便把隨身兵器預備停妥，請他進來，我以為必有許多麻煩。及至會面，看他果然生得十分凶惡，可是他並未帶著兵器。後來他把來意說明，原來是因為慕我的名，要同我結盟兄弟。我縱不才，怎肯與淫賊拜盟呢？我便用極委婉的話謝絕了他。他並不堅持，談了許多將來彼此照應，綠林中常行的義氣話，也自告辭。

「我留神看他腳步，果然很有功夫，大概因酒色過度的關係，神弱一點。我送到門口，正一陣風過，將一扇店門吹得半掩。他好似不經意地將門摸了一下，他那意思，明明是在我面前賣弄。我懶得和他糾纏，偏裝不知道。他還以為我真不知道，故意回頭對店家說道：『你們的門這樣不結實，留心賊人偷啊。』說時把門一搖。只見他手摸過的地方，紛紛往下掉木末，現出五個手指頭印來。

「我見他如此賣弄，真氣他不過。一面送他出店，忽然抬頭看見對面屋上有兩片瓦，被風吹得一半露在屋簷下，好像要下墜的樣子。我便對他說：『這兩塊瓦，要再被風吹落下來，如果有人走過，豈不被它打傷麼？』說時，我用一點混元氣，張嘴向那兩塊瓦一口痰吐過去，將那瓦打得粉碎，落在地上。他才心服口服，對我說道：『齊魯三英，果然是名不虛傳。你我後會有期，請你千萬不要忘了剛才所說的義氣。』我當時也並不曾留意。

「他走後，我們便將往揚州的船隻雇妥，將行李、家眷俱都搬了上去。我們的船，緊靠著一家卸任官員包的一隻大江船，到了晚上三更時分，忽然聽得有女子哭喊之聲。我因此時地面不大平靜，總是和衣而睡，隨身的兵器也都帶在身旁。我立刻躥出船艙一聽，仔細察看，原來哭聲就出在鄰船。我便知道出了差錯，一時為義氣所激，連忙縱了過去。

「只見船上倒了一地的人。我趴在船艙縫中一望，只見毛太手執一把明晃晃的鋼刀，船艙內綁著一個美貌女子，上衣已經剝卸，連氣帶急已暈死過去。那廝正在脫那女子的中衣時候，我不由氣沖牛斗，當時取出一枝金鏢，對那廝打了過去。那廝也原有功夫，鏢剛到他腦後，他將身子一偏，便自接到手中，一口將燈吹滅，就將我的鏢先由艙中打出。隨著縱身出來，與我對敵。我施展平生武藝，也只拚得一個平手。

「我因我船上無人看守，怕他有餘黨，出了差錯，戰了幾十個回合，最後我用六合劍穿雲拿月的絕招，一劍刺了過去。他一時不及防備，將他手指斷去兩個。這樣淫賊，本當將他殺死，以除後患，才是道理。怎耐他自知不敵，登時將刀擲去，說道：『朋友，忘了白天的話嗎？如今我敵你不過，要殺請殺吧。』我不該一時心軟，可惜他這一身武藝，又看在他師父火眼金獅鄧明的面上，他白天又與我打過招呼，所以當時不曾殺害於他，叫他立下重誓，從此洗心革面，便輕輕易易地將他放了。

「且喜那晚他並不曾傷人，只用點穴法將眾人點倒。我將那些人一一解救，便自回船。他從此便削髮出家，拜五台山金身羅漢法元為師，煉成一把飛劍，取人首級於十里之外，已是身劍合一，口口聲聲要報前仇。我自知敵他不過，沒奈何才帶上我女兒輕雲避往四川。我等武藝雖好，怎能和劍仙對敵呢？」

談話中間，忽聽空中一聲鶴唳響徹雲霄，眾人聽得出神，不曾在意。周淳聽了，連忙跑了下去，一會回來。燕兒問道：「剛才一聲鶴唳，老師為何連忙趕了出去？」

周淳道：「你哪裡知道。此洞乃是峨嵋最高的山洞，雲霧時常環繞山半，尋常飛鳥決難飛渡。我因鶴聲來自我們頂上，有些奇怪，誰想去看，並無蹤影，真是稀奇。」

英瓊便問道：「周世叔說來，難道毛太如此厲害，世叔除了逃避，就沒法可施嗎？」

周淳道：「那廝雖然劍術高強，到底他心術不正，不能練到登峰造極。劍仙中強似他的人正多，就拿我女兒輕雲的師父黃山餐霞大師來說，他便不是對手。只是黃山離此地甚遠，地方又大，一時無法找尋，也只好說說而已。」

李寧道：「賢弟老躲他，也不是辦法，還是想個主意才好。」

周淳道：「誰說不是呢？我意欲同燕兒的母親商量，託馬湘早晚多照應，將燕兒帶在身旁，不等他約我，我先去尋他，與他訂下一個比劍的日子，權作緩兵之計。然後就這個時期中間，在黃山尋找餐霞大師，與他對敵，雖然有點傷面子，也說不得了。」李寧聽了，亦以為然，便要同周淳一同前去。

周淳道：「此去不是動武，人多了反而誤事。令嫒每日功課，正在進境的時候，不可荒疏，丟她一人在山，又是不便。大哥還是不去的為是。」眾人商議停妥，周淳便別了李氏父女，同燕兒直往山下走去。

那時已是秋末冬初，金風撲面，樹葉盡脫。師徒二人隨談隨走，走了半日，已來到峨嵋山下。忽然看見山腳下臥著一個道人，只穿著一件單衣，身上十分襤褸，旁邊倒著一個裝酒的紅漆大葫蘆。那道人大醉後，睡得正熟。

燕兒道：「老師，你看這個道人窮得這般光景，還要這樣貪杯，真可以算得是醉鬼了。」

周淳道：「你小孩子家懂得什麼！我們大好神州，亡於胡兒之手，那有志氣的人，不肯屈身事仇，埋沒在風塵中的人正多呢。他這樣落拓不羈，焉知不是我輩中人哩。只是這樣涼的天氣，他醉倒此地，難免不受風寒。我走了半日，腹中覺得有點饑餓，等我將他喚醒，同去吃一點飯食，再贈他一點銀兩，結一點香火緣吧。」說罷，便走上前去，在道人身旁輕輕喚了兩聲：「道爺，請醒醒吧。」又用手推了他兩下。

那道人益發鼾聲如雷，呼喚不醒。周淳見那道人雖然面目骯髒，手指甲縫中堆滿塵垢，可是那一雙手臂卻瑩白如玉，更料他不是平常之人。因為急於要同燕兒回家，又見他推喚不醒，沒奈何，便從衣包內取了件半新的湖縐棉袍，與他披在身上。臨行又推了他兩下，那道人仍是不醒。只得同燕兒到附近飯舖，胡亂吃了一點酒食，匆匆上道。

到了無人之處，師徒二人施展陸地飛行的腳程，往烏鴉嘴走去，哪消兩個時辰，便已離村不遠。周淳知道燕兒之母甚賢，此去必受她特別款待，勞動她於心不安，況且天已不早，意欲吃完了飯再去，便同燕兒走進一家酒飯舖，去用晚飯。

這家酒飯舖名叫知味樓，新開不多時，烹調甚是得法，在那裡飲酒的座客甚多。他師徒二人歸心似箭，也不曾注意旁人，便由酒保引往雅座。燕兒忽然看見一件東西，甚是眼熟，不禁大吃一驚，連忙喊周淳來看。

第四章　見首神龍

話說周淳師徒二人進知味樓去用飯，忽然看見一件東西掛在櫃房，甚是觸目。仔細一看，原來便是在峨嵋山腳下那個醉道人所用來裝酒的紅漆葫蘆。四面一看，並無那個道人的蹤影。

二人起初認為天下相同之物甚多，也許事出偶然，便坐下叫些酒飯，隨意吃喝。後來周淳越想越覺稀奇，便將酒保喚來問道：「你們櫃上那個紅葫蘆，用來裝酒，甚是合用，你們是哪裡買的？」

那酒保答道：「二位客官要問這個葫蘆，並不是我們店裡的。在五天前來了位窮道爺，穿得十分襤褸，身上背的就是這個葫蘆。他雖然那樣窮法，可是酒量極大，每日到我們店中，一喝起碼十斤，不醉不止，一醉就睡，睡醒又喝。起初我們見那樣窮相，還疑心他是騙酒吃，存心吃完了賣打的。後來見他吃喝之後，並不短少分文，臨走還要帶這一大葫蘆酒去，每天至少總可賣他五六十斤頂上的大麴酒，他倒成了我們店中的一個好主顧。他喝醉了就睡，除添酒外，輕易不大說話，酒德甚好，因此我們很恭敬他。

「今早在我們這裡喝完了酒，照例又帶了一大葫蘆酒。走去了兩三個時辰回來，手上夾了一件俗家的棉袍，又喝了近一個時辰。這次臨走，他說未帶錢來，要把這葫蘆作押頭，並且還說不到兩個時辰，就有人來替他還帳。

「我們因為他這五六天已買了我們二三百斤酒，平時我們一個月也賣不了這許多，不敢怠慢他，情願替他記帳，不敢收他東西，他執意不從。他說生平不曾白受過人的東西，他一時忘了帶錢，回來派人送錢，這葫蘆算個記號。我們強不過他，只得暫時留下。客官如喜歡這個葫蘆，本店不能代價，也不知道在哪裡買。」

周淳一面聽，一面尋思，便對酒保說道：「這位道爺共欠你們多少酒錢，回頭一齊算在我們的帳上，如何？」

酒保疑心周淳喜愛葫蘆，想藉此拿去，便道：「這位道爺是我們店裡的老主顧，他也不會欠錢的，客官不用費心吧。」

燕兒正要發言，周淳連忙對他使眼色，不讓他說話。知道酒保用意，便說道：「你不要多疑。這位道爺原是我們的朋友，我應該給他會酒帳的。這葫蘆仍交你們保存，不見他本人，不要給旁人拿去。」

酒保聽了周淳之言，方知錯會了意。他本認為窮道爺這筆帳不大穩當，因為人家照顧太多，不好意思不賒給他；又怕別人將葫蘆取走，道人回來訛詐，故爾不肯。今見周淳這樣慷慨，自然心願。便連他師徒二人的帳算在一起，共合二兩一錢五分銀子。

周淳將酒帳開發，又給了一些酒錢，便往燕兒家中走去。燕兒正要問那道人的來歷，周淳叫他不要多說，只催快走。不大工夫，已到燕兒門首。燕兒的娘趙老太太，正在門首朝他們來處凝望。燕兒見了他母親，便捨了周淳，往他娘懷中撲去。周淳見了這般光景，不禁暗暗點頭。

趙母扶著燕兒，招呼周淳進去。他家雖是三間土房，倒也收拾得乾淨。堂前一架織布機，上面繃著織而未成的布，橫頭上擱著一件湖縐棉袍，還有一大包東西，好似包的銀子。

燕兒便道：「老師你看，這不是你送與那窮道爺的棉袍麼，如何會到了我的家中呀？」

趙母便道：「方才來了一位道爺，說是周先生同燕兒在路上有點耽擱，身上帶了許多銀子很覺累贅，託他先給帶來。老身深知道周先生武藝超群，就是燕兒也頗有一點蠻力，怎會這點東西拿著都嫌累贅？不肯代收。那道爺又將周先生的棉袍作證。這件棉袍是老身親手所做，針腳依稀還可辨認，雖然勉強收下，到底有些懷疑。聽那道爺說，先生一會就來，所以便在門口去看。果然不多一會，先生便自來了。」

周淳聽了趙母之言，便將銀包打開一看，約有三百餘兩。還包著一張紙條，寫著「醉道人贈節婦孝子」八個字，寫得龍蛇飛舞。

周淳便對燕兒道：「如何？我說天地間正多異人。你想你我的腳程不為不快，這位道爺在不多時間往返二百餘里，如同兒戲一般，他的武功高出我們何止十倍。幸喜峨嵋山下不曾怠慢了他。」

趙母忙問究竟。周淳便從峨嵋山遇見那道人，直說到酒店還帳止。又把帶燕兒同走的來意說明。勸趙母只管把銀子收用，決無差錯。

趙母道：「寒家雖只燕兒這一點骨血，但是不遇先生，我母子早已凍餓而死。況且他雖然有點小聰明，不遇名師也是枉然，先生文武全才，肯帶他出去歷練，再好不過。」

周淳謝了趙母。到了晚間，周淳又去見馬湘，囑咐許多言語。第二天起身往成都，特地先往酒店中去尋那醉道人，準備結交一個風塵奇士，誰想道人、葫蘆俱都不在。便尋著了昨天的酒保，問他下落。

那酒保回言：「昨天那道人回來，好像有什麼急事一般，進門拿了他那寶貝的葫蘆便走。我們便對他說客官會他酒帳的事，他說早已知道，你對他說，我們成都見吧。說完就走，等我趕了出去，已經不見蹤影了。」

周淳情知醉道人已走，無法尋訪，好生不樂。沒奈何，只得同了燕兒上路，直往成都。

行了數日，忽然走到一個地方，名叫三岔口。往西南走去，便是上成都的大道。正西一條小道，也通成都，比大道要近二百多里，只是要經過許多山嶺，不大好走。周淳因聞聽過這些山嶺中有許多奇景，一來急於要到成都，二則貪玩山景，便同燕兒往小道走去。

行了半日，已是走入山徑。這山名叫雲靈山，古樹參天，怪石嵯峨，頗多奇景。師徒二人走得有點口渴，想尋一點泉水喝。恰好路旁有一道小溪，泉水清潔，游魚可數。便同燕兒下去，取出帶來的木瓢，汲了一些溪泉，隨意飲用。

此時日已啣山，師徒二人怕錯過了宿頭，連忙腳步加緊，往前途走去。正走之間，忽聽一聲鶴唳。周淳道：「日前在峨嵋山下時，連聽兩次鶴唳，今天是第三次了。」說罷抬頭望天，只見天晴無雲，一些蹤影全無。

燕兒忽然叫道：「老師，在這裡了。」

周淳連忙看時，只見道旁一塊大山石上，站著極大的仙鶴，頭頂鮮紅，渾身雪白，更無一根雜毛，金睛鐵喙，兩爪如銅鉤一般，足有八九尺高下，正在那裡剔毛梳羽。

周淳道：「像這樣大的仙鶴，真也少見。」

正說之間，忽見山石旁邊躥起一條青蛇，有七八尺長。那鶴見了這蛇，急忙用口來啄。怎奈那蛇跑得飛快，仙鶴嘴到時，已自鑽入石洞之中，蹤跡不見。鐵喙到處，把那山石啄得碎石濺起，火星亂飛。那鶴忽然性起，腳嘴同施，連抓帶啄，把方圓六七尺一塊山石啄得粉碎。那蛇見藏身不住，正待向外逃竄，剛伸出頭時，便被那鶴一嘴擒住。

那蛇把身子一捲，七八尺長的蛇身，將鶴的雙腳緊緊纏住不放。那鶴便不慌不忙，一嘴先將蛇頭啄斷，再用長嘴從兩腳中輕輕一理，便將蛇身分作七八十段。哪消幾啄，便已吃在肚內。抖抖身上羽毛，一聲長叫，望空而去，一晃眼間，便已飛入雲中。

這時已是暮色蒼茫，暝煙四合。周淳忙催燕兒趕路。走出三里多路，天色向晚。恰好道旁有一所人家，便上前叩門投宿。叩了半日，才聽裡面有人答話，問道：「你們是哪裡來的？」

周淳說明來意。那人道：「我現在已是命在旦夕，此地萬分危險。客官如要投宿，往西南去五里多路，那裡有一座茅庵，住著一位白雲大師，你可去求她借宿一宵。她若依從，還能免掉危險。」說罷，便不聞聲息。再打門時，也不見答應。

周淳生性好奇，便叫燕兒等在外面，道：「我不出來，不可輕易走動。」便縱身越牆而過。

這時明月升起，照得院中清澈如畫。周淳留神仔細一看，只見院中籐床上臥倒一人，見周淳進來，便道：「你這人如何不聽話？你快走遠些，不要近我，於你大有不利。」

周淳道：「四海之內，皆是朋友。你有何苦楚，此地有何危險，你何妨說將出來，我也許能夠助你一臂之力，你何必坐以待斃呢？」

那人道：「你還不快走！我已中了妖毒，近我三尺，便受傳染。我在這裡掙命，已經三日，如今腹中饑餓，你如帶有乾糧，可給些與我。那妖早晚尋到，我不必說，你也性命難保。你如果能急忙去投白雲大師，或者還可以幫我的忙。我的事兒，你只對她說這個。」

那人說到這裡，已是神微力弱，奄奄一息。只見那人手臂上有七顆紅痣，鮮明非常。

周淳心想此非善地，便扔些乾糧與他，隨即縱了出來。喊燕兒時，忽然蹤影不見。

第五章　孝子拜師

話說周淳聽了那人之言，連忙跳出一看，忽然燕兒蹤影不見，這一嚇非同小可。起初尚以為他到附近去方便，誰知四外高聲呼喚，仍是不見蹤影，不禁急得渾身是汗。又不敢輕易離開此地，怕燕兒回來，尋他不著。正在無可奈何，忽聽門內又發出細微的聲音說道：「你還不曾走嗎？」

周淳道：「我適才同你分別出來，我有一個同伴，如今不知去向，衣服行囊都未帶去，莫不是你說的妖怪來吃了去麼？」

那人道：「那妖屬陰，不交三更，不會出來。你那同伴此刻失蹤，絕非此妖所害。你快到白雲大師那裡，求她與你一算卦，便知下落。你不要自誤，天已不早，快些去吧。」

周淳萬般無奈，只得照那人所說，往前走去。才走不到五里，忽聽背後呼呼風起，腥味撲鼻。周淳知道不妙，連忙如飛一般向前奔走，剛剛走到一座庵前，忽然風止。周淳回頭一看，只見一團濃霧中，隱約現出兩盞紅燈，往來路退去。月光底下，分外看得清切，不由出了一身冷汗。

再看這茅庵，並不甚大，門前兩株衰柳，影子被月光映射在地下，碎陰滿地，顯得十分幽靜。庵內梵音之聲不絕，想是此中主人，正在那裡做夜課。便輕輕去叩了兩下門。便有一小女孩應聲答道：「我們這裡乃是尼庵，客官如要投宿，往前面去吧。」

周淳答道：「我在途中遇難，特來投奔白雲大師的。」

話還未了，門已開放，出來一妙年女尼，年紀才十三四歲，長得十分美秀，見了周淳，說道：「大師正在做夜課，你且到佛堂等候一會吧。」

周淳便隨她進去，到了佛堂坐定。那小女尼又去端了一碗茶同幾塊素餜，與周淳食用，便自進去，許久不見出來。

周淳正等得心煩，忽見面前青光一閃，猶如飛鳥般投向後院。周淳好奇心盛，便出了佛堂，輕輕往後院中走去。剛剛走近窗前，忽聽有兩個人正在說話，好似一男一女。側耳細聽，便聽那女的說道：「二師兄深夜到此，有何事見教？」

那男的說道：「我適才從雲靈山走過，看見妖氣沖天，正要查看一個究竟，忽見道旁一家屋簷下站定一個小童，眼看離他身側不到十丈光景。我見那童子根基甚厚，不忍他遭毒手，便將他一把抱起，先救出了險地，然後用劍將妖物趕走。後來盤問他的來歷，才知是齊魯三英中周淳的徒弟。

「我見此子生有仙骨，跟著塵世中的俠客，豈不辜負了他，便收他為徒，叫白兒將他背往我的山中去了。他行時說怕他師父、老母不放心，我答應與他帶信，便去尋那姓周的。誰想無意中又救了七師弟的門徒，名叫施林，他也是中了妖毒，堪堪待斃。我將他救轉，送他回山，才知道姓周的投到你這裡來了。我方才進來時，看見一人坐在佛堂上，想是此人了。」

那女的答道：「方才紫絹來說，有一姓周的投奔於我，正待出去會他，恰好師兄到此，所以還未相見。」

那男的又道：「適才那妖看去十分厲害，我的玄英劍只將牠逼走，並不能傷牠分毫。我因不知底細，未敢造次。你近在咫尺，何以容牠如此猖獗呢？」

那女的說道：「我為此妖，真是費了無窮心力，好容易將制牠之物尋到，怎耐缺少幫手。師兄駕臨，真是再好不過。」說罷，便對窗外說道：「周壯士遠道而來，為何不進來敘話，只是作壁上聽呢？」

周淳正聽得出神，被室中人這一問，不由面紅耳赤，只得走了進去。見蒲團上坐定一個女尼，年約四五十歲；上首坐定一個道人，一臉虬髯，兩目精光四射。知是非常人物，不由納頭便拜。僧、道二人連忙用手相攙，口稱「不敢」。

那女尼叫周淳一旁坐下，便道：「適才我等之言，想你已經聽去。這位是我師兄髯仙李元化。我名元敬，人稱白雲大師的便是。你的高徒，已被這位髯師兄收歸門下，不知壯士可能割愛嗎？」

周淳道：「他小小年紀，能承前輩劍仙垂青，真是三生有幸。弟子正因他天資聰明，弟子才學淺薄，恐誤卻他的前途。今幸得遇仙緣，哪有不願之理。只是適才弟子路遇一人，中了妖毒，命在旦夕，還望二位大仙垂憐解救。」

髯道人道：「那人名叫施林，乃是我的師姪。我適才路過，已將他解救回山去了。」周淳連忙拜謝。

白雲大師道：「師兄來得甚巧，事不宜遲，明晨隨我斬妖吧。」

髯道人道：「此妖到底何物，這般厲害？」

白雲大師道：「此山原本不叫雲靈山。因為山中出了一個蛇妖，早晚牠口中吐出毒霧，結為雲霞，映著山頭的朝霞夕陽，反成了此山一個奇景。人家見此山雲霞燦爛，十分悅目，這百多年來，就把這山叫做雲靈山。此妖起初也不過在這山上吞雲吐霧，並不曾害人，誰想近三年來，情形大變。從辰時起到酉時止，是那妖在洞中修煉之時，行人在此時間內走過，尚不妨事；否則，能逃毒手的，十無一二。這三年中，我同牠鬥了若干回，也不曾傷牠分毫。牠也知道我的厲害，只要一到我庵前不遠，便自逃了回去。適才我聽得風響，知是那妖前來。後來沒有動靜，便聽見壯士叩門了。」

周淳才知道那妖適才忽然不追的緣故。

白雲大師又說道：「一物伏一物，我知道此妖最怕蜈蚣。久聞黃山餐霞大師處有此異物，便叫紫綃去借。大師先還不肯，說那蜈蚣是她鎮洞之寶。後來經我親身前往，昨天才借到。恰好壯士與師兄到此，想是那妖伏誅之日不遠了。」

第六章　名山靈物

白雲大師說罷，便由壁上取出一個長匣，乃是精鐵鑄成，十分堅固。又從葫蘆內取出幾十粒丹藥。然後將盒蓋揭開，只見裡面伏著一條二尺四寸長的蜈蚣，遍體紅鱗閃閃發光，兩粒眼珠有茶碗大小，綠光射眼。白雲大師將那丹藥放在盒內，那蜈蚣忽然蠕蠕欲動，大師忙將盒蓋關上。

髯道人道：「如此靈物，其毒必比蛇妖厲害。不知餐霞大師當初如何收得？」

白雲大師道：「餐霞大師幼年在閨中當處女時，最為淘氣。有一天捉到一條蜈蚣，不過三兩寸長。她將此物裝在一個盒內，每天拿些米飯餵牠，日子一多，漸漸長成。等她出閣時，這蜈蚣差不多已有五六尺長，她一定要陪送過去。她老太爺怕駭人聽聞，執意不肯。沒奈何，她才把那條蜈蚣叫人抬到山中放掉。後來她的丈夫死去，她被神尼優曇大師收歸門下，煉成劍仙，又到那山中將那蜈蚣收作鎮山之寶。百餘年來，經餐霞大師用符咒催煉，食的俱是仙丹靈藥，不但神化無窮，可大可小，並且頗通靈性，從不輕易傷人。餐霞甚是喜愛於牠。此次經我再三請求，費了無數唇舌，才肯借用一時。師兄莫要小看於牠。」

三人談談說說，問了些周淳所精的功夫，不覺已是東方微明。

白雲大師道：「是時候了。」便對周淳道：「此番前去，非常凶險。壯士如果要去，只可躲在一旁作壁上觀，千萬不可妄動才好。」說罷，便同了二人起身，往山谷中走去。

這時，一輪紅日已經從地平線上往上升起，途徑看得非常清楚。走到一處，只見山勢非常險惡，寸草不生。白雲大師便對髯道人道：「此地離蛇巢不遠，待我前去引牠出來。等我與牠鬥時，煩勞師兄用玄英劍斷牠的歸路。」說罷，便獨自向前走去。

髯道人同了周淳縱上山峰，只見山谷中有一個大洞，深黑不可見底。白雲大師走到離洞不遠，嘬嘬嗚嗚的叫了幾聲，忽然狂風大起，白雲大師撥轉身往回路便走。

說時遲，那時快，洞中一陣黑風過去，衝出一條大蛇，金鱗紅眼，長約十丈，腰如缸甕，行走如飛。看看追出半里多地，白雲忽地回身喊一聲：「來得好！」從手中飛出一道紫光。那蛇見了這光，便由口中吐出丈許長的火焰，與這道光華絞在一起。

鬥了片時，那蛇自知不敵，撥轉身回頭便走。髯道人便將手上玄英劍放出來，一道青光，朝蛇頭飛去。那蛇見不是路，便將蛇身盤作一堆，噴出烈火毒霧，與這兩道劍光戰在一起，饒你仙劍厲害，也是不能傷牠分毫。

白雲大師與髯道人各人佔了一個山峰，指揮劍光，與那蛇對敵，鬥了半日，不分勝敗。白雲沒奈何，只得與髯道人打個招呼，各人將劍光收起。那蛇看見劍光忽然退去，認為敵人已敗，正待向白雲大師撲來。忽然從白雲大師手中飛起一物，通體紅光耀目，照得山谷皆紅。原來白雲大師見劍仍是不能取勝，已是將匣內蜈蚣放出。

這蜈蚣才一出匣，迎風便長，長有丈餘。那蛇見蜈蚣飛來，知道已逢勁敵，更不怠慢，拚命地噴火噴霧，與那蜈蚣鬥在一起。鬥有片時，那蜈蚣一口將蛇的七寸咬住，那蛇也將蜈蚣的尾巴咬住，兩下都不肯放鬆。那蛇被蜈蚣咬得難受，不住地將長尾巴在山石上掃來掃去，把山石打得如冰雹一般，四散飛起，煞是奇觀。

這時，他三人已走在一處。髯道人意欲將玄英劍放起，助那蜈蚣一臂之力。白雲大師怕傷了蜈蚣，連忙止住。正說話時，忽然震天動地一聲響過去，蛇與蜈蚣俱都紋絲不動。原來那蛇被咬，負痛不過，一尾掃過去，將谷口凸出來有丈許高的山石打斷，恰好正落在牠的頭上，打得腦漿迸裂，那蜈蚣也力竭而死。

白雲大師同了髯道人連忙飛下山去，用劍將蛇身砍成十數段。見蜈蚣已死，便道：「我起初不肯輕易放出，就怕是兩敗俱傷。如今怎好回覆餐霞大師呢？」

髯道人道：「此妖為害一方，荼毒生靈，今賴餐霞大師的蜈蚣除此巨害，功德非小，想來也不能見怪你我。」

正說話時，忽從山頭上飛下一個黑衣女郎，腰懸一個葫蘆，走到二人面前行禮道：「弟子周輕雲，奉餐霞大師之命，請白雲大師不必在意。蜈蚣之死，乃是定數，命我致意大師，將牠屍骨帶回。」說罷，走到蜈蚣身旁，取出一粒丹藥，放在牠口內，那蜈蚣便縮成七八寸光景，便取來放在身旁葫蘆之內。又對白雲大師道：「家師言說家父周淳在此，可容一見？」

白雲大師才知道她是周淳的女兒，十分代她喜幸，便將周淳喚將下來。他父女重逢，自是歡喜。周淳正要訪求餐霞大師幫忙，適才在白雲大師處，因忙於捉妖，不曾啟齒，今見女兒到來，正好命她代求。便對輕雲說了多臂熊毛太尋仇，同自己往成都之事，又教輕雲代請餐霞大師下山。

輕雲道：「如此小事，何必勞動師父，女兒此次也為此事而來。女兒自隨師父上山，已將仙劍煉成。我因爹爹學劍不成，屢次求大師傳授，大師說父親與她老人家無緣。大師生平未收過男弟子，她說爹爹機緣到來，自然得遇名師。教爹爹此番只管往成都走去，前面自有人來接引。女兒回山覆命之後，也要到成都去助爹爹殺那毛太呢。」周淳聽了，不覺心中一塊石頭落地。輕雲辭別三人，回山覆命不提。

周淳心想白雲大師與髯道人俱是成名劍仙，便有投師之意。

白雲大師道：「你雖年過四十，根行心地俱好，早晚是我輩中人，何必急在一時？現在劍客派別甚多，時常引起爭鬥。崑崙、峨嵋之外，現在新創的黃山派與五台派，如同水火，都是因為邪正不能並立的緣故。這次毛太尋仇，不過開端，以後的事兒正多呢。」說罷，便拾了許多枯樹枝葉，將蛇身焚化。

髯道人說奉師父靜虛老祖之命，要急忙去度一個富有仙根的人，以免被五台派的人收羅了去。說罷噘口一聲長嘯，只見雲端中飛下一隻大仙鶴，髯道人跨了上去，說聲「再見」，便自沖霄飛起。

周淳才知那日山中鬥蛇的仙鶴，就是髯道人的坐騎。他雖聽了女兒輕雲之言，終覺放心不下，順便邀白雲大師相助。白雲大師道：「你只管先去，此行決無妨礙。到逢難時，我自會前來救你，此時尚用不著。」

周淳心中半信半疑，沒奈何，只得單身辭別上路。行了數日，已到成都。到處打聽毛太，都說不曾見過這樣的一個和尚。周淳只得在那裡等候輕雲到來，等了三個多月，也不曾來，心中十分不解。這時已是正月下旬。成都城廂內外庵觀林立，古蹟甚多。有一天，悶坐店房，十分無聊，信步走到南門外武侯祠去遊玩。

第七章　義擒淫賊

這武侯祠乃是蜀中有名的古蹟，壁上名人題詠甚多。周淳瀏覽片時，信步走到望江樓，要了一壺酒、幾味菜，獨自一人食用。忽聽樓梯響動，走上一人，武生公子打扮，長得面如冠玉，十分俊美，只是滿臉帶著不正之色。頭戴藍緞子繡花壯士帽，鬢邊斜插著顫巍巍碗大的一朵通草做的粉牡丹。獨自一人要些酒菜，也不好生吃用，兩眼直勾勾地望著樓下。

周淳看了半日，好生奇怪，也低頭往下看去。原來江邊停了一隻大船，船上有許多女眷，內有一個女子長得十分美麗，正在離船上轎。那武生公子見了，連忙丟下一錠銀子，會好酒錢，急匆匆邁步下樓。

周淳觀察此人定非良善，便也會了酒帳，跟蹤上去。忽然看見前面一個道人，背上負著一個大紅葫蘆，慢慢往前行走。仔細一看，原來就是那日在峨嵋山相遇的那個醉道人。要待追那淫賊，好容易才得相遇奇人，豈肯失之交臂；要放下不追，又未免自私之心太重，有失俠義的天職。正猶豫間，成都轎夫有名的飛腿，已跑得不知去向；那武生公子，也已不見蹤影。沒奈何，只得暗暗跟著那道人走去。

那道人好似不曾知道周淳跟他模樣，在前緩緩行走。周淳心中暗喜，以為這次決不會輕易錯過，只在道人後面緊緊跟隨。那道人只往那田野中走去，不論周淳如何追趕，距離總是不到一二十丈。後來周淳急了，便脫口喊道：「前面道爺，暫停貴步，弟子有話奉上。」誰想那道人聽了周淳之言，越走越快，任你周淳有輕身功夫，也是莫想追趕得上，一轉瞬間，已是不見蹤影。

周淳知那道人不肯見他，無奈何，垂頭喪氣回轉店房。到了定更後，正待安歇，忽然一陣微風吹過，平空桌上添了一張紙條。周淳連忙縱身出來，只見明星在天，四外皆寂。遠遠深巷中，微微一陣犬吠。回房看那紙條時，只見上面寫了三個大字「施家巷」，筆酣墨飽，神采飛揚。看這字非常面熟，好似在哪裡見過，怎奈一時想它不起。心想：「這施家巷俱是大戶人家，與我有何關係？」心中十分不解。

後來一想：「莫非那裡出了什麼事故，送字的人獨力難支，約我前去相助不成？不管是與不是，且到那裡再說。」於是將隨身用的兵器帶好，將門緊閉，從窗口內縱身出去，一路躥房跨脊。正走之間，忽見一條黑影，飛也似地往前奔跑，剛走到施家巷時，忽然不見。

周淳心想：「施家巷街道甚長，叫我先到哪一家呢？也不管它。」且先到了第一家的房上，卻靜悄悄並無聲息。又走到第三家，乃是一所大院落，忽然看見樓上還有燈光。周淳急忙縱了過去，往窗內一看，不由怒髮衝冠。原來屋中一個絕色女子，被脫得赤條條地縛在一條長凳上，已是昏絕過去。白天見的那一個武生公子，正在解帶寬衣，想要強姦那一個女子。周淳不由脫口喝道：「好淫賊！竟敢強姦良家女子，還不給我出來受死！」

那賊聽了，便道：「何人大膽，敢破你家太爺的美事？」說罷，一口將燈吹滅，將房門一開，先將一把椅子朝外擲來。周淳將劍撥過一旁，正在等他出來廝殺，忽聽腦後風聲，知是有人暗算，更不回首，斜刺裡往前縱跳出去。這賊人接著就是一刀砍來，周淳急架相還。原來此賊十分狡猾，他先將椅子擲出，自己卻從窗口飛將出來，想要暗算周淳。若不是周淳久經大敵，已經遭了毒手。

周淳與淫賊鬥了十餘個回合，覺得此賊身法刀法非常熟悉，便喝道：「淫賊，你是何人門下？叫什麼名字？通名受死，俺雲中飛鶴劍下不死無名之鬼。」

那賊聽了此言，不禁狂笑道：「你就是周三麼？我師父只道你不到成都來，誰想你竟前來送死。你家太爺，乃八指禪妙通——俗家名叫多臂熊毛太的門徒，名喚神行無影粉牡丹張亮的便是。」

周淳一聽是對頭到了，不禁一陣心驚，又怕毛太前來相助，不是敵手，便使出平生絕藝，渾身上下，舞起一團劍花，將那賊緊緊裹住。那張亮雖然武藝高強，到底不是周淳敵手。偏偏這家主人姓王，也是一個武家子，被喊殺之聲驚動，起初看見兩個人在動手，估量其中必有一個好人，但分不清誰好誰壞，只把緊自己的房門，不敢上前相助。及至聽了那賊報罷名姓，便已分清邪正，於是帶領家人等上前相助。

那賊見不是路，抽空縱身一躍，跳上牆去。周淳道：「哪裡走！」連人帶劍，飛將起來，只一揮，已將淫賊兩腳削斷，倒栽下來，痛死過去。眾人連忙綑好，請周淳進內坐定，拜謝相救之德。

周淳道：「此賊雖然擒住，你等千萬不可聲張。他有一師，名喚毛太，已煉成劍仙，若被他知曉，你等全家性命難保。」

那家主人名喚王承修，聽了周淳之言，不禁大驚，便要周淳相助。周淳道：「我也不是此人的敵手，只要眼前他不知道，再等些日，便有收服他的人前來，所以你們暫時不可聲張。明早你將這人裝在皮箱內，悄悄先到官府報案，叫他祕密收監，等擒到毛太，再行發落。留我在此，無益有禍，更是不好。」王承修知挽留不住，只得照他吩咐行事。不提。

周淳仍照原路，悄悄回轉店房。他因為今晚雖然幹了一樁義舉，誰想無意中，又和毛太更結深了一層仇怨。明知背葫蘆的醉道人是一個大幫手，怎奈又失之交臂。心緒如潮，一夜並不得安睡。到了第二日，在店中吃罷午飯，便到城內各處參觀，尋訪醉道人的住處。一連數日，都是不見蹤跡。

一日信步出城，走到一片樹林裡面，忽然看見綠蔭中，隱露出粉牆一角，知是一座廟宇。周淳這時覺得有些口渴，便往那廟門走去，欲待進去隨喜，討杯水喝。剛剛走離廟門不遠，忽聽大道上鸞鈴響亮，塵頭起處，有十餘騎人馬，飛一般直往廟門馳來。周淳本是細心人，便將身子閃過一旁。只見馬上那一群人，約有十三四個，一個是道家裝束，其餘都是俗家打扮，形狀非常凶惡。每人身上，俱都負有包裹，好似都藏有兵刃。

起初廟門緊閉，那一群人到得廟前，當頭的是一個稍長大漢，只見他將鞭梢一揮，朝定廟門連擊三下，不一會，廟門大開。十餘騎連人帶馬，更不打話，一擁而入。等到一群人進去後，依然禪門緊閉，悄無人聲。周淳心知這夥人定非良善之輩，不過這座廟宇離城不遠，似乎又不應藏匿匪人，想要看個究竟，便往那廟門口走去。只見這座廟蓋得非常偉大莊嚴，廟門匾上，寫著「勅建慈雲禪寺」六個大金字。

周淳心想：「久聞慈雲寺乃是成都有名叢林，廟中方丈智通和尚戒律謹嚴，僧徒們清規甚好，如何卻與這些匪人來往？要說是過路香客，情形又有點不對。」正想假裝進廟隨喜，看個究竟，忽然叭的一聲，一塊乾泥正落在周淳的臉上，不禁大驚。急忙用目四下觀看，不要說人，連雀鳥都沒有一個，不知這泥塊從哪裡飛來。心中雖然非常驚異，終究好奇心盛，又仗著藝高人膽大，仍擬前去叩門。剛把手舉起來，忽然腦後生風。

周淳這回不似剛才大意，急忙將頭一低，叭的一聲，落在地上，仍是一塊乾土。急往土塊來路看時，只見相隔二十多丈，有一個人影，往樹林中一晃，便自不見。不禁心中有氣，便丟下進廟之想，飛步往樹林中追去，準備搜出那人，問他無緣無故，為何一次兩次和他開玩笑？等到走進林中，四下搜尋，哪有絲毫蹤跡。正待不追，又是一塊乾土飛來。

周淳這時早已留上十二分的心了，他一面閃開那塊乾土，一面定睛往前望去。只見前面這一個人，長得十分瘦小，正往林外飛跑。周淳氣往上撞，拔腿便追。那人好快身法，腳不沾塵，任你周淳日行千里的腳程，也是追趕不上。就這樣一個跑，一個追，不大工夫，已是十餘里路。

周淳一路追，一路想：「我與此人素昧平生，何故如此戲弄於我？要是仇家，我在廟門前，已是中了他的暗算。況且照他腳程身法看來，武藝決不能在我之下，他把我引在這無人的荒郊，是什麼緣故呢？」正想問，忽然大悟，便止步喊道：「前面那位尊兄，暫停幾步，容俺周淳一言。」任你喊破喉嚨，那人只是不理。忽然見他在一株樹前站住，周淳心中大喜，便往前趕去。剛剛相離不遠，那人忽又拔腿便跑，如星馳電掣般，眨眨眼，已不知去向。

周淳走近樹前，忽見地下有一個紙包。拾起來打開一看，原來是兩粒丹丸，上面還有一行小字，寫著「留備後用，百毒不侵」八個字。周淳也不知是什麼用意，順手揣入懷中。這一來益發知道那廟不是善地，這人是有心引他脫離危險。自己也知道孤掌難鳴，暫時只好且自由它，無精打采地往回路走去。

剛剛走了不到四五里路，忽然看見道旁一株大樹上，懸掛著一大口鐘。心想：「剛才在此走過，並不曾見有這口鐘。這口鐘少說也有六七百斤，這人能夠縱上去，將這口鐘掛上，沒有三四千斤的力量，如何能辦得到？」再看離這鐘不遠，有一所人家，於是便走了過去，想問個明白。誰想才到那家門口，便隱隱聽得有哭喊救命之聲。周淳天生俠肝義膽，不由繞到屋後，縱身上去一看，只嚇得心驚膽破。

第八章　林中比劍

話說周淳聽見那家院內有哭喊救命之聲，連忙縱身上屋，用目往院中一看。只見當院一個和尚，手執一把戒刀，正在威脅一個婦人，說道：「俺今天看中了你，正是你天大的造化。你只趕快隨我到慈雲寺去，享不盡無窮富貴；如若再不依從，俺就要下毒手了。」那婦人說道：「你快快出去便罷，我丈夫魏青不是好惹的。」說罷，又喊了兩聲救命。

那和尚正待動手，周淳已是忍耐不住，便道：「凶僧休得無禮，俺來也！」話到人到劍也到，一道寒光，直往和尚當胸刺去。那和尚見他來勢甚急，也不由吃了一驚，一個箭步縱了出來，丟下手上戒刀，抄起身旁禪杖，急架相還。戰了幾個回合，忽然一聲怪笑，說道：「我道是哪一個，原來是你！俺尋你幾個月，不想在此地相遇，這也是俺的造化。」說罷，一根禪杖如飛電一般滾將過來。

周淳聽了那和尚的話來路蹊蹺，仔細一看，原是半年來時刻提防的多臂熊毛太，不想今日無意中在此相遇。已知他藝業大進，自己一定不是對手。便將手中劍緊了一緊，使了個長蛇出洞勢，照毛太咽喉刺去。和尚見來勢太猛，不由將身一閃。周淳乘此機會，躥出圈外，說道：「慢來慢來，有話說完了再打，」

毛太道：「我與你仇人見面，你還有何話說？」

周淳道：「話不是如此說法。想當初你敗在我的手中，我取你性命，如同反掌。只因我可惜你一身武藝，才放你逃走。誰想你恩將仇報，又來尋仇。你須知人外有人，天外有天。你只以為十年來學成劍法，可以逞強；須知俺也拜了黃山餐霞大師同醉道人為師，諒你枉費心力，也不是俺的對手。你趁早將這女子放下，俺便把你放走；如若不然，今天你就難逃公道。」

周淳這番話，原是無中生有的一番急智。誰知毛太聽了，信以為實，不禁心驚。心想：「周淳如拜餐霞大師為師，我的劍術一定不是他的對手。但是自己好容易十年心血，今天不報此仇，也大不甘心。」便對周淳道：「當初我敗在你手中，那時我用的兵刃是一把刀。如今我這個禪杖，練了十年。你我今日均不必用劍法取勝，各憑手中兵刃。我若再失敗，從此削髮入山，再不重履入世。你意如何？」

周淳聽了，正合心意，就膽壯了幾分，便道：「無論比哪一樣，我都奉陪。」說罷，二人又打在一處。只見寒光凜凜，冷氣森森，兩人正是不分上下。

周淳殺得興起，便道：「此地大小，不宜用武，你敢和我外邊去打嗎？」

毛太道：「俺正要在外面取你的狗命呢。」

這時，那個婦人已逃得不知去向。二人一前一後，由院內縱到牆外的一片空地上，重新又動起手來。仇人見面，分外眼紅，施展平生武藝，殺了個難解難分。

周淳見毛太越殺越勇，果然不是當年阿蒙。又恐他放出飛劍，自己不是敵手，百忙中把手中寶劍緊了一緊。恰好毛太使了一個泰山壓頂的架勢，當頭一禪杖打到。周淳便將身子一閃。毛太更不怠慢，急轉禪杖的那一頭，向周淳腰間橫掃過來。

周淳見來勢凶猛，不敢用劍去攔，將腳一點，身子縱起有七八尺以上。毛太見了大喜，乘周淳身子懸起尚未落地之時，將禪杖一揮，照周淳腳上掃去。周淳早已料到他必有此一舉，更不怠慢，毛太禪杖未到時，將右腳站在左腳面上，借勢一用力，不但不往下落，反向上躥高數尺。這是輕身法中的蜻蜓點水、燕子飛雲蹤的功夫，乃周淳平生的絕技。

毛太一杖打空，因為用力過猛，身子不禁往前晃了一晃。周淳忽地一個仙鶴盤雲勢，連劍帶人，直往毛太頂上撲下。毛太喊了一聲「不好」，急忙腳下一用勁，身子平斜往前縱將出去，雖然是逃得快，已被周淳的劍尖將左臂劃破了四五寸長一道血槽，愈發憤怒非凡。周淳不容毛太站定，又是飛身一劍刺將過來。毛太好似瘋了的野獸一般，急轉身和周淳拚命相持。

這時已是將近黃昏，周淳戰了半日，知是輕易不能取勝，忽地將身一縱，將劍一舞，形成丈許長的一道劍花。毛太又疑心他使什麼絕技，稍一凝神。周淳乘機拔腳就跑。毛太見仇人逃走，如何肯善罷甘休，急忙緊緊在後頭追趕。

周淳一面跑，一面悄悄將連珠弩取出，拿在手中。毛太見周淳腳步漸慢，正待縱身向前。周淳忽地回頭，手兒一揚，道一聲：「著！」只見一線寒光，直望毛太面門。毛太知是暗器，急忙將頭一低，避將過去。誰想周淳的連珠鋼弩，一發就是十二枝，不到危險時，輕易不取出來使用；如用時，任你多大武藝，也難以躲避。

毛太如何知道厲害？剛剛躲過頭一枝，接二連三的弩箭，如飛蝗般射到。好毛太，連跳帶接。等到第七枝上，萬沒想到周淳忽將五枝弩箭同時發出：一枝取咽喉，兩枝取腹部，兩枝取左右臂，這個名叫五朵梅花穿雲弩。任你毛太善於躲避，也中了兩箭：一枝中在左臂，尚不打緊；一枝恰好射到面門。

原來毛太見來勢甚急，無法躲避，滿想用口去接，誰想左臂所中之箭在先，又要避那一枝，一時心忙意亂，顧了那頭，顧不了這頭，一個疏忽，將門牙打斷了兩個。立刻血流如注，疼痛難忍，沒奈何只得忍痛回身便跑。周淳本當得意不可再追才是，因見毛太受傷，心中一高興，回轉身就追。

那毛太因聽周淳之言，他已拜餐霞大師為師，所以不敢用飛劍敵他。後來兩人打了半日，不見勝負，又急又恨，也就忘了用劍。及至毛太受傷，周淳返身追了過去，不禁醒悟過來。心想：「周淳既拜餐霞大師為師，他的劍術自然比我厲害，我因怕他，所以不敢放劍。他劍術比我強，何以也不敢用呢？莫非其中有詐？我不可中了他的詭計，不如試他一試。」正想之間，回頭一看，周淳追趕已是相離不遠。便將身回轉，取出金身羅漢法元所賜的赤陰劍，手揚處，一道黃光，向周淳飛來。

周淳正追之際，忽見毛太回身，便怕他是要放劍，正後悔窮寇莫追，自己太為大意，毛太已是將劍光放出。周淳知道厲害，撥轉身如飛一般向前奔逃。毛太一見，知道以前周淳說拜餐霞為師的一番話全是假的，自己上了他老大一個當，愈加憤怒，催動劍光，從後追來。

周淳已跑入一片樹林之內，劍光過處，樹枝紛紛墜落如雨。這時周淳與劍光相離不過一二丈光景，危險已極。知道性命難逃，只得瞑目待死。

毛太見周淳已臨絕地，得意之極，不禁哈哈大笑。這時劍光已在周淳頂上，往下一落，便要身首異處。在這間不容髮的當兒，忽然一聲長嘯，由一株樹上，飛下一道青光，其疾如電，恰恰迎頭將黃光敵住。在這天色昏黑的時候，一青一黃，兩道劍光，如神龍夭矯，在天空飛舞，煞是好看。毛太滿想周淳準死在他的劍下，忽然憑空來了這一個硬對頭，不禁又是急又是怒。

周淳正待瞑目就死，忽然半晌不見動靜。抬頭一看，黃光已離去頂上，和空中一道青光相持。知有高人前來搭救，心神為之一定。只是昏黑間，看不出那放劍救自己的人在哪裡。所幸他目力甚好，便凝神定睛往那放劍之處仔細尋找，只見一個道人，坐在身旁不遠的一株大樹枝上。便輕輕走了過去，想等殺了毛太以後，叩謝人家。等到近前一看，不禁大喜，原來那人身背一個紅葫蘆，依稀認得正是這幾個月來夢魂顛倒要會的醉道人。

正待上前答話，醉道人忽朝他擺了擺手，周淳便不再言語。這時天空中黃光越壓越小，青光愈加炫出異彩，把一個多臂熊毛太急得搓耳捶胸，膽戰心寒。正在不可開交之際，周淳便趁毛太出神不備，取出懷中暗器沒羽飛蝗石，照準毛太前胸打去，打個正著，將毛太打跌一跤。一分神間，黃光越發低小，眼看危險萬分。忽然西南天空有三五道極細的紅線飛來，遠遠有破空的聲音。

醉道人忽跳下樹來，悄悄對周淳說道：「快隨我來！」不容周淳還言，一手已是穿入周淳脅下，收起劍光，架起周淳，飛身向大道往城內而去。

那毛太正在急汗交流之際，見青光退去，如釋重負，連忙將自己的劍收回。再一看周淳，已不知去向。始終不知對面敵手是誰，正在納悶。忽見眼前一道紅光一閃，面前立定一人，疑是仇人，正待動手。那人忽道：「賢弟休得無禮！」毛太定睛一看，原來是自己的莫逆好友飛天夜叉秦朗，不禁大喜，連忙上前見禮。

秦朗便問毛太因何一人在此。毛太便將下山尋周淳報仇，在慈雲寺居住，今日巧遇周淳，受騙中箭，後來自己放出赤陰劍才得取勝，忽然暗中有人放出仙劍將周淳救去，正抵敵不過，放劍的人與周淳頃刻不知去向的話，說了一遍。

秦朗道：「我來時看見樹林中有青黃二色劍光相鬥，知道內中有本門的人在此遇見敵手，急忙下來相助，誰想竟已逃去。想是他們已看出是我，知道萬萬不是敵手，所以逃去。可惜我來遲了一步，被他們逃去。」

秦朗本是華山烈火祖師的得意門人，倚仗劍法高強，無惡不作。他所煉的劍，名喚紅蛛劍，厲害非常。起初也曾拜法元為師，烈火祖師又是法元所引進，與毛太也算同門師兄弟，二人非常莫逆。毛太見他一來，青光便自退去，也認為敵人是懼怕秦朗，便向秦朗謝了救命之恩。

秦朗道：「我目前正因奉了祖師爺之命，往滇西去採藥，要不然時，這一夥劍客，怕不被我殺個淨盡。剛才那人望影而逃，總算他們是知趣了。」正在大吹特吹之時，忽然聽得近處有人說道：「秦朗你別不害臊啦！人家不過看在你那個沒出息的師父面上，再說也不屑於跟你們這些後生下輩交手，你就這般的不要臉，還自以為得意呢！」

秦朗性如烈火，如何容得那人這般奚落，不禁大怒，便罵道：「何方小輩，竟敢太歲頭上動土？還不與我滾將出來受死！」話言未了，叭的一聲，一個重嘴巴，正打在左頰上，打得秦朗火星直冒。正待回身迎敵，四外一看，並不見那人蹤影。當著毛太的面，又羞又急。便罵道：「混帳東西，暗中算人，不是英雄。有本領的出來，與我見個高下？」

那人忽在身旁答道：「哪個在暗中算人？我就在你的面前。你枉自在山中學道數十年，難道你就看不見嗎？」

秦朗聽了，更加憤恨，打算一面同那人對答，聽準那人站的方向，用飛劍斬他。於是裝著不介意的樣子，答道：「我本來目力不濟，你既然本領高強，何妨現出原身，與我較量一個高下呢？」

那人道：「你要見我，還不到時候；時候到了，恐怕你想不見，還不成呢。」

秦朗這時已算計那人離他身旁不過十餘步光景，不等他話說完，出其不意，將手一張，便有五道紅線般的劍光，直往那人站著的地方飛去。一面運動這劍光，在這周圍數十丈方圓內上下馳射，把樹林映得通紅。光到處，樹枝樹葉齊飛，半晌不見那人應聲。

毛太道：「這個怪人，想必已死，師兄同我回廟去吧。」話言未了，忽然又是叭的一聲，毛太臉上也挨了一個嘴巴。毛太憤恨萬分，也把劍光放出，朝那說話的地方飛去。只聽那人哈哈大笑，說道：「我只當你這五台派劍法高強，原來不過如此。你們不嫌費事，有多少劍都放出來，讓我見識見識。」

秦朗、毛太二人又是氣，又是急。明知那人本領高強，自己飛劍無濟於事，但是都不好意思收回，只好運動劍光，胡亂射擊。那人更不肯輕易閒著，在他二人身旁，不是打一下，就是擰一把，捏一把，而且下手非常之重，打得二人疼痛非常。

後來還是毛太知道萬難迎敵，便悄悄對秦朗說：「我們明刀明槍好辦，這個東西不知是人是怪，我們何必吃這個眼前虧呢？」秦朗無奈，也只得藉此下台，恐怕再受別的暗算，叫毛太加緊提防，各人運動劍光護體，逃出樹林。且喜那人不來追趕。二人跑到慈雲寺，已是上氣不接下氣。

進廟之後，由毛太引見智通。智通便問他二人為何如此狼狽。毛太說明經過之事。智通聽了，半晌沉吟不語。毛太便問他是什麼緣故？

智通道：「適才在林中，起初同你鬥劍之人，也許是峨嵋派劍客打此經過，路見不平，助那周淳一臂之力。後來見秦道友來，或被看破結仇，又怕不是敵手，故爾帶了周淳逃走。這倒無關緊要。後來那個聞聲不見形的怪人，倒是有些難辦。如果是那老怪物出來管閒事，慢說你我之輩，恐怕我們老前輩金身羅漢法元，同秦道友令師華山烈火祖師，都要感覺棘手。」

秦、毛二人答道：「我等放劍，不見他迎敵，他也不過是會一點隱身法而已，怎麼就厲害到這般田地？」

智通答道：「二位哪裡知道。五十年前，江湖上忽然有個怪老頭出現，專一好管閒事。無論南北兩路劍客，同各派的能人劍俠，除非同他一氣，不然不敗在他手裡的很少。那人不但身劍合一，並且練得身形可以隨意隱現，並不是平常的隱身法，只能障普通人的眼目。

「起初人家不知道他的名姓，因他行蹤飄忽，劍法高強，與他起了一個外號，叫做追雲叟。後來才訪出他的姓名，叫作白谷逸。當時江湖上的人，真是聞名喪膽，見影亡魂。他自五十年前，因為他的老伴凌雪鴻在開元寺坐化，江湖上久已不見他的蹤跡，都說他已死了。去年烈火祖師從滇西回華山，路過此地，說是看見他在成都市上賣藥，叫我仔細。並說自己當初曾敗在他手裡，有他在一日，自己決不出山，參加任何方面鬥爭。

「起初只說他已坐化，誰想還在人世。惟有踐昔日之言，回山閉門靜修，不出來了。所以我嚴命門下弟子，無故不准出廟生事。後來也不見有什麼舉動。前些日毛賢弟的門徒張亮半夜出廟，說是往城內一家富戶去借零用，一去不歸。後來派人往衙門口同那家富戶去打聽，蹤影毫無。一定遭了這老賊的毒手，旁人決不會做得這般乾淨。」

張亮乃是毛太新收愛徒，一聽這般凶信，不禁又急又氣，定要往城內去探消息。智通連忙勸阻，叫他不可造次。便對秦朗說道：「我廟中連日發生事故，情形大是不妙。秦道友不宜在此久居，明日可起程到滇西去。貧道煩你繞道打箭爐一行，請瘟神廟方丈粉面佛，約同飛天夜叉馬覺，快到成都助我一臂之力。秦道友意下如何？」

秦朗道：「我此次奉師命到滇西去，本來也要到打箭爐去拜訪曉月禪師。大師煩我前去，正是一舉兩便。我明早就起程便了。」

智通謝過秦朗，便叫人去把門下弟子四金剛，以及白日前來投奔的四川路上的大盜飛天蜈蚣、多寶真人金光鼎、獨角蟒馬雄、分水犀牛陸虎、鬧海銀龍白縉，以及全體英雄，齊至大殿，有事相商。傳話去後，先是本廟的四金剛大力金剛鐵掌僧慧明、無敵金剛賽達摩慧能、多臂金剛小哪吒慧行、多目金剛小火神慧性等四人先到，隨後便是金光鼎等進來施禮落座。

智通道：「我叫你等進來，不為別故，只因當初我祖師太乙混元祖師，與峨嵋派劍仙結下深仇，在峨嵋山玉女峰鬥劍，被峨嵋派的領袖劍仙乾坤正氣妙一真人齊漱溟斬去一臂。祖師爺氣憤不過，後來在茅山修煉十年，煉就五毒仙劍，約峨嵋派二次在黃山頂上比劍。峨嵋派看看失敗，平空又來了東海三仙：一個是玄真子，二個是苦行頭陀，三個就是那怪老頭追雲叟白谷逸。他們三人平空出來干涉，調解不公，動起手來。

「我們祖師爺被苦行頭陀將五毒劍收去，又中了玄真子一無形劍，七天之後，便自身亡。臨終的時節，將門下幾個得意門人，同我師父脫脫大師叫在面前，傳下煉劍之法，叫我等劍法修成，尋峨嵋派的人報仇雪恨。我師父後來走火入魔，當時坐化。

「我來到成都，苦心經營這座慈雲寺，十幾個年頭，才有今日這番興盛。只因我從不在此作買賣，出入俱在深夜，頗能得到當地官民紳商的信仰。誰想半月前夜間，毛賢弟的門人張亮，看中了城內一家女子，前去採花借錢，一去不回。四外打聽，並無下落，定是遭了別人的毒手。我正為此事著急，誰想前幾天本院又出了一樁奇事。」

毛太聽了，忙問出了什麼奇事？

智通道：「賢弟你哪裡知道，這也是我一念慈悲，才留下這一樁後患。前幾天我正在歡喜禪殿，同了眾弟子在那裡追歡取樂，忽然聽見暗門磬響，起初以為是你回來。誰想是十七個由貴州進京應試的舉子，繞道到成都遊玩，因聞得本廟是個大叢林，隨便進來隨喜。前面知客僧一時大意，被他們誤入雲房，巧碰暗室機關，進了甬道。

「我見事情已被他等看破，說不得只好請他們歸西。我便將他等十七人全綁起來，審問明白，由我親自動手送終。殺到臨末一個舉子，年紀只有十七八歲，相貌長得極好，跪在地上苦苦哀求，不禁將我心腸哭軟，不忍心親自動手殺他，便將他送往牢洞之中，給了他一根繩子、一把鋼刀、一包毒藥，叫他自己在洞中尋死。他又苦求多吃兩頓，做一個飽死鬼。我想一發成全了他，又與他三十個饅頭，算計可以讓他多活三天。到第四天去看他，若不自殺，再行動手。我因那人生得非常文弱，那牢洞又高，我也未把此事放在心上。

「誰想第二天、第三天，連下了兩晚的大雷雨，到第四天派人去看，那幼年舉子已自逃走。我想他乃文弱書生，這四圍均是我們自己人，不怕他逃脫。當時叫人將各地口子把住，一面加緊搜查，並無蹤跡。此人看破廟中祕密，我又將他同伴十六人一齊殺死，他逃出之後，豈不報官前來捉拿我等？連日將廟門緊閉，預備官兵到時迎殺一陣，然後再投奔七賢弟令師處安身。準想七八天工夫，並無音訊，派人去衙門口打聽，也無動靜。不知是何緣故？」

多目金剛小火神慧性道：「師父，我想那舉子乃是一個年幼娃娃，連驚帶急，想必是逃出時跌入山澗身亡，或者是在別處染病而死，這倒不必多慮。」

智通道：「話雖如此說，我們不得不作準備。況且追雲叟既然在成都出現，早晚之間，必來尋事。今日我喚你等同眾位英雄到此，就是要大家從今起，分頭拿我柬帖，約請幫手。在廟的人，無事不許出廟。且等請的幫手到來，再作計較。」

眾人聽了，俱都無甚主見，不發一言。惟獨毛太報仇心切，執意要去尋周淳拚個死活。智通攔他不住，只得由他。一宿無話。到了第二日，秦朗辭別大眾，起程往滇西去了。秦朗走後，眾人也都拿了智通的信，分別出門請人。不提。

毛太吃完早飯，也不通知智通，一人離了慈雲寺，往城內去尋周淳報仇。

第九章 古廟逢兇

話說貴州貴陽縣，有一家書香人家姓周，世代單傳，耕讀傳家。惟獨到了末一代，弟兄九個，因都是天性孝友，並未分居，最小的功名也是秀才，其餘是舉人、進士。加以兄弟非常友愛，家庭裡融融洽洽，頗有天倫之樂。只是一件美中不足：弟兄九人，倒有八個有伯道之憂。只有第七個名叫子敬的，到了他三十六歲上，才生了一個兒子，取名雲從，自幼聰明誠篤，至性過人。

一子承祧九房，又是有錢的人家，家中當然是愛得如掌上明珠一般。偏生他又性喜讀書，十五歲入學，十八歲便中了舉，名次中得很高。他中舉之後，不自滿足，當下便要先期進京用功，等候應試。他的父親叔伯雖然因路途遙遠，不大放心，見雲從功名心盛，也不便阻他上進之心。只得挑了一個得力的老家人王福，書僮小三兒，陪雲從一同進京。擇了吉日，雲從辭別叔伯父母同餞行親友，帶了王福、小三兒起程。

行了數日，半路上又遇見幾個同年，都是同雲從一樣先期進京，等候科場的。沿途有了伴，自不寂寞。後來人越聚越多，一共有十七個進京應考的人。這班少年新貴，大都喜事。當下雲從建議說：「我們若按程到京，尚有好幾個月的空閒。古人讀萬卷書行萬里路，經歷與學問，是並重的。我們何不趁這空閒機會，遇見名山勝跡，就去遊覽一番，也不枉萬里跋涉一場呢？」

內中有一位舉子，名叫宋時，說道：「年兄此話，我非常贊同。久聞蜀中多名勝，我們何不往成都去玩幾天？」大家都是年輕好玩，皆無有異議。商量停妥，便叫隨從人等攜帶行李，按程前進，在重慶聚齊。他們一行十七人，除雲從帶了一個書僮外，各人只帶了隨身應用一個小包裹，逕自繞道往成都遊玩。

王福恐他們不大出門，受人欺騙，再三相勸。宋時道：「我在外奔走十年，江湖上什麼道路我都明白，老管家你只管放心吧。」

王福見攔阻不住，又知道往成都是條大路，非常安靜，只得由他。又把小三兒叫在一旁，再三囑咐，早晚好生伺候小主人，不要生事。小三兒年紀雖輕，頗為機警，一一點頭答應。便自分別起程。

他們十七個人，一路無話，歡歡喜喜，到了成都，尋了一家大客店住下，每日到那有名勝的去處，遊了一個暢快。

有一天，雲從同了眾人出門，遊玩了一會，便提議往望江樓去小飲。他們前數日已來過兩次，因為他們除了三四個是寒士外，餘人俱是富家子弟，不甚愛惜金錢。酒保見是好主顧到來，自然是加倍奉承。雲從提議不進雅座，每四人或三人坐一桌，憑欄飲酒，可以遠望長江。大家俱無異議，便叫酒保將靠窗的座位包下來。誰想靠窗的那一樓，只有四張桌子，當中一張桌子上已是先有一個道人在那裡伏几而臥，宋時便叫酒保將那人喚開。

酒保見那道人一身窮相，一早晨進來飲酒，直飲到下午未走，早已不大願意。先前沒有客，尚不甚在意，如今看這許多財神要這個座，當然更覺得理直氣壯。便請他們先在那三張桌上落座，走過去喚了那道人兩聲，不見答應。隨後又推了那道人兩下，那道人不但不醒，反而鼾聲大起。

宋時在這小小旅行團中，是一個十分狂躁的人，見了這般情形，不由心中火起，正待發話。忽然那道人打了一個哈欠，說道：「再來一葫蘆酒。」這時他昂起頭來，才看見他是抱著一裝酒的紅葫蘆睡的。

酒保見那道人要酒，便道：「道爺，你還喝嗎？你一早進來，已經喝了那些個酒，別喝壞了身體。依我之見，你該回廟去啦。」

那道人道：「放屁！你開酒店，難道還不許我喝嗎？休要囉嗦，快拿我的葫蘆取酒去。」

酒保一面答應「是是」，一面陪著笑臉，對那道人說道：「道爺，小的打算求道爺一點事。」

道人道：「我一個窮道士，你有何事求我？」

酒保道：「我們這四張桌子，昨天給那邊十幾位相公包定了，說是今天這個時候來。你早上來喝酒，我想你一定喝完就走，所以才讓給你。如今定座的人都來啦，請你讓一讓，上那邊喝去吧。」

道人聽罷，大怒道：「人家喝酒給錢，我喝酒也給錢，憑什麼由你們調動？你如果給人家定去，我進來時，就該先向我說。你明明欺負我出家人，今天你家道爺在這兒喝定了！」

宋時等了半日，已是不耐。又見那道人一身窮相，說話強橫，不禁大怒，便走將過來，對那道人道：「這個座原是我們定的，你如不讓，休怪老爺無禮！」

道人道：「我倒看不透，我憑什麼讓你？你有什麼能耐，你使吧。」

宋時聽了，便走上前向那道人臉上一個嘴巴。雲從見他等爭吵，正待上前解勸，已來不及，只聽「啊呀」一聲，宋時已是痛得捧著手直嚷。原來他這一巴掌打在道人臉上，如同打在鐵石上一樣，痛徹心肺。

這些舉子如何容得，便道：「反了！反了！拖他出去，打他一個半死，再送官治罪。」正待一齊上前，雲從忙橫身阻攔，說道：「諸位年兄且慢，容我一言。」因這裡頭只雲從帶的錢多，又捨得花，無形中做了他們的領袖。他這一句話說出，眾人只得暫時停手，看他如何發付。

雲從過來時，那道人已自站起，朝他仔細看了又看。雲從見那道人二目神光炯炯射人，知道不是等閒之輩。常聽王福說，江湖上異人甚多，不可隨意開罪。便向那道人說道：「這位道爺不要生氣，我們十七個俱是同年至好，今天來此喝酒，因為要大家坐在一起好談話，所以才叫酒保過來驚動道爺。讓不讓都不要緊，還望不要見怪。」

那道爺道：「哪個前來怪你？你看見的，他打我，我並不曾還手啊！」

這時宋時一隻右手疼痛難忍，片刻間已是紅腫起來。口中說道：「這個賊道士定有妖法，非送官重辦不可。」

雲從連忙使個眼色，叫他不要說話。一面對道人道：「敝友衝撞道爺，不知道爺使何仙法？他如今疼痛難忍，望道爺慈悲，行個方便吧。」

道人道：「他自己不好，想打人又不會打，才會遭此痛苦。我動也不曾動，哪個會什麼仙法？」

這時酒樓主人也知道了，深怕事情鬧大，也在一旁相勸，道人仍是執意不認帳。後來雲從苦苦相求，道人說：「我本不願與要死的人生氣。他因為不會打人，使錯了力，屈了筋。要不看在你這個活人面上，只管讓他疼去。你去叫他過來，我給他治。」

宋時這時仍在那裡千賊道、萬賊道的罵。雲從過來，將他扶了過去，宋時仍罵不絕口。雲從怕道人生氣不肯治，勸宋時又不聽，十分為難。誰想那道人聽了宋時的罵，若無其事，反對雲從道：「你不要為難，我是不願和死人生氣的。」說罷，將宋時手拿過，只見道人兩隻手合著宋時一隻手，只輕輕一揉，便道：「好了。下回可不要隨意伸手打人呀。」說罷，看了宋時一眼，又微微嘆了口氣。

宋時除了手上尚有點紅外，已是不痛不腫。雲從怕他還要罵人，將他拉了過去。又過來給道人稱謝，叫酒保問道人還喝不喝，酒帳回頭算在一起。道人道：「我酒已喝夠，只再要五斤大麴酒，作晚糧足矣。」雲從忙叫酒保取來，裝入道人葫蘆之內。那道人謝也不謝，拿過酒葫蘆，背在背上，頭也不回就走了。

眾人俱都大嘩，有說道人是妖人的，有說是騙人酒吃的，一看有人會帳，就不佔座位了。惟獨雲從自送那道人下摟，忽然想起忘了問那道人的姓名，也不管眾人議論紛紛，獨自憑窗下視，看那道人往何方走去。只見那道人出了酒樓，樓下行人非常擁擠，惟獨那道人走過的地方，人無論如何擠法，總離他身旁有一二尺，好似有什麼東西從中阻攔似的，心中十分驚異。因剛才不曾問得姓名，不禁脫口喊道：「道爺請轉！」

那道人本在街上緩緩而行，聽了此言，只把頭朝樓上一望。雲從滿擬他會回來，誰想那道人行走甚速。這時眾人吵鬧了一陣，因見雲從對著窗戶發呆，來喚他吃酒。雲從回首，稍微周旋一兩句，再往下看時，已不見那道人蹤影。只得仍舊同大眾吃喝談笑了一陣。因宋時今天碰了一個釘子，不肯多事流連，用罷酒飯，便提議回店。眾人知他心意，由雲從會了帳，下樓回了店房。

第二日吃罷早飯，宋時又提議往城外慈雲寺去遊玩。這慈雲寺乃成都有名的禪林，曲殿迴廊，花木扶疏，非常雅靜。廟產甚多，和尚輕易不出廟門。廟內的和尚均守清規，通禪觀，更是名傳蜀地。眾人久已有個聽聞，因為離城有二三十里，廟旁是個村集，雲從便提議說：「成都名勝，遊覽已遍，如今只剩這個好所在。我們何不今天動身，就在那裡打個店房住一天，遊完了廟，明天就起程往重慶去呢？」

宋時因昨日吃了苦，面子不好看，早欲離開成都，首先贊成。眾人本無準見，也就輕車減從，帶了小三兒一同上道。走到午牌時分，行了有三十里路，果然有個村集，也有店房。一打聽慈雲寺，都知道，說是離此不遠。原來此地人家，有多半種著廟產。眾人胡亂用了一點酒飯，只留小三兒在店中看家，全都往慈雲寺走去。行約半里，只見一片茂林，嘉樹蔥蘢，現出紅牆一角。一陣風過去，微聞梵音之聲，果然是清修福地。

眾人到了廟門，走將進去，由知客僧招待，端過素點清茶，周旋了一陣，便引大家往佛殿禪房中去遊覽。這個知客，名叫了一，談吐非常文雅，招待慇勤，很合雲從等脾氣。遊了半日，知客僧又領到一間禪房之中歇腳。這間禪房，佈置得非常雅緻。牆上掛著名人字畫，桌上文具非常整齊。靠西邊禪床上，有兩個夏布的蒲團，說是晚上做靜功用的。眾人意欲請方丈出來談談。

了一道：「家師智通，在後院清修，謝絕塵緣，輕易不肯出來。諸位檀樾，改日有緣再會吧。」眾人聽了，俱各嘆羨。

宋時看見一軸畫，掛得地位十分不合式，正要問了一，為何掛在這裡。忽然有一個小沙彌進來說：「方丈請知客師去說話。」了一便對眾人道：「小廟殿房曲折，容易走迷，諸位等我回來奉陪同遊吧，我去去就來。」說罷，匆匆走去。

宋時便對雲從道：「你看這廟中的佈置，同知客僧的談吐，何等高明風雅。這間禪房佈置得這樣好，滿壁都是名人字畫，偏偏這邊牆上，會掛這樣一張畫，豈不是佛頭著糞嗎？」

原來這間禪房面積甚廣，東邊是窗戶，南邊是門。西牆上掛著米襄陽「煙雨圖」的橫幅；北牆上掛的是方孝孺「白石青松」的中堂，旁邊配著一副對聯，集的宋句是：「青鴛幾世開蘭若，白鶴時來訪子孫。」落款是一個蜀中的小名士張易。惟獨禪床當中，孤孤單單掛了一個中堂，畫的是八仙過海，筆勢粗俗，滿紙匠氣。眾人先前只顧同了一說話，不曾注意。經宋時一說，俱都回過頭來議論。

雲從正坐在床上，回頭看見那中堂下面橫著一個磬錘，隨手取來把玩。一個不留心，把那八仙過海中堂的下襬碰了一下。大概上面掛的那個釘年代久遠，有點活動，經這磬錘一震，後面凹進去一塊，約一人高，一尺三寸寬，上面懸著一個小磬。眾人都不明白這磬為何要把它藏在此間。宋時正站在床前，把磬錘從雲從手中取過來把玩，一時高了興，隨便擊了那磬一下，只聽噹的一聲，清脆可聽。於是又連擊了兩下。

雲從忽見有一個小和尚探頭，便道：「宋年兄不要淘氣了，亂動人家東西，知客來了，不好意思。」話言未了，便聽三聲鐘響，接著是一陣軋軋之聲。同時牆上現出一個小門，門前立著一個豔裝女子，見了眾人，「呀」的一聲，連忙退去。

宋時道：「原來這裡有暗門，還藏著女子，那方丈一定不是好人。我們何不進去罵那禿驢一頓，大大地敲他一下釘錘（川語，即敲竹槓也）？」

雲從道：「年兄且慢。小弟在家中起身時，老家人王福曾對小弟說過，無論庵觀寺院，進去隨喜，如無廟中人指引，千萬不可隨意走動。皆因有許多出家人，表面上是跳出三界外，不在五行中，清淨寂滅，一塵不染，暗地裡奸盜邪淫，無惡不作的也很多。平時不看破他行藏還好，倘或無意中看破行藏，便起了他的殺機。這廟中既是清修福地，為何室中設有機關，藏有婦女？我等最好不要亂動，倘或他們羞惱成怒，我等俱是文人，萬一吃個眼前虧，不是玩的。」

眾人聽了這一席話，正在議論紛紛。就中有一個姓史的舉子，忽然說道：「雲從兄，你還只顧說話，你看你身後頭的房門，如何不見了？」

眾人連忙一齊回頭看時，果然適才進來的那一座門，已不知去向，只剩了一面黑黝黝的牆。牆上掛的字畫，也無影無蹤。眾人不禁驚異萬分，不由得連忙上前去推。只見那牆非常堅固，恰似蜻蜓撼石柱，休想動得分毫。這時除了禪床上所現小門外，簡直是無門可出。

眾人全都又驚又怕。雲從忽然道：「我們真是呆瓜。現在無門可出，眼前就是窗戶，何不越窗而出呢？」這一句把大眾提醒，俱各奔到窗前，用手推了一回，不禁大大的失望。原來那窗戶雖有四扇，已從外面下閂。這還不打緊，而這四扇窗，全都是生鐵打就，另外挖的卍字花紋，有二指粗細，外面漆上紅漆，所以看不出來。急得眾人又蹦又跳，去捶了一陣板壁，把手俱都捶得生疼，外面並無人應聲。

這一班少年新貴們，這才知道身入險地，光景不妙。有怪宋時不該擊那磬的，有說和尚不規矩的。還有兩位膽子大的人說：「我們俱都是舉人，人數又多，諒他也不能奈何我們，等一會知客回來，總會救我們出去的。」議論紛紜，滿室喧嘩，倒也熱鬧。

雲從被這一干人吵得頭疼，便道：「我們既到此地步，如今吉凶禍福，全然不曉，埋怨吵鬧，俱都無益，不如靜以觀變。一面大家想個主意，脫離此地才好。」

這句話說完，滿室中又變成鴉雀無聲，個個蹙著顰眉，苦思無計。惟獨宋時望著那牆上那座小門出神，他忽然說道：「諸位年兄，我想是福不是禍，是禍躲不過。如今既無出路，又無人理睬我們，長此相持，如何是好？依我之見，不如我們就由這小門進去，見了方丈，索性與他把話說清，說明我們是無心發現機關，請他放我們出去。好在我們既未損壞他的東西，又是過路的人，雖然看破祕密，也決不會與他傳說出去。我想我們這許多有功名的人，難道他就有那樣大的膽子，將我們一齊害死嗎？我們只要脫離了這座廟，以後的文章，不是由我們去做嗎？」

眾人聽了這話，立刻又喧嚷了一陣，商量結果，除此之外，也別無良法。於是由宋時領頭，眾人在後隨著，一齊進去。那禪床上的小門，只容進得一人，大家便隨了宋時魚貫而入，最末後是雲從。這一群送死隊進門後，又下了十餘級台階，便是一條很長的甬道，非常黑暗，好似在夾牆中行走。且每隔三五十步，有一盞油燈，依稀辨出路徑。走了約有百餘步左右，前面又走十餘級台階，上面微微看見亮光。眾人拾階而升，便是一座假山。由這假山洞穿出去，豁然開朗，兩旁儘是奇花異卉，佈置得非常雅妙。

眾人由黑暗處走向明地，不禁有些眼花。雖然花草甚多，在這吉凶莫定之際，俱都無心流連。眾人正待向前邁步，忽聽哈哈一聲怪笑道：「眾檀樾清興不小！」把眾人嚇了一跳，朝前看時，原來前面是一座大殿。石台階上，盤膝坐定一個大和尚，面貌凶惡，身材魁偉，赤著上身，跣著雙足，身旁堆著一堆作法事用的鐃鈸。旁邊站定兩個女子，身上披著大紅斗篷，年約二十左右，滿面脂粉。

宋時忙將心神鎮定，上前說道：「師父在上，學生有禮了。」

那凶僧也不理睬於他，兀自閉目不語。宋時只得又道：「我等俱是過路遊玩的文人，蒙貴廟知客師父帶我等往各殿隨喜，不想誤觸機關，迷失門戶，望師父行個方便，派人領我們出去。學生等出去，決不向外人提起貴廟隻字。不知師父意下如何？」

那凶僧與那兩個女子俱各合掌閉目，一言不發。宋時等了一會，又說了一遍，凶僧依舊不理。那姓史的舉子，已是不耐，便說道：「和尚休得如此。你身為出家人，如何在廟中暗設機關，匿藏婦女？我等俱是上京趕考的新貴人，今天只要你放我們出去，我們決不向人前提起；如若不然，我等出去，定要稟官治你們不法之罪。」滿想那凶僧聽了此言，定然害怕，放他們走。誰想那凶僧說道：「你等這一班寒酸，天堂有路你不走，地獄無門自來投。待我來方便方便你們吧。」

眾人聽罷此言，便知不妙。因見那凶僧只是一人，那兩個又是女流之輩，大家於是使了一個眼色，準備一擁上前，奪門而出。那凶僧見了這般情狀，臉上一陣獰笑，把身旁鐃鈸拿起，只敲了一下，眾人忽然兩臂已被人捉住。大家一看，不知從什麼地方來的幾十個凶僧，有的擒人，有的手持利刀，不一會的工夫，已將他們十七人綑翻在地。又有十幾個凶僧，取了十幾個木樁，將他等綁在樁上，離那大殿約有十餘步光景。那大凶僧又將鐃鈸重敲了兩下，眾凶僧俱各退去。

這時眾人俱已膽裂魂飛，昏厥過去。惟獨雲從膽子稍大，明知事已至此，只得束手待斃。忽然想起家中父母伯叔俱在暮年，自己一身兼祧著九房香煙，所關何等重大。悔不該少年喜事，闖下這潑天大禍，把平日親友的期望同自己平生的抱負付於流水。痛定思痛，不禁悲從中來，放聲大哭。

那凶僧見雲從這般哀苦，不禁哈哈大笑，便對身旁侍立的兩個女子說道：「你看他們這班窮酸，真是不值價。平常端起秀才身分，在家中作威作福；一旦被困遭擒，便這樣膿包，好似失了乳的娃娃一樣。你倆何不下去歌舞一回，哄哄他們呢？」

旁立女子聽罷此言，道：「遵法旨。」將所披大紅斗篷往後一翻，露出白玉般的身軀，已自跳入院中，對舞起來。粉彎雪股，膚如凝脂。腿起處，方寸地隱約可見。原來這兩個女子，除披的一件斗篷外，竟然一絲不掛，較之現在臍下還圍著尺許紗布的舞女，還要開通得許多呢！

這時凶僧又將鐃鈸連擊數下，兩廊下走出一隊執樂器的凶僧，也出來湊熱鬧，正是毛腿與玉腿齊飛，雞頭共光頭一色。一時歌舞之聲，把十餘人的靈魂悠悠喚轉。

眾人醒來，看見妙相奇觀，還疑是身在夢中。正待拔腿向前，看個仔細，卻被麻繩綁緊，行動不得。才想起適才被綁之事，不禁心寒膽裂。雖然清歌妙舞，佳麗當前，卻也無心鑑賞。勞苦呼天地，疾痛呼父母，本屬人之常情。在這生死關頭，他們俱是有身家的少年新貴，自有許多塵緣拋捨不下；再被雲從悲泣之聲，勾起各人的身世之感。一個個悲從中來，不可斷歇。

起初不過觸景傷懷，嚶嚶啜泣。後來越想越傷心，一個個索性放聲大哭起來。真是流淚眼觀流淚眼，斷腸人遇斷腸人，哀聲動地，禪堂幾乎變作了孝堂。連那歌舞的女子，見了這般可憐狀況，雖然怵於凶僧，不敢停住，也都有點目潤心酸，步法錯亂。

那凶僧正在高興頭上，哪禁得眾人這樣煞風景，鐃鈸響處，那女子和執樂的兇徒，一霎時俱各歸原位，又還了本來寂靜景象。

眾人忽起了偷生之念，一個個苦苦哀求饒命。凶僧兀自不理，將身旁鐃鈸取過一疊，將身站起，手揚處，一道黃圈，奔向第一個木樁去。這木樁上綁的正是宋時，看見眼前黃澄澄一樣東西飛來，偏偏髮辮又牢，綁在樁上閃身不開，知道大事不好，「呀」的一聲沒喊出口，腦袋已是飛將下來。那一面鐃鈸，大半嵌入木中，震震有聲。

眾人見凶僧忽然立起，又見他從手中飛出一個黃東西，還疑心是和尚和剛才一樣，有什麼特別玩意給他們看咧。等到看見宋時人頭落地，才知道和尚要這個花招，是要他們的命，嚇得三魂皆冒。有的還在央求，希冀萬一；有的已嚇得暈死過去。

說時遲，那時快，這凶僧把眾人當作試鐃鈸的目標。你看他在大殿上兔起鶻落，大顯身手。忽而鷂子翻身，從背後將鈸飛出；忽而流星趕月，一鈸接著一鈸。鈸無虛發，眾人的命也落一個死無全屍。不大一會，十六面飛鈸嵌在木樁上，十六個人頭也都滾了一院子。只有雲從一人，因身量太小，凶僧的飛鈸揀大的先耍，僥倖暫延殘喘。

凶僧見鈸已用完，尚有一人未死，正待向前動手。那兩個女子雖然跟那凶僧數年，經歷許多怪事，像今兒這般慘狀，到底是破題兒第一遭。女人家心腸軟，又見雲從年紀又輕，面如少女，不禁動了憐恤之念，便對凶僧道：「大師父看我們的面上，饒恕了這個小孩子吧。」

凶僧道：「你哪裡知道，擒虎容易放虎難。他同來十餘人，俱死在我手中，只剩他一人，愈發饒恕不得。」兩個女子還是央求個不息。

雲從自分必死，本是默默無言。忽見有人替他講情，又動了希冀之心，便哭求道：「我家在貴陽，九房中只生我一個兒子。這次誤入禪堂，又不干我的事。望求大師父慈悲，饒我一命。如果怕我洩漏機密，請你把我舌頭割下，手指割下，我回去寫不得字，說不得話，也就不能壞大師父的事。我只求回轉家鄉，好繼續我九房的香煙，於願已足。望大師父同二位姐姐開恩吧。」似這樣語無倫次，求了好一會。

凶僧也因殺人殺得手軟，又禁不住兩個心愛女子的解勸，便道：「本師念你苦苦央求，看在我這兩個心肝份上，如今讓你多活三日。」便叫女子去喚知客，取過三般法典來。女子答應一聲，便自走去。

不一會，知客師了一取過一個紅盤，上面有三件東西：一個小紅紙包；一根繩子，盤成一堆，打了個如意結；另外還有一把鋼刀。雲從也不知道什麼用處，只知道三日之後，仍是不免一死，依然苦苦央求。

那凶僧也不理他，便對了一道：「你把這個娃娃下在石牢之內，將三般法典交付與他，再給他十幾個饅頭，讓他多活三日。他如願意全屍，自己動手。第四日早晨，你進牢去，他如未死，就用這把鋼刀，取他首級回話。」

了一答應了一聲，便走到木樁前，將雲從綑綁解開。雲從綁了半日，周身痛得麻木。經過一番大驚恐後，精神困乏已極，剛剛解去繩索，已是暈倒在地。了一道：「你們這些富貴人家子弟，在家中享福有多麼好，何苦出來自尋死路，我現在奉師父之命，將你下在石牢，本宜將你綑綁，念你是個小娃娃，料你也逃不出去，本師慈悲於你，不給你上綁。你快隨本師來吧。」

雲從此時渾身酸楚，寸步難移，又不敢不走。萬般無奈，站起身來，勉強隨著了一繞過大殿，又走過兩層院落，看見又有一個大殿，殿旁有一座石壁，高約三丈。只見了一向石壁前一塊石頭一推，便見那石壁慢慢移動，現出一個洞穴。

雲從就知此地便是葬身之地，不由得抱著了一跪下，苦苦哀求，將自己家庭狀況，連哭帶訴，求了一搭救。了一見他可憐，也動了憐恤之念，說道：「你初進廟時，我同你就談得很投機，我何嘗不愛惜你，想救你一命。只是如今事情已然鬧大，我也作不了主。再說我師父廟規甚嚴，不徇情面，我實在愛莫能助。不過我二人總算有緣，除了放你不能外，別的事我力量做得到的，或者可以幫你的忙。你快點說完，進牢去吧。」

雲從知道他說的是實話，知道生機已絕，便求他在這三天之中，不要斷了飲食，好讓自己作一個飽死鬼。了一一一答應。便將三般法典交與雲從，又對他說：「這小包中是毒藥，你如要死得快，這個再好不過。我回頭便叫人將三天的飲食與你送來。」說罷，便將雲從推入石洞之中，轉身走去。

雲從到了石洞一看，滿洞陰森。這時外面石壁已經封好，裡面更是不見一些光亮。他身長富貴之家，哪裡受過這樣苦楚。這時痛定思痛，諸同年死時的慘狀如在目前。又想起自己性命只能苟延三日，暮年的父母伯叔，九房香煙全靠自己一人接續，眼看不明不白地身遭慘死，越發傷心腸斷。

這時已經有人將他三天的飲食送到，一大葫蘆水同一大盤饅頭，黑暗中摸索，大約還有幾碗菜餚，當然是出諸了一的好意。雲從也無心食用，只是痛哭不止。任你哭得聲嘶力竭，在這叫天天不應，叫地地不靈的地方，也是無人前來理你。

雲從自早飯後進廟，這時已是酉牌時分。受了許多困苦顛連，哭了半日，哭得困乏已極，便自沉沉睡去。等到一覺睡醒，睡在冰涼的石壁下，又冷又餓又傷心。隨手取過饅頭，才吃得兩口，又想起家中父母伯叔同眼前的危險，不禁又放聲大哭，真是巫峽啼猿，無此凄楚。似這樣哭累了睡，睡醒了哭，有時也胡亂進點飲食。

洞中昏黑，不辨晝夜，也不知經過了幾天。其實雲從神經錯亂，這時剛剛是第一天晚上咧。但凡一個人在黑暗之中，最能練習目力。雲從因在洞中困了一晝夜，已經些微能見東西。正在哭泣之際，忽然看見身旁有一樣東西放光，隨手取過，原來就是凶僧三般法典中的一把鋼刀，取時差點沒有把手割破。不由又想起命在旦夕，越發傷心落淚。

正在悲苦之際，忽然一陣微風吹過，有幾點微雨飄在臉上。雲從在這昏惘懊喪之際，被這涼風細雨一吹，神智登時清醒了許多。這石洞不見天日，哪裡來的雨點吹進？心中頓起懷疑。忽然一道亮光一閃，照得石洞光明。接著一陣隆隆之聲。猛抬頭，看見石洞頂上，有一個尺許大的圓洞。起初進洞時，因在氣惱沮喪之時，洞中黑暗異常，所以不曾留意到。如今外面下雨閃電，才得發現，不由動了逃生之念。

當時將身站起，四下摸索，知道這石洞四面磚石堆砌，並無出路。頂上雖有個小洞，離地太高，萬難上去。身旁只有一條繩、一把鋼刀，並無別的器械可以應用。知道危機迫切，急不可待，連忙鎮定心神，解釋愁思，仔細想一個逃生之路。後來決定由頂上那個洞中逃走，他便將那繩繫在鋼刀的中間，欲待拋將上去，掛在洞口，便可攀援而上。

誰想費了半天心血，依舊不能如願。原來那洞離地三丈多高，繩子只有兩丈長，慢說拋不上去，就是幸而掛上，自己也不能縱上去夠著繩子。一條生路，又歸泡影。失望之餘，又痛哭了一場。到底他心不甘死，想了半天，被他想出一個法子來。

他走到四面牆壁之下，用刀去撥了撥磚，恰好有兩塊能動些。他費了許多氣力，剛好把這兩塊磚取下，心中大喜。滿想打開此洞出去，連忙用刀去挖，忽聽有錚錚之聲，用手摸時，不禁叫一聲苦。原來磚牆中間，夾著一層鐵板。知道又是無效，焦急萬分。腹中又有點饑餓，回到原處取食物時，又被腳下的繩子絆了一跤，立時觸動靈機，發現一絲生路。他雖然是個文弱書生，到這生死關頭，也就顧不得許多辛苦勞頓。他手執鋼刀，仍到四壁，從破磚縫中，用刀去撥那些磚塊。

這時外面的雷聲雨點越來越大，好似上天見憐，特意助他成功一般。到底他氣力有限，那牆磚又製造得非常堅固，費盡平生之力，弄得上氣不接下氣，才只撥下四五十塊四五寸厚，尺多寬定制的窰磚來。一雙嫩手，兀的被刀鋒劃破了好幾處。他覺得濕漉漉的，還以為用力過度出的急汗，後來慢慢覺得有些疼痛，才知道是受傷出了血。

他自出世以來，便極受家庭鍾愛，幾時嘗過這樣苦楚？起初不發現，倒也罷了；等到發現以後，漸漸覺得疼痛難支，兩隻腳也站得又酸又麻，實在支持不住，不禁坐在磚石堆上，放聲大哭。哭了一會，兩眼昏昏欲睡。正要埋頭倒臥之時，耳朵邊好似有人警覺他道：「你現在要死要活，全在你自己努力不努力了。你父母的香煙嗣續，同諸好友的血海冤仇，責任全在你一人身上啊！」

他一轉念間忽然醒悟，知道現在千鈞一髮，不比是在家中父母面前撒嬌，有親人來撫慰。這裡不但是哭死沒人管，而且光陰過一分便少一分，轉眼就要身首異處的。再一想到同年死的慘狀，不由心驚膽裂。立刻鼓足勇氣，站起身形，忍著痛楚，仍舊盡力去撥動牆上那些磚塊，這一回有了經驗，比初動手時已較為容易。每撥下三四十塊，就放在石洞中間，像堆寶塔一樣，一層層堆了上去。這樣的來回奔走，手足不停地工作，也不知經過了多少時間，居然被他堆了有七八尺高的一個磚垛。

他估量今晚是第三夜，時間已是不能再緩，算計站在這磚石垛上，繩子可以夠到上頭的圓洞，便停止撥動工作。喝了兩口水，吃了幾口饅頭。那刀鋒已是被他弄捲了口，他把繩子的那一頭繫在刀的中間，穩住腳步，照原來堆就的台階，慢慢往上爬，一直爬到頂上一層，只有二尺不到的面積，盡可容足。

因為在黑暗中，堆得不大平穩，那磚頭搖搖欲倒，把他嚇了一跳。知道一個不留神倒塌下來，自己決無餘力再去堆砌。只得先將腳步穩住，站在上頭，將繩子舞起，靜等閃電時，看準頭上的洞，扔將上去掛住，便可爬出。

可憐他凝神定慮，靜等機會，好幾次閃電時，都被他將機會錯過。那刀繫在繩上，被他越舞越圓，勁頭越來越大。手酸臂麻，又不敢停手，怕被刀激回，傷了自己。又要顧頂上的閃電，又要顧手上舞的刀，又怕磚垛倒塌，真是顧了上頭，顧不了下頭，心中焦急萬狀。忽然一陣頭暈眼花，噹的一聲，來了一個大出手，連刀帶繩，脫手飛去。

他受了這一驚，一個站不穩，從磚垛上滑倒下來。在四下一摸，繩刀俱不知去向。費了半夜的心血，又成泡影，更無餘力可以繼續奮鬥，除等死外，再無別的主意。這位公子哥兒越想越傷心，不由又大哭起來。

正在無可奈何之際，忽然頂上的圓洞口一道閃光過處，好似看見一條長繩，在那裡搖擺。他連忙止住悲聲，定睛細看，做美的閃電接二連三閃個不住。電光過處，分明是一條繩懸掛在那裡，隨風搖擺，看得非常真切。原來他剛才將繩舞動時，一個脫手，滑向頂上，剛剛掛在洞口，他以為飛出洞外，誰知無意中卻成全了他。人在黑暗中，忽遇一線生機，真是高興非常，立刻精神百倍，忘卻疲勞。他打起精神，爬到磚垛跟前，用手推了一推。且喜那磚又厚又大，他滑下來時，只把最頂上的滑下四五塊，其餘尚無妨礙，還好收拾。

經過一番驚恐，越加一分仔細。他手腳並用地先四處摸索一番，再試探著往上爬。又把滑下來的地方，用手去整頓一下。慢慢爬到頂上，巍巍站起身形。用力往頭上去撈時，恰好又是一道閃電過去，估量離頭頂不過尺許。

他平息凝神，等第二次閃電一亮，在這一剎那間，將身一縱，便已攀住繩頭。忽然嘩啦一下，身子又掉在磚上，把他又嚇了一大跳，還當是刀沒掛穩，滑了下來。且喜只滑一二尺，便已不動。用力試了試，知道業已掛在缺口，非常結實。這回恰夠尺寸，不用再等閃電，逃命要緊，也忘記了手上的刀傷同痛楚，兩隻手倒援著繩往上爬。

他雖不會武功，到底年小身輕，不大工夫，已夠著洞口。他用左肘挎著洞口，使勁把身子一起，業已到了上邊。累得他力盡筋疲，動彈不得。上面電閃雨橫，越來越大，把他渾身上下淋了一個透濕。休息好一會，又被涼雨一沖，頭腦才稍微清醒。想起現在雖然出洞，仍是在虎穴龍潭之中，光陰稍縱即逝，非繼續努力，不能逃命。

洞頂離地甚高，跌下去便是筋斷骨折。只得就著閃電餘光，先辨清走的方向再說。這洞頂東面是前日的來路，西面靠著大殿，南面是廟中院落。惟獨北面靠牆，想是隔壁人家，於是決定朝北面逃走。

這時雨越下越大，四圍死氣沉沉，一些亮光都沒有。樹枝上的雨水，瀑布一般地往下溜去。雲從幾番站足不穩，滑倒好幾次，差點跌將下去。再加洞頂當中隆高，旁邊俱傾斜，更得加一分仔細，要等電光閃一閃，才能往前爬行一步。好容易挨到北面靠牆的地方，不由叫一聲苦。原來這洞離牆尚有三四尺的距離，他本不會武藝，又在風雨的黑夜，如何敢往那牆上跳？即使冒險跳到牆上，又不知那牆壁距離地面有多高，一個失足，還不是粉身碎骨嗎？

正在無計可施，忽然一陣大風過處，臉上好似有什麼東西飄拂。他忙用手去抓，那東西的彈力甚大，差一點把他帶了下去，把他嚇了一大跳。覺得手上還抓著一點東西，鎮定心神，藉著閃電光一看，原來是幾片黃桷樹葉。想是隔牆的大樹，被風將樹枝吹過這邊，被自己抓了兩片葉子下來。

正想時，又是一陣雷聲，緊跟著一個大閃電。定睛往前看時，果然隔牆一株大黃桷樹，在風雨當中搖擺。一個橫枝，伸在牆這邊，枝梢已斷，想是剛才風颳起來，被自己攀折了的。正待看個明白，電光已過，依然昏黑，心想：「倘使像剛才來一陣風，再把樹枝吹過來些，便可攀住樹枝，爬過牆去。」這時電光閃閃，雷聲隆隆，看見那樹被風吹得東倒西歪，有幾次那樹枝已是吹得離手不遠。到底膽小，不敢冒險去抓。等到機會錯過，又非常後悔。

最後鼓足勇氣，咬緊牙關，站起身形，作出往前撲的勢子，準備拚一個死裡逃生。恰好風電同時來得非常湊巧，簡直把樹枝吹在他手中。雲從於是將身往前一縱，兩隻手剛剛抓緊樹枝。忽然一陣大旋風，那樹枝把雲從帶離洞頂，身子憑空往牆外飛去。

他這時已將生死置之度外，只把兩目緊閉，兩手抓緊樹枝不放。在這一剎那間，覺得腳面好似被什麼東西很重地打了一下。緊跟著身邊一個大霹靂，震耳欲聾。他同時受了這兩次震動，不由「哎喲」一聲，一個疏神，手一鬆，栽倒在地，昏沉過去，不省人事。

等到醒來一看，自己身體睡在一張木床上面，旁邊站著一個老頭同一個少女，好似父女模樣。只聽那女子說道：「爸爸，他醒過來了。」說罷，又遞過一碗溫水，與雲從喝。雲從才想起適才逃難的事，知道自己從樹上跌下地來，定是被他二人所救。當時接過碗，喝了一口，便要起身下來申謝。那老頭忙道：「你這人因何至此？為何從隔壁廟牆上跌了下來？」

雲從還待起身叩謝，覺得腿際隱隱作痛，想是剛才在樹枝上過牆時被牆碰傷的。加以累了一夜，實在疲乏不過。便也不再客氣，仍復將身睡下，將自己逃難經過說了一個大概。

第十章　淑女垂青

那父女二人聽了，甚為動容。雲從又問他父女怎樣救的自己？

那老頭說道：「老漢名叫張老四，旁人因我為人本分，就給我取了一個外號，叫張老實。老伴早年去世，只剩我同我女兒玉珍度日，種這廟裡的菜園，已經十多年了。想不到那些和尚這等凶惡。照這等說來，公子如今雖然得逃活命，明天雨住，廟中和尚往石洞查看蹤跡，定然看出公子逃到老漢家中。

「老漢幼年雖然也懂得一些拳棒，只是雙拳難敵四手，我父女決不是和尚們的敵手。連累老漢父女不要緊，公子性命休矣。今晚我已上床睡覺，是我女兒玉珍把我喚醒，說是牆上跌下來一個少年。我起初懷疑是江湖上的朋友，到廟中借盤川，受了傷，逃到我的院內。打算把你救醒，問明來歷後，再打發你走。誰知你是一位公子，又是新科舉人。如今天已快亮，事情危險萬分，你要急速打定主意才好。」

雲從聽了這一席話，又驚又怕，顧不得手腳疼痛，連忙翻身跪倒，苦苦哀求搭救性命。

張老四答道：「公子快快請起。等我同小女商量商量，再作計較。」說罷，便把玉珍叫出，父女在外，議論了好一會才進來，對雲從說道：「如今事無兩全。我要為自己女兒安全打算，最好把你綑上，送到廟中，一來免卻干係，二來還可得和尚的好處。但這類事，決非我張老四所能作得出來的。

「現在有兩條路，任你擇一條：一條是我現在開門放你逃走，我也不去報告，這周圍十里內人家，全種著廟裡的廟產，並且有好些地方，安著他們的眼線，你逃得出去不能，全仗你自己的運氣。第二條，是我父女同你一齊逃走，雖無把握，比較安全得多。老漢故土難移，本不願這樣辦，只是老漢年過半百，只此一女，不忍心拂她的意思。但是我如今棄家捨性命來救你，你逃出去後，我父女往哪裡安身，這是一個問題，你必須有個明白的答覆。」

雲從見這老漢精神奕奕，二目有光，知道決不是等閒莊稼漢，他說的話定有原因。況且自己在患難中，居然肯捨棄身家，冒險相救，不由心中萬分感激。便答道：「老丈這樣義俠，學生殺身難報。學生承襲九房，頗有產業，任憑吩咐，無不惟命。只是老丈安居多年，如今為學生棄家逃走，於心難安耳。」說到此處，那女子便自走出。

張老四答道：「你既然知道利害，事機危急，我也不與你多說閒話。好在我也不怕你忘恩負義，你是讀書人，反正知道男女授受不親的道理。」

雲從道：「老丈此言差矣！學生束髮受書，頗知道義，雖然是昏夜之間，與令嬡同行，就是沒有老丈一路，學生難道對令嬡還敢有不端的行為，那豈不成了畜類嗎？」

張老四聽罷，眉頭一皺，說道：「你真是書獃子。我問你，你只知道逃命，你知道是怎樣的逃法？」雲從聽了茫然不解。

張老四道：「你生長在富貴人家，嬌生慣養；一旦受了幾天的凶險勞頓，又在大風大雨中九死一生，得脫性命，手腳俱已帶傷。如今雨還未住，慢說是逃這麼遠的道路，恐怕你連一里半里也走不動哪。」雲從聽罷此言，方想起適才受傷的情形。起身走了兩步，果然疼痛難忍，急得兩淚交流，無計可施。

張老四道：「你不要著急。如果不能替你設法，老漢父女何必捨身相從呢？」說罷，玉珍從外面進來，手上提著兩個包裹，又拿著一匹夏布，見了二人，說道：「天已不早，一切應用東西，俱已收拾停妥。爹，你替周公子把背纏裹好，女兒去把食物取來，吃完立刻動身，以免遲則生變。」說罷，仍到外屋。張老四打開夏布，撕成兩截，將雲從背上扎一個十字花紋，又將那半匹束在腿股之間。

這時玉珍用一個托盤，裝了些冷酒冷菜同米飯進來，用溫水泡了三碗飯，三人一同胡亂吃罷。玉珍又到外屋去了一回，進來催他二人動身。張老四便把雲從背在背上，將布纏在胸前，也打了一個十字紋，又用布將雲從股際兜好。玉珍忙脫去長衣，穿了一件灰色短襖，當胸搭了一個英雄扣，背上斜插著他父女用的兵刃，把兩個包袱分背兩邊。張老四又將裡外屋油燈吹滅，三人悄悄開了後門，繞著牆直往官道上走去。

這時雨雖微小，仍是未住，道路泥濘沒踝，非常難走。又沒有路燈。他父女高一腳低一腳地走到快要天明，才走出五六里地。在晨星熹微中，遠遠看見路旁一棵大樹下，有一家茅舍，在冒炊煙。

玉珍忽道：「爹爹，你看前面那個人家，不是邱老叔的豆腐房嗎？我們何不進去歇歇腿，換換肩呢？」

張老四道：「不是你提起，我倒忘懷了。我們此時雖未出險，邱老叔家中暫避，倒是不要緊的。」說罷，便直往那茅舍走去。

正待上前喚門，張老四眼快，忽見門內走出一個道人，穿得非常破爛，背著一個紅葫蘆，酒氣熏人，由屋內走了出來。張老四忙把玉珍手一拉，悄悄閃在道旁樹後，看那道人直從身旁走過，好似不曾看見他父女一樣。這茅舍中主人，名喚邱林，與張老四非常莫逆。正送那道人出來，忽然看見張老四父女由樹後閃出，便連忙上前打招呼。

張老四問道：「你屋中有人嗎？我們打算進去歇歇腿，擾你一碗豆腐漿。」

邱林答道：「我屋中人倒有一個，是個遠方來的小孩，沒有關係，我們進去再說吧。」說完，便請他父女進去。張老四將雲從放了下來，與邱林引見，各把濕衣脫下烤烤。邱林忙問：「這是何人？為何你等三人如此狼狽？」

張老四因邱林是老朋友，便把前後情形講了一遍。邱林便問雲從打算什麼主意。

雲從便道：「我現時雖得逃命，我那同年十六人，俱身遭慘死。我打算到成都報案，擒凶僧報仇，與地方上人除害。」

邱林道：「周公子，我不是攔你的高興，這凶僧們的來歷同他們的勢力，我都知道。他們的行為，久已天人共憤，怎奈他氣數尚還未盡，他與本城文武官員俱是至好，他在本地還買了很好的名聲。他那廟中佈置，不亞於一個小小城堡。殺人之後，定然早已滅跡。就算你把狀告准下來，最多也無非由官府假意派人去查，暗中再通信與他。他一定一面準備，一面再派人殺你滅口。他有的是錢，又精通武藝，會劍術，人很多，官府認真去拿，尚且決不是敵手，何況同他們通同一氣呢。你最好不要白送性命，悄悄逃到京師，把功名成就，他們惡貫滿盈，自有滅亡之日也。」

雲從正待還言，忽然一陣微風吹過，面前憑空多了一個人，哈哈大笑，說道：「想不到又遇見了你。」

張老四父女大驚，正待上前動手，邱林連忙道：「不要驚慌，這都是自家人。」

這時雲從已看清來人是誰，納頭便拜。原來這人便是張氏父女在路上遇見的那個道士，雲從因為在張老四背上，不曾看見。邱林忙與他們引見道：「這位便是我的師叔，峨嵋劍俠的老前輩醉道人。」張氏父女久聞醉道人的大名，重新又上前施禮。

邱林又問雲從如何認得。醉道人便把望江樓相遇的事說了一遍。又說：「適才我見你們行色慌張，有些懷疑。後來見你們進了邱林賢姪的家中，我便回來聽你說些什麼，誰想倒省我一番跋涉。」

雲從便道：「自從那日在望江樓蒙仙師指示玄機，弟子愚昧，不能領悟，幾遭殺身之禍。剛才聽邱林先生說起，仙師乃老前輩劍俠，越發增加弟子仰慕之心。弟子如今九死一生，看破世緣，情願隨仙師往深山修道，不願再戀塵世功名了。」說罷，跪了下去。

醉道人哈哈大笑道：「起來起來。你想跟我為徒，談何容易。你的資質頗好，要我收你，也不難，只要依我三件事，我才能答應。第一件，人生以孝義為先，你家九房，只你一子，你若出家，豈不斷絕香煙，父母叔伯何人奉養？你須要即刻回家完婚，等到有了嗣續之後，才能隨我入山。第二件，我等俱是先朝遺民，如今雖然國運告終，決不能任本派門下弟子為異族效力。第三件，我等既以劍俠自居，眼看人民受異族的蹂躪，受奸惡人的摧殘，就得出頭去鋤暴安良。至於我門下的戒律，等到你為弟子以後，自然一一說與你知。只此三件，你依得依不得？」

雲從生有慧根，本是絕頂聰明的人，遇見這稀世難逢的奇緣，怎肯輕易錯過，重複跪下，一一答應，便行拜師之禮。玉珍在旁正看得發呆，忽然靈機一動，等雲從拜罷，便也過來跪下，請醉道人收錄。

醉道人道：「姑娘快快請起。我門下向不收女弟子，你將來另有比我強的師父。你們二人，將來都是能替本派爭光的，不急在這一時。」

玉珍仍然苦苦相求，醉道人執意不允，只得含羞站起。

醉道人又對雲從道：「我還有話忘記對你說。那日在望江樓，我見你等十七人面帶死氣，除你一人尚有救星外，餘均無可挽回。上天有好生之德，哪能見死不救？正待追蹤你們下去，不想遇見我教中一位老前輩，他命我去辦一件要事，耽誤了三日。

「等我趕回，正待打聽你們的下落，不想昨晚行到此間，狂風大雨，看見樹林內有一小孩在上吊。我把他解了下來，帶到邱林家中，救得快天亮時，才得救醒。問起情由，原來是你用的書僮小三兒。他因你等出門三日，並無音信，那店中又不肯說那廟在哪裡。昨天晚上店中去了一個和尚，與店家談了半天，和尚走後，店家便將他趕出。他只得出來尋你，走到林中，遇著大雨，越想越傷心，因為不見了你，無法回家，只得尋死。

「我聽他說完，便知你命在危急，也許已遭毒手，正待前往廟中打探，恰好遇見你們業已逃出。可惜我遲了三天，耽誤了十六條人命，想是命中注定。如今凶僧氣數未完，報仇之事，且俟諸異日。現在小三兒在內房養息。此地有我在此，凶僧不來，是他們的便宜。你且藏在裡面休息一日，明日由我來送你上路。路上就傳你練內功的法子，等你入了門徑，我自會隨時前來指點。」

這時小三兒在內房，聽見外面說話聲音很熟，出來偷窺，見了小主人，不由抱頭痛哭了一場。

醉道人把雲從傷口上了丹藥，說：「天已不早，路上行人漸多，廟中眼目甚眾，你等可到房內歇息，由我同邱林打發他們。」雲從等進去，獨自倚床假寐。惟獨玉珍懷著滿腔心事，又因拜師父不成，一肚子的不高興，悶悶不樂。

到了下午，廟中才發現雲從逃走。因為雨大，把雲從逃走的方向沖得一點痕跡也沒有。當然四下尋找，也曾兩次到邱林家中打聽，盤問曾否見過有這樣一個少年人走過，俱被邱林用言語打發回去。過了些日，才發現張老四棄家逃走，知道雲從是他父女救走，已是無法可想。

他等在邱林店中休息了一日，雲從由談話中間，才知道邱林也是峨嵋大俠之一，外號人稱神眼邱林，是奉令到此，以賣豆漿為名，探聽廟中動靜的。張老四也是從前四川路上的水路英雄，外號人稱分水燕子，真名叫張瓊。後來看破綠林，洗了手，才去種菜園子的。

在這驚魂已定之際，雲從細想前因後果，深感張氏父女的高義。尤其是張玉珍好似對自己非常注意，他父女棄家相救，完全出自她的主意。紅粉知己，這種救命之恩，益發令人感戴。想到這裡，不由望了玉珍兩眼。只見她生來粉面秀目，身材婀娜，美麗中含有英銳之氣，令人又愛又敬。不知她為什麼老是翠眉顰鎖，好似有無窮幽怨，眉黛不開。有時他父女好似常有爭論似的。雲從好生不解。

他等數人過了一夜。第二日雨住風息，天還未亮，邱林同醉道人便來催他們動身。等到出門，外面已預備下四匹好馬，叫張氏父女與雲從主僕分乘。雲從疑心醉道人不肯同去，或者馬不敷用，打算自己同小三兒騎一匹，先請醉道人上馬。醉道人道：「你以為馬不夠用？我是用不著馬的。我等快些動身吧。」

雲從不敢違抗，便同張氏父女辭別邱林，上馬往家鄉進發，轡頭起處，眨眨眼，醉道人已不知去向。正後悔不曾訂好前途相會的地點，恐怕彼此走失，誰想行到晚間，下馬投宿，醉道人已在店房相候，抱著葫蘆，喝得正起勁咧。他等五人在客店住下，用罷酒飯，醉道人把內功入門的口訣，同身眼的用法，大概說了一遍。雲從天資聰明，頗能心領神會。張氏父女本是內行，自然越加聽得入神。

正談得津津有味之際，醉道人忽然正色對雲從道：「我還有一句要緊話未對你說，你聽了須要切實注意。」雲從連忙敬謹請教。

醉道人道：「我生平最恨負心人。張老先生同他姑娘捨家拚命，搭救於你，此番你到了家鄉，你是怎生圖報人家？說與我聽。」張老四正要開言，醉道人連忙使眼色止住。

雲從道：「弟子幼讀詩書，豈敢忘恩負義？弟子家中頗有資財，此番張老先生到了舍下，自然是用上賓之禮款待。另外稟明父母，將田產房屋分出若干，作為張老先生用的養贍。不知師父意下如何？」

醉道人道：「你這就錯了。張老先生以前闖蕩江湖，見的金銀財寶何可數計，難道說人家圖你家中有錢，才救你嗎？你這種說法，不但不能報恩，人家也決不會受，你還要另打主意才好。」

雲從道：「弟子愚昧，只知感恩戴德，不知報法，還望師父指示。」

醉道人道：「丈夫受大德不言德。依我之見，張老先生就是玉珍姑娘一位掌珠，當初冒險救你，也無非出於憐才之一念。我看你同張姑娘年貌相當，莫如由我做媒，請張老先生將玉珍姑娘許配於你。女婿本有半子之勞，以後你就服勞奉養，使他享些晚年之福，不但報了大德，也是一舉兩便。你看好不好呢？」這一番話，恰中張氏父女心懷，暗中非常感激。

雲從也知道師父此言乃是正理，玉珍不但美而且賢，並且聽說她還有一身驚人的武藝，倘得結成連理，朝夕正可討教。何況又是救命知己恩人，雖然未曾稟告父母，仗著自己是獨養兒子，平時深得愛憐，又加上人家救命之恩，決不會不得通過。

想了一會，心中已是十分願意，怎奈臉嫩，不好意思開口。玉珍當初磨著她父親救雲從，也是因為憐惜雲從的才貌。等到逃出來，同處了兩天，越發覺得雲從少年端謹，終身可託。幾番向老父示意，偏偏張老四為人執拗，雖然看中雲從是個佳子弟，因為他是富貴人家，門戶懸隔，萬一人家推在父母身上，一個軟釘子碰了回來，無地自容，打算到了地頭，再作計較。

玉珍既不能向老父明裡要求，又羞於自薦，心中正在愁悶。忽見醉道人憑空出來為兩家撮合，表面雖然害羞，低頭不語，心中卻是說不出來的痛快。滿擬雲從有個滿意的答覆，不想等了一會，沒有下文，疑是雲從嫌她家門戶不對，不肯應允。暗恨個薄倖郎忘恩，滿腔幽怨，不由抬起頭來，望了雲從一眼。

偏偏雲從這時也正抬頭看她，兩人眼鋒相對，好似有電力吸引一般。同時兩人又好似害羞一樣，急忙各各避開，俱都是紅暈滿頰。醉道人見了這般情狀，知是兩方願意，便向張老四道：「適才之言，老先生想必不以我說得冒昧。如今小徒這方面已不成問題，只在老先生最後一言決定了。」

張老四起初本要開言，因被醉道人止住，只是靜聽。今見醉道人問他，便直說道：「晚輩十年前洗手之後，因愛成都山水，恰好與那慈雲寺凶僧早年有一面之緣，我又愛那裡地方幽靜，便去租他廟中菜園耕種，藉此隱姓埋名。起初相安無事，我也料不到他們是那樣的無法無天。今年春天，來了一個和尚，俗家名叫毛太，不知怎的，硬說我是峨嵋派的奸細，叫智通趕我。智通因為同我相處十年，我輕易不出門，也無人來往，再三不肯趕我，反叫知客僧了一對我表示好意。

「我雖然當時謝了他們，已有遷地為良之念。等到周公子逃難落在我的園中，起初只當他是公子哥兒，能救則救，不能救就由他自己逃生。怎奈我女兒玉珍執意不從，非要叫我救人救到底，才有以後捨家相從的計畫。周公子人品學問，這兩天我看得很清楚，又加上是前輩劍俠的門徒，晚輩只愁攀不上，豈有不願之理？不過他乃富貴人家子弟，似這樣窮途訂姻，是否出於心願？如不當面講明，似乎將來彼此不便。還望仙長問個明白。」

醉道人聽罷，呵呵大笑。便問雲從道：「此地並無外人，堂堂男子，不要作兒女態。如果是心願，便上前去拜岳父，不要這樣扭扭捏捏。」雲從無奈，只得上前跪倒，大禮參拜，叫了一聲岳父，又謝過了師父的成全之恩。

醉道人又道：「如今事已定局，又省我許多心事。你同姑娘名分已定，路上暫時可以兄妹相稱，不必避嫌。到了家鄉，稟明父母，早日成婚。我這裡有《劍法入門》一書，上面有內外功的必由途徑，你成婚後，可同你妻子朝夕用功。兩年後我自會尋到你家，親自再祕密相傳。」說罷，由腰中取出一本舊冊子，交於雲從。雲從連忙跪受。

醉道人又從腰間解下一柄劍來，長約三尺六寸，劍囊雖舊，古色斑斕，雕飾非常精美。說道：「此劍名為霜鐔，乃是戰國時名劍，吹毛過刃，削鐵如泥，能屈能伸，不用時可以纏在腰間。是我當年身劍未合之時，作防身之用的利器。如今賜你，權作聘禮。你夫妻須要好好保藏，不要辜負我憐才苦心。」

雲從聽了大喜，連忙重又拜受。過來叫了一聲岳父，將劍捧過。張老四本是識貨的人，將劍微微拂拭，才抽出劍囊一二尺，便覺晶瑩射目，寒氣逼人，不禁讚不絕口。又同玉珍上前謝過成全之德。解下玉珍身上所佩的一塊青玉串，算作答聘之物。醉道人對雲從道：「我現在成都有事，不能分身。如今你們的事都已辦妥，適才所談劍法，須要牢牢緊記，我去也。」說罷，只見身形一晃，醉道人已不知去向。

三人連忙趕出，只見空中有一個白點，在日光下，望來路飛去，俱各驚嘆不置。雲從又與張老四談了一會，三人分別安歇。到了第二日，高高興興往家鄉進發。不提。

那智通在雲從逃走的第三天，忽聽人說，張老實父女忽然棄家逃走，不知去向。便往菜園中查看，才知道雲從是由牆上逃出來，被張老實父女所救。因為當初不聽毛太的勸，不曾趕走張家父女，如今留下禍胎，非常後悔。又怕毛太笑他不知人，只得找話遮掩過去。又一面加緊防備，一面暗中變賣廟產，準備別營巢穴。

第十一章　潛心避禍

話說周淳與毛太交手，正在危急之間，幸遇醉道人跑來相助。毛太與醉道人的劍光鬥得難解難分之際，忽然半空中有破空的聲音，接著有五道紅線飛來。醉道人連忙夾起周淳，收了劍光，忙往城中飛去。周淳閉著雙眼，耳旁但聽呼呼風響，片時已落在城外武侯祠外一個僻靜所在。周淳連忙跪下，叩謝醉道人救命之恩。

醉道人也不答言，走到一所茅庵前，領著周淳推門進去。周淳一看，雲房內收拾得十分乾淨。房中有兩個十二三歲的道童，見二人進來，忙去倒茶。

醉道人料知周淳尚未晚餐，便叫預備酒食。兩個道童退去後，周淳又跪下，再三請醉道人收為門下弟子。醉道人道：「論你的心術同根基，不是不能造就。只是你行年四十，又非童身，學劍格外艱難，拜我為師，恐怕徒受辛苦。」執意不肯。

周淳再三苦求，醉道人又道：「我不是不收你為徒，收你的人是嵩山二老中一位，又是東海三仙之一，比我勝強百倍。他老人家有補髓益元神丹，你縱破了童身，也無妨礙。你想你如非本教中人，我何必從峨嵋一直跟你到此？」

周淳知是實言，倒也不敢勉強。又不知嵩山二老是誰，幾次請問醉道人。只答以機緣到來，自然知道，此時先說無益，便也不敢多問。一會道童送來酒食，周淳用罷，累了一天，便由道童領往偏房安睡。

次日一早醒來，去雲房參見，哪知醉道人已不知去向。兩個道童，一名松兒，一名鶴兒。周淳便問松兒道：「師父往哪裡去了？昨晚匆忙問，不曾問他老人家的真實姓名。兩位小師兄跟隨師父多年，想必知道。」

松兒答道：「我師父並不常在廟中。三月兩月，不見回來一次兩次。今早行時，也不曾留下話兒。至於他老人家的姓名，連我們也不知道。外邊的人，因為他老人家喜歡喝酒，大都叫他醉道人；有人來找他，也只說尋醉道人。想必這就是他的姓名了。此地名叫碧筠庵，乃是神尼優曇的大弟子素因參修的所在。師父愛此地清靜，借來暫住。我們來此，不過半年多，輕易也無人來。你如一人在成都，何妨把行李搬來居住？我聽師父說，你武藝很好，便中也可教教我們。你願意嗎？」

周淳見他說話伶俐，此地居住自然比店中潔淨，醉道人既然帶他到此，想必不會不願意，連忙點頭答應。便問明路徑，回到城內店中，算清店帳，搬入庵中居住，藉以避禍，平時也不出門。醉道人去後，多日也不回來，每日同松、鶴二童談談說說，倒也不甚寂寞。

他是有閱歷的人，每逢談到武藝，便設法支吾過去，不敢自恃亂說。

有一天早上起來很早，忽聽院落中有極輕微的縱躍之聲。扒著窗戶一看，只見松、鶴二童，一人拿了一枝竹劍，在院中互相刺擊。起初倒不甚出奇，動作也非常之慢，好似比架勢一般，不過看去很穩。後來周淳一個不留神，咳嗽了一聲，松、鶴二童知道周淳在房內偷看，兩人賣弄本領，越刺越疾，兔起鶻落，縱躍如飛，任你周淳是六合劍中能手，也分不出他的身法來。

正在看得出神之際，忽然松兒賣了一個破綻，使個仙鶴展翅的解數，鶴兒更不怠慢，左手掐著劍訣，右手使了一個長蛇入洞的解數，道一聲：「著！」如飛一般刺向松兒胸前。周淳看得清楚，以為松兒這回定難招架，正在替他著急。說時遲，那時快，只見松兒也不收招用劍來接，腳微墊處，順架勢起在空中，變了一個燕子穿雲的解數。吱的一聲，使了一個神鷹捉兔，斜飛下來，一劍照著鶴兒背後刺去。

鶴兒聽見腦後風聲，知道不好，急忙把身往前一伏，就勢一轉，脊背臥地，臉朝天，來了一個顛倒醉八仙劍的解數。剛剛將松兒一劍避過，百忙中忽見一樣東西，朝臉上飛來。鶴兒喊一聲：「來得好！」脊背著地，一個鯉魚打挺，橫起斜飛出去七八尺高下。左腳墊右腳，使一個燕子三抄水飛雲縱的解數，兩三墊已夠著庭前桂枝，翻身坐在樹上喘息。說道：「師兄不害臊，打不過，還帶使暗器的嗎？」

松兒笑答道：「哪個使暗器？剛才我縱到空中，恰好有一群雀兒飛過，被我隨手刺了一個下來，從劍頭上無意脫出。誰安心用暗器打你？」

周淳從屋中出來一看，果然是一個死麻雀，被松兒竹劍刺在頸子的當中，不由暗暗驚異。心想：「二人小小年紀，已有這般本領，幸喜自己持重，不曾吹牛現眼。」這時鶴兒也從樹上下來，再三磨著周淳，叫他也來舞一回劍。周淳對他二人已是五體投地的佩服，哪敢輕易動手。後來被逼不過，才將自己的絕技五朵梅花穿雲弩取出，試了一試。

松、鶴二童因為醉道人不許他們學暗器，看了周淳的絕技，便告訴周淳，要瞞著師父偷學。周淳只好答應，每日盡心教授。又跟二童得了許多刺劍祕訣，不等拜師，先自練習起來。似這樣過了十幾天，周淳猛然想起女兒輕雲，曾說不久就來成都相會，自己店房搬走時，又未留下話，恐怕她來尋找不著。醉道人又說自己不久便遇名師，如果老是藏在庵中，只圖避禍，何時才能遇著良機？便同松、鶴二童說明，打算每日出外尋師訪友，如果一連三日不回，便已發生事故，請他二人設法，報與醉道人知道，求他為力。二童一一答應。

他吃罷午飯，別了二童，一人信步出了碧筠庵，也不進城，就在城外青陽宮武侯祠幾個有名的庵觀寺院，留心物色高人。有時也跑到望江樓上來歇歇腿，順便進些飲食。如此又是數日，依然一無所遇。有一天，走到城內自己從前住的店房，探問自從他搬走後，可有人前來尋訪。

店小二答道：「一二日前，有一個年約五十歲的高大老頭子，同一個紅臉白眉的老和尚，前來打聽你老。我們見你老那日走得很忙，只當回轉家鄉，只得說你老搬走多日，不知去向。我看那個客人臉上很帶著失望的顏色。臨走留下話，說是倘或周客人回來，就說峨嵋舊友現在已隨白眉和尚往雲霧山出家，叫你不必回轉故鄉了。問他名姓，他也不肯說，想是你老的老朋友吧？」

周淳又打探來人的身量打扮，知是李寧，只是猜不透為什麼要出家，他的女兒英瓊為何不在身旁。他叫自己不要去峨嵋，想必毛太那廝已尋到那裡。心中委決不下，便打算過數日往峨嵋一行，去看個究竟。他隨便敷衍店家幾句，便告辭出來。

走到街上，忽然看見前面圍著一叢人，在那裡吵鬧。他走到近處一看，只見一家店舖的街沿上，坐著一個瘦小枯乾的老頭兒，穿得很破爛，緊閉雙目，不發一言。旁邊的人，也有笑罵的，也有說閒話的。周淳便向一人問起究竟，才知道這老頭從清早便跑到這家飯舖要酒要菜，吃了一個不亦樂乎，剛才趁店家一個不留神，便溜了出來。店家早就疑心他是騙吃騙喝，猛然發覺他逃走，如何肯輕易放過，他剛走到門口，便追了出來。正要拉他回去，不想一個不留神，把他穿的一件破大褂撕下半邊來。

這老頭勃然大怒，不但不承認是逃走，反要叫店家賠大褂；並且還說他是出來看熱鬧，怕店家不放心，故將他的包袱留下。店家進去查看，果然有一個破舊包袱，起初以為不過包些破爛東西。誰想當著眾人打開一看，除了幾兩散碎銀子外，還有一串珍珠，有黃豆般大小，足足一百零八顆。於是這老頭格外有理了，他說店家不該小看人。「我這樣貴重的包袱放在你店中，你怎能疑心我是騙酒飯帳？我這件衣服，比珍珠還貴，如今被你們撕破，要不賠錢，我也不打官司，我就在你這裡上吊。」眾人勸也勸不好，誰打算近前，就跟誰拚命，非讓店家賠衣服不可。

周淳聽了，覺著非常稀奇，擠近前去一看，果見這老頭穿得十分破爛，一臉的油泥，拖著兩隻破鞋，腳後跟露在外面，又瘦又黑，身旁果然有一個小包袱。店家站在旁邊，不住地說好話，把臉急得通紅。老頭只是閉目，不發一言。周淳越看越覺得稀奇。看店家那一份可憐神氣，於心不忍，正打算開口勸說幾句。那老頭忽然睜眼，看見周淳，說道：「你來了，我算計你該來了嘛。」

周淳道：「你老人家為何跟他們生這麼大的氣？」

老頭道：「他們簡直欺負苦了我。你要是我的好徒弟，趕快替我拆他的房，燒他的房。聽見了嗎？」

周淳聽老頭說話顛三倒四，正在莫名其妙。旁邊人一聽老頭跟周淳說話那樣近乎，又見來人儀表堂堂，心想：「怪道老頭那樣的橫，原來有這般一個闊徒弟。」

店家一聽，格外著急，正待向周淳分辯。老頭已經將身形站起，把包袱往身旁一掖，說道：「你來了很好，如今交給你吧。可是咱爺兒倆，不能落一個白吃的名，要放火燒房，你得先給完酒飯帳。我走了。」說罷，揚長而去。

那老頭說話，本來有點外路口音，又是突如其來，說得又非常之快，周淳當時被他蒙住。等他走後，店家怕周淳真要燒房，還只是說好話。等到周淳醒悟過來，這時老頭已走，先頭既沒有否認不是老頭徒弟，燒房雖是一句笑話，老頭吃的酒飯錢，還是真不好意思不給。

好在周淳真有涵養，便放下一錠二兩多重的銀子，分開眾人，往老頭去路，拔步就追。追了兩條巷，也未曾追上。又隨意在街上繞了幾個圈，走到望江樓門口，覺得腹中有點饑餓，打算進去用點酒食。他本來熟了的，剛一上樓，夥計劉大便迎上來道：「周客人，你來了，請這兒坐吧。」

周淳由劉大讓到座頭一看，只見桌上擺了一桌的酒菜，兩副杯筷。有半桌菜，已經吃得餚盤狼藉；那半桌菜，可是原封未動。以為劉大引錯了座頭，便問劉大道：「這兒別人尚未吃完，另找一個座吧。」

劉大道：「這就是給你老留下的。」

周淳便忙問：「誰給我留下的？」

劉大道：「是你老的老師。」

周淳想起適才之事，不由氣往上沖，便道：「誰是我的老師？」

劉大道：「你的老師，就是那個窮老頭子。你老先別著急，要不我們也不敢這麼辦。原來剛才我聽人傳說，後街有一個老頭，要訛詐那裡一個飯舖，剛巧我們這裡飯已開過，我便偷著去瞧熱鬧，正遇見你老在那裡替你的那位老師會酒帳。等到我已看完回來，你那老師已經在我們這裡要了許多酒菜，他說早飯不曾吃好，要等你老來同吃。

「他把菜吃了一半，吃喝得非常之快，又吃得多，留了一半給你老來吃。他說：『不能讓心愛的徒兒吃剩菜。』又說他要的菜，又都是你老平時愛吃的。所以我更加相信他是你老多年的老師。他吃完，你老還沒有來，他說他還有事，不能等你老，要先走一步，叫你老到慈雲寺去尋他去，不見不散。我們因為剛才那個飯舖攔他，差點沒燒了房，我又親眼見過你老對他那樣恭敬，便讓他走了，這大概沒有錯吧？」

周淳聽了，又好氣，又好笑，又沒法與他分說。沒奈何，只得叫劉大將酒菜拿去弄熱，隨便吃了一些，喝了兩杯酒，越想越有氣。心想：「自己闖蕩江湖數十年，今天憑空讓人蒙吃蒙喝，還說是自己老師！」

在這時候，忽然樓梯騰騰亂響，把樓板震得亂顫，走上一個稍長大漢，紫面黃鬚，豹頭虎眼，穿著一身青衣襖褲。酒保正待上前讓座頭，那人一眼望見周淳，便直奔過來，大聲衝著周淳說道：「你就是那鶴兒周老三嗎？」

周淳見那人來得勢急，又不測他的來意，不禁大驚，酒杯一放，身微起處，已飛向窗沿。說道：「俺正是周某。我與你素昧平生，尋俺則甚？」

那人聽了此言，哈哈笑道：「怪不得老頭兒說你會飛，果然。俺不是尋你打架的，你快些下來，我有話說。」周淳仔細看那人，雖然長得粗魯，卻帶著一臉正氣，知道無惡意，便飛身下來，重複入座。那人便問周淳酒飯可曾用完？

周淳本已吃得差不多，疑心那人要飲酒，便道：「我已酒足飯飽，閣下如果要用，可叫酒保添些上來。」話未說完，正待想問那人姓名時節，那人忽然站起身來，從腰間取出一錠銀子，丟在桌子上，算是會酒帳。周淳正待謙遜，那人已慢慢湊近身旁，趁周淳一個不留神，將周淳手一攏，背在身上，飛步下樓，好快的身法。饒你周淳是個慣家，也施展不開手段，被那人將兩手脈門掐住，益發動彈不得，只得一任那人背去。

樓上的人，先前看那大漢上來，周淳飛向窗口，早已驚異。如今又見將周淳背走，益發議論紛紛，都猜周淳是個飛賊，那大漢是辦案的官人，如今將周淳背走，想必是前去領賞。在這紛紜當兒，離周淳坐處不遠，有一個文生秀士，冷笑兩聲，匆匆會罷酒帳，下樓去了。這且不提。

話說周淳被那大漢背在背上，又氣又愧。自想闖蕩江湖數十年，從未栽過觔斗，今天無緣無故，被一個不知姓名的人輕輕巧巧地將他擒住，背在大街上亂跑，心中甚是難過。怎奈身子已被來人摳住活穴，動轉不得，只得看他背往哪裡，只要一下地恢復自由，便可同他交手。他正在胡思亂想，那大漢健步如飛，已奔出城外。周淳一看，正是往慈雲寺的大道，暗道不好。

這時已到廟前樹林，那大漢便將他放下，也不說話，衝著周淳直樂。周淳氣惱萬分，但被那人摳了好一會脈門，周身麻木，下地後自己先活動了幾步，一面留神看那大漢，並無絲毫惡意。正待直問他為什麼開這樣的玩笑，只見眼前一亮，一道白光，面前站定一個十八九歲的文生秀士，穿著一身白緞子的衣服。再看那大漢時，已是目瞪口呆，站在那裡，熱汗直流，知是被那少年的點穴法點倒。

正要向那少年問詢，忽聽那少年說道：「我把你這個蠢驢，上樓都不會上，那樓梯震得那樣厲害，震了你家老爺酒杯中一杯的土。你還敢乘人不備，施展分筋錯骨法，把人家背到此地，真是不要臉。現在你有什麼本事，只管使出來；不然，你可莫怪我要羞辱於你。」大漢聽了少年這一番話，把兩眼望著周淳，好似求助的樣子。

周淳看他臉上的汗好似黃豆一般往下直流，知道少年所點的穴，乃是一種獨門功夫，要是時候長了，必受內傷。再說這個大漢生得堂堂一表，藝業也很有根底，雖是和自己開玩笑，想其中必有原因。看他這樣痛苦，未免於心不忍。便向那少年說道：「此人雖然粗魯，但是我等尚不知他是好人壞人，這位英雄，何必同他一般見識呢？」

勸解一會，見那少年站在那裡一言不發，以為是少年架子大，心中好生不快。正待再為勸解，誰想近前一看，那少年也是目瞪口呆，站在那裡，不知何時被人點了暗穴。再一看他的眼睛，還不如那大漢能夠動轉，知道自己決不能解救。

周淳內外功都到了上乘的人，先前被大漢暗算，原是遭了一個冷不防，像普通的點穴解救，原不費事。便走到大漢身旁，照著他的脅下，用力擊了一掌，那大漢已是緩醒過來，朝著周淳唱了一個喏。回頭一眼看見少年站在那裡，不由怒從心起，跑將過去，就是一腳。周淳要攔，已經不及。那大漢外功甚好，這一腳，少說有幾百斤力量，要是挨上，怕不骨斷筋折。

那少年被人點住，不得動轉，萬萬不能躲避。在這間不容髮的當兒，忽見少年身旁一晃，鑽出一個老頭兒，很不費事地便將大漢的腳接住。那大漢一見老頭，便嚷道：「你叫我把姓周的背來，你跑到哪裡去了？我差點被這小王八蛋羞辱一場。你快躲開，等我踢他。」

那老頭道：「你別不要臉啦，你當人家好惹的嗎？不是我看他太狂，將他制住，你早栽了大跟頭啦。」

周淳這時看清這人，便是適才自己替他還酒帳、冒充他的師父、騙吃騙喝的那個怪老頭。一見他這般舉動，便知不是等閒之輩，連忙過來跪倒，尊聲：「師父在上，弟子周淳拜見。」

老頭道：「這會你不說我是騙酒吃的了吧？你先別忙，我把這人治過來。」說罷，只向那少年肩頭輕輕一拍，已是緩醒過來。那少年滿臉羞慚，略尋思間，忽然把口一張，一道白光飛將出來。

周淳正在替老頭擔憂，只見老頭哈哈一笑，說道：「米粒之珠，也放光華。」將手向上一綽，已將白光擒在手中。那白光好似懂得人性，在老頭手中，如一條蛇一般，只管屈伸不定，彷彿要脫手逃去的樣子。

那少年見老頭把劍光收去，對老頭望了一望，嘆了一口氣，回轉身便走。怎奈走出不幾步，老頭已在前面攔住去路。走東也是老頭攔住去路，走西也是老頭攔住去路。心中萬分焦躁，便道：「你把我點了穴，又將我劍光收了去，也就是了，何必苦苦追趕呢？」

那老頭道：「我同你初次見面，你就下這種毒手，難道這是李元化那個奴才教你的嗎？」

少年聽了此言，嚇了一跳，知道老頭必有大來頭，連忙轉口央求道：「弟子因你老人家將我點了暗穴，又在人前羞辱於我，氣忿不過，一時糊塗，想把劍光放起，將你老人家的頭髮削掉，遮遮面子，沒想到冒犯了老前輩。家師的清規極嚴，傳劍的時節，說非到萬不得已，不准拿出來使用，自從下山，今天還是頭一次。這個瞞老前輩不過，可以驗得出來的。」

那老頭把手中劍光看了一看，說道：「你的話果然不假。念你初犯，饒是饒你，得罰你去替我辦點事。因為我這二次出世，舊日用的那些人，死的死，隱的隱，我又不愛找這些老頭子，還是你們年輕氣盛的人辦事爽快。」說罷，便將劍光擲還了他。

少年連忙一口答應說：「老前輩但有差遣，只要不背家師規矩，赴湯蹈火，萬死不辭。」那老頭便對那少年耳邊說了幾句話，少年一一答應。

周淳這時已知道這大漢便是日前初會毛太所救的那個婦女的丈夫陸地金龍魏青。只因那日魏青回來，他妻子把周淳相救之言說了一遍，魏青自然是怒發千丈，定要尋毛太與周淳，報仇謝恩，找了多少天，也不曾相遇。無意中遇見那老頭，起初也跟他大開玩笑，後來指點他，說周淳在望江樓飲酒。冤他說：「你如好意去見他，他必不理你。」於是傳了魏青一手分筋錯骨法，教他把周淳背至林中。魏青本是渾人，便照老頭所說的去做。趁這老頭與那少年說話之際，周淳問起究竟，魏青便把始末根由告訴周淳。周淳知道他渾，也不便怪他。

這時老頭已把這少年領了回來。那少年同周淳便請問老頭的姓名。那老頭對少年道：「你如回山，便對你師父說，嵩山少室的白老頭問候，他就知道了。」

那少年一聽此言，趕忙重新跪倒，拜見道：「你老人家就是五十年前江湖上人稱神行無影追雲叟，東海三仙之一，又是嵩山二老之一的白老劍俠麼？弟子有眼不識泰山，望祈恕罪。」那老頭連忙含笑相扶。

周淳這才知道老頭便是醉道人所說的二老之一，重又跪請收錄。

老頭道：「你到處求師，人家都瞧不起你，不肯收錄。我這個老頭子脾氣特別，人家說不好，我偏要說好；人家說不要，我偏要。特地引你兩次，你又不肯來，這會我不收你了。」

周淳忙道：「師父，你老人家遊戲三昧，弟子肉眼凡胎，如何識得？你老人家可憐弟子這一番苦心吧。」說完，叩頭不止。

老頭哈哈大笑道：「逗你玩的，你看你那個可憐的樣子。可是做我的徒弟，得有一個條件，你可依得？」

周淳道：「弟子蒙你老人家收列門牆，恩重如山，無不遵命。」

老頭道：「我天性最愛吃酒，但是我又沒有錢，偌大年歲，不能跟醉道人一樣，去偷酒吃。早晚三頓酒，你得替我會帳，你可應得？」

周淳知道老頭愛開玩笑，便恭恭敬敬答應，起來站在一旁侍立。又請教那少年姓氏，才知道他是髯仙李元化的得意弟子，名喚孫南。於是問起趙燕兒的蹤跡，知道現在他甚為用功，再有三年，便可問世，心中非常替趙母高興。孫南喜歡穿白，雖然出世不到兩年，江湖上已有白俠的雅號。

大家正說話間，忽然林中哈哈一陣怪笑道：「老前輩說哪個偷酒吃？」眾人定睛一看，從林中走出一個背朱紅酒葫蘆的道人，身後跟著一個女子。除魏青外，俱都認得是有名的劍仙醉道人，便各上前相見。惟有周淳看見那個穿黑的女子，不由心中一跳，正待開口，那女子已上前朝他拜倒。仔細看時，果然是他愛女輕雲。問她為何遲到現在才來？輕雲說是因在山內煉一件法寶。「在路上遇見醉師伯，知道爹爹同白祖師爺在此，所以一同前來。」周淳又引她見了祖師同眾人。

周淳心想：「今日師父同醉道人等在此聚會，決非無因而至。」正待趁間詢問，只聽醉道人向追雲叟說道：「我們有這些位英雄劍客，足可與那禿驢一較高下了。聽說智通叫秦朗赴滇西採藥之便，回來時繞道打箭爐，去請瘟神廟方丈粉面佛俞德，同飛天夜叉馬覺，前來幫他一臂之力。那馬覺倒不當緊要，只是那粉面佛俞德煉就五毒追魂紅雲砂，十分厲害。我同老前輩雖不怕他們，小弟兄如何吃當得起。所以我等要下手，以速為妙，等到破了他的巢穴，就是救兵到來，也無濟於事，老前輩以為如何？」

追雲叟也不還言，掐指一算，說道：「不行，不行，還有幾個應劫之人未來。再說除惡務盡，索性忍耐些日，等他們救兵到來，與他一個一網打盡，省得再讓他們為害世人。此時破廟，他們固然勢單，我們也來得太少。況且他廟中的四金剛、毛太等，與門下一班妖徒，雖是左道旁門，也十分厲害。魏青、周淳不會劍術；孫南、輕雲雖會，也不過和毛太等見個平手。我日前路遇孫南的師父李鬍子，因為他能跑，我叫他替我約請幾位朋友，準定明年正月初一，在你碧筠庵見面，那時再訂破廟方針，以絕後患。」

醉道人道：「前輩之言，甚是有理。只是適才來時，路遇輕雲，她再三求我相助，打算今晚往慈雲寺探聽動靜。老前輩能夠先知，不知去得去不得？」

追雲叟道：「昔日苦行頭陀對我說過，吾道大興，全仗二雲。那一雲現在九華苦修，這一雲又這樣精進，真是可喜。去便去，只是你不能露面，只在暗中助她。稍得勝利，便即回轉。因為妖僧智通尚未必知我們明年的大舉，省得他看破我等計謀，又去尋他死去師父那些餘黨，日後多費手腳。」說罷，便率領周淳、魏青、孫南與醉道人分別。

周淳好容易父女重逢，連話都未說兩句，便要分手，不免依依難捨。追雲叟道：「你如此兒女情長，豈是劍俠本色？她此去必獲勝利，明天你父女便可相見暢談，何必急在一時呢？」

周淳又囑咐輕雲不要大意，一切聽醉道人的指點。輕雲一一答應，便各分別散去，不提。

第十二章　俠女殲盜

話說慈雲寺凶僧智通，自從粉蝶兒張亮去採花失蹤，周雲從地牢逃走，張氏父女棄家而去，在一兩個月中，發生了許多事體，心中好生不快。偏偏那毛太報仇心切，幾次三番要出廟尋找周淳，都被智通攔住。毛太覺得智通太是怕事，無形中便起了隔膜。有一天晚上，兩人同在密室中參歡喜禪，看天魔舞，又為了智通一個寵姬，雙方發生很大的誤會。

原來智通雖是淫凶極惡，他因鑑於他師父的覆轍，自己建造這座慈雲寺非常艱苦，所以平時決不在本地作案。每一年只有兩次，派他門下四金剛前往鄰省，作幾次買賣，順便搶幾個美貌女子回來受用。便是他的性情，又是極端的喜新厭舊。那些被搶來的女子秉性堅貞的，自然是當時就不免一死。那些素來淫蕩，或者一時怯於凶威的，也不過頂多給他淫樂一年，以後便棄充舞女，依他門下勢力之大小，隨意使用。

三年前，偶然被他在廟中擒著一個女飛賊，名叫楊花，智通因恨她敢在太歲頭上動土，起初喚叫闔廟僧徒將她輪姦，羞辱一場，然後再送她歸西。因那女子容貌平常，自己本無意染指。誰想將她小衣脫去以後，就露出一身玉也似的白肉，真個是膚如凝脂，又細又嫩，婉轉哀啼，嬌媚異常。不由得淫心大動，以方丈資格，便去佔了一個頭籌。

誰想此女不但皮膚白細，而且淫蕩異常，縱送之間，妙不可言。智通雖然閱人甚多，從未經過那種奇趣。春風一度，從此寵擅專房，視為禁臠，不許門徒染指。他門下那些淫僧眼見到口饅頭，師父忽然反悔，雖然滿心委曲，說不出來。好在廟中美人甚多，日久倒也不在心上。

毛太來到廟中的第一天，智通急於要和峨嵋劍俠為仇，想拉攏毛太同他的師父，增厚自己勢力。偏偏楊花又恃寵而驕，不知因為什麼，和智通鬧翻，盛怒之下，便將楊花送與毛太，以為拉攏人心之計。

毛太得了楊花，如獲異寶，自然是感激涕零。可是智通離了楊花，再玩別人，簡直味同嚼蠟。又不好意思反悔，只有等毛太不在廟中時，偷偷摸摸，反主為客，好些不便。那楊花又故意設法引逗，他哭笑不得，越發難捨。恰好又從鄰省搶來了兩個美女，便授意毛太，打算將楊花換回。毛太自然萬分不願，但是自己在人籬下，也不好意思不答應。從此兩人便也公開起來。三角式的戀愛，最容易引起風潮。兩人各含了一肚子的酸氣，礙於面子，都不好意思發作。

這天晚上，該是毛太與楊花的班。毛太因智通在請的救兵未到前，不讓他出去找周淳報仇，暗笑智通懦弱怕事。這日白天，他也不告訴智通，便私自出廟，到城內打聽周淳的下落。

誰想仇人未遇，無意中聽見人說縣衙門今早處決採花淫賊，因為怕賊人劫法場，所以改在大堂口執行。如今犯人的屍首已經由地方搭到城外去啦。毛太因愛徒失蹤，正在憂疑，一聞此言，便疑心是張亮，追蹤前往打聽。恰好犯人無有苦主認領，地方將屍體搭到城外，時已正午，打算飯後再去掩埋，只用一片蘆蓆遮蓋。

毛太趕到那裡，乘人不防，揭開蘆蓆一看，不是他的愛徒張亮，還有哪個？腦子與身子分了家，雙腿雙膝被人削去，情形非常淒慘。給那犯人插的招子，還在死屍身旁，上寫著「採花殺人大盜、斬犯一名張亮」。毛太一看，幾乎要暈過去。知道縣中衙役，絕非張亮敵手，必定另有能人與他作對。他同張亮，本由龍陽之愛，結為師徒，越想越傷心。決意回廟，與智通商量，設法打聽仇人是誰。

這時地方飯後回來，看見一個高大和尚掀起蘆蓆偷看屍體，形跡好生可疑，便上前相問。毛太便說自己是慈雲寺的和尚，出家人慈悲為本，不忍看見這般慘狀。說罷，從身上取出二十多兩銀子，託地方拿二十兩銀子買一口棺木，將屍體殮埋，餘下的送他作為酒錢。

原本慈雲寺在成都名頭很大，官府都非常尊敬；何況小小地方，又有許多油水要賺。馬上收了方才面孔，將銀子接過，謝了又謝，自去辦理犯人善後。毛太在蓆篷內，一直候到地方將棺木買來，親自幫同地方將張亮屍身成殮，送到義地埋葬，如喪考妣地哭了一場。那地方情知奇異，既已得人錢財，也不去管他。看那慈雲寺的份上，反而格外慇勤。毛太很不過意，又給了他五兩銀子的酒錢，才行分別。他安埋張亮的時候，正是周淳在望江樓被魏青負入林中的當兒；要不是魏青與周淳開玩笑，毛太回廟時，豈不兩人碰個對頭？這且不言。

話說毛太見愛徒已死，又悲又恨，急忙忙由城中趕回廟去。走到樹林旁邊，忽見樹林內一團濃霧，有幾十丈方圓，襯托要落山的夕陽，非常好看。他一路走，一路看，正在覺得有趣的當兒，猛然想起如今秋高氣朗，夕陽尚未落山，這林中怎麼會有這麼厚的濃霧？況且在有霧的數十丈方圓以外，仍是清朗朗的疏林夕照。這事有點稀奇，莫非林中有什麼寶物要出世，故爾寶氣上騰嗎？思想之時，已到廟門。連忙進去尋找智通，把禪房複室找了一個遍，並無蹤影。

恰好知客僧了一走過，他便問智通現在何處。了一答道：「我剛才看見師父往後殿走去，許是找你去吧？」

毛太也不介意，便往後殿走來。那後殿旁邊有兩間禪房，正是毛太的臥室。剛剛走到自己窗下，隱隱聽得零雲斷雨之聲。毛太輕輕扒在窗檽下一看，幾乎氣炸了肺腑。原來他唯一的愛人，他同智通的公妻楊花，白羊似地躺在他的禪床上，智通站在床前，正在餘勇可賈，奮力馳騁，喘吁吁一面加緊工作，一面喁喁細語。

毛太本想闖了進去，問智通為何不守條約，在今天自己該班的日子，來擅撞轅門？後來一想，智通當初本和自己議定公共取樂，楊花原是智通的人，偶爾偷一回嘴吃，也不算什麼。自己寄人籬下，有好多事要找他幫忙，犯不上為一點小事破臉，怒氣便也漸漸平息。倒是楊花背著智通，老說是對自己如何高情，同智通淫樂，是屈於凶威，沒有法子。今天難得看見他二人的活春宮，樂得偷聽他們說些什麼，好考驗楊花是否真情。便沉心靜氣，連看帶聽。誰想不聽猶可，這一聽，酸氣直攻腦門，幾乎氣暈了過去。

原來楊花天生淫賤，又生就伶牙俐齒，只圖討對方的好，什麼話都說得出。偏偏毛太要認真去聽，正碰上智通戰乏之際，一面緩衝，一面問楊花道：「我的小乖乖，你說真話，到底我比那廝如何？」

毛太在窗外聽到這一句，越發聚精會神，去聽楊花如何答覆。心想：「她既同我那樣恩愛，就算不能當著智通說我怎麼好，也決不能對我過分含糊。」

誰想楊花聽罷智通之言，星眼微揚，把櫻桃小口一撇，做出許多淫聲浪態，說道：「我的乖和尚心肝，你不提起他還好，提起那廝，簡直叫我小奴家氣得恨不能咬你幾口才解恨。想當初自蒙你收留，是何等恩愛，偏偏要犯什麼脾氣，情願當活忘八，把自己的愛人，拿去結交朋友。後來你又捨不得，要將小奴家要回，人家嘗著甜頭，當然不肯，才說明一家一天。明明是你的人，弄成反客為主。你願當活忘八，那是活該。可憐小奴家，每輪到和那個少指沒手的強盜睡，便恨不得一時就天亮了。

「你想那廝兩條毛腿，有水桶粗細，水牛般重的身體，壓得人氣都透不過來。也不知他碰到什麼大釘子上，把手指頭給人家割了兩個去，叫人見了都噁心。虧他好意思騙我，還說是小孩時長瘡爛了的，這話只好哄別人，小奴也會一點粗武藝，誰還看不出來，是被兵刃削去了的？我無非是聽你的話，想利用他，將來替你賣命罷了。依我看，那廝也無非是一張嘴，未必有什麼真本事。我恨不能有一天晚上，來幾個有能力的對頭，同他打一仗，倒看他有沒有真本領。如果是稀鬆平常，趁早把他轟走，免得你當活忘八，還帶累小奴家生氣。」

她只顧討智通的好，嘴頭上說得高興，萬沒想到毛太聽了一個逼真。智通也是一時大意，以為毛太出去尋周淳，也和上回一樣，一去十天半月。兩人說得高興，簡直把毛太罵了個狗血淋頭。

毛太性如烈火，再也忍耐不住，不由怒從心上起，惡向膽邊生，再也無心計及利害，喊一聲：「賊淫婦，你罵得我好！」話到人到，手起處一道黃光，直往楊花頭上飛去。

楊花沒曾想到有這一手，喊聲：「嗳呀，不好！師父救命！」智通出乎不意，倉猝間，也慌了手腳，一把將楊花提將過來，夾在脅下，左閃右避。

毛太已下決心，定取楊花性命，運動赤陰劍，苦苦追逼。幸而這個禪房甚大，智通光著屁股，赤著腳，抱著赤身露體的楊花，來回亂蹦。也仗著智通輕身功夫純熟，跳躍捷如飛鳥，不然慢說楊花性命難保，就連他自己也得受重傷。可是這種避讓，不是常法，手上還抱著一個人，又在肉搏之後，氣力不佳，三四個照面，已是危險萬分。

正在慌張之際，忽然窗外一聲斷喝，說道：「師父何不用劍？」話言未了，一道白光飛將出來，將毛太的劍光敵住。

智通因見毛太突如其來，背地說好友陰私，未免心中有些內愧。又見楊花危急萬分，只想到捨命躲閃，急糊塗了，忘卻用劍。被這人一言提醒，更不怠慢，把腦後一拍，便有三道光華，直奔黃光飛去。楊花趁此機會，搶了一件衣服披在身上，從智通脅下衝出，逃往複壁而去。

毛太忽見對頭到來，大吃一驚，定睛看時，進來的人正是知客了一。

原來了一因為來了一個緊要客人，進來稟報智通，誰想走到房門口，聽見楊花哭喊之聲。他本來不贊成他師父種種淫惡勾當，以為楊花同上回一樣觸怒智通，他恨不能他師父將楊花殺死，才對心思。打算等他們吵鬧完後，再來通稟。欲待回去陪那來客，正要轉身走回前殿，忽聽得房中有縱跳聲音，不由探頭去看，正好看見毛太放出劍光，師父同楊花赤身露體的狼狽樣兒，乃是雙方吃醋火併。暗忖師父為何不放劍迎敵？好生奇異。後來看見毛太滿面凶光，情勢危險，師生情重，便放劍迎敵。

毛太見了一放劍出來，哪在他的心上。心想一不做，二不休，索性大鬧一場吧。誰想智通的劍也被勾引出來。那智通是五台派鼻祖落雁峰太乙混元祖師嫡傳弟子，深得旁門真傳，毛太哪裡是他的敵手。不到一盞茶時，那青紅黑三道光華，把毛太的劍光絞在一起，逼得毛太渾身汗流。知道命在頃刻，不由長嘆一聲道：「吾命休矣！」幸喜了一見師父出馬，他不願師徒兩個打一個，將劍收回，在旁觀戰，毛太還能支持些時。

正在這危迫萬分之時，忽聽窗外一聲大笑，說道：「遠客專誠拜訪，你們也不招待，偷偷在這兒比劍玩，是何道理？待我與你二人解圍吧。」說罷，一道金光，由窗外飛進一個丈許方圓、金光燦爛的圈子，將智通和毛太的劍光束在當中，停在空際，動轉不得。

智通和毛太大吃一驚，抬頭看時，只見來人身高八尺開外，大頭圓眼，面白如紙，一絲血色也沒有，透出一臉的凶光。身穿一件烈火袈裟，大耳招風，垂兩個金環，光頭赤足，穿著一雙帶耳麻鞋，形狀非常凶惡。智通一見，心中大喜，忙叫：「師兄，哪陣香風吹得到此？」

毛太巴不得有人解圍，眼看來人面熟，一時又想不起，不好招呼。正在沒有辦法，那人說道：「兩位賢弟，將你們的隨身法寶收起來吧，自家人何苦傷了和氣？倒是為什麼？說出來，我給你們評理。」這兩個淫僧怎好意思說出原因，各人低頭不語，把劍光收回。那人將手一招，也將法寶收回。

毛太吞吞吐吐地問道：「小弟真正眼拙，這位師兄我在哪裡會過，怎麼一時就想不起來？」

那人聽了，哈哈大笑，說道：「賢弟，你就忘記當初同在金身羅漢門下的俞德麼？」毛太聽了，恍然大悟。

原來粉面佛俞德，本是毛太的師兄，同在金身羅漢門下。只因那一年滇西的毒龍尊者到金身羅漢洞中，看見俞德相貌雄奇，非常喜愛；又因自己門人周中匯在峨嵋鬥劍，死在乾坤妙一真人齊漱溟的劍下，教下無有傳人，硬向金身羅漢要去收歸門下，所以同毛太有數日同門之誼。

俞德將兩位淫僧一手拉著一個，到了前殿，寒暄之後，擺下夜宴。俞德便與他二人講和，又問起爭鬥情由。智通自知這是丟臉的事，不肯言講。還是毛太比較粗直，氣忿忿地將和智通為楊花吃醋的事，詳詳細細說了一遍。

粉面佛俞德聽了，哈哈大笑道：「你們兩人鬧了半天，原來為的是這樣不相干的小事，這也值得紅臉傷自家人的和氣嗎？來來來，看在我的薄面，我與你兩解和了吧。」

智通與毛太俱都滿臉慚愧，各人自知理屈，也就藉著這個台階，互相認了不是，言歸於好。

三人談談笑笑，到了晚飯後，智通才把慈雲寺近兩月來發生的事故，詳詳細細告訴俞德，並請他相助一臂之力。俞德聽罷智通之言，只是沉吟不語。

毛太忽然說道：「我有兩件要事要講，適才一陣爭鬥，又遇俞師兄從遠道而來，心中一高興，就忘了說了。」

俞德與智通忙問是何要事，這樣著急。毛太道：「我今日進城，原是要尋訪仇人報仇雪恨。誰想仇人未遇見，倒是尋訪著失蹤徒兒張亮，被人擒住，斷去雙足，送往官府，業已處了死刑了。」

智通道：「這就奇了！張亮師姪失蹤，我早怕遭了毒手，衙門口不斷有人打聽消息，如何事先一些音訊全無？毛賢弟不要聽錯了吧？」

毛太著急道：「哪個聽錯？我因聽人說縣衙內處決採花大盜，我連忙趕到屍場，不但人已死去，並且雙足好似被擒時先被人斬斷的，我看得清清楚楚，一絲也不假。我急忙回來，找你商量如何尋訪仇家，誰想進門便為一個賤人爭鬥，差點傷了自家兄弟義氣。」

俞德道：「賢弟不要著急。我想此事決非你一人的私事，必定是峨嵋有能人在成都，成心同你我為難。報仇之事，千萬不可輕舉妄動，須要大家商量才好。你說的兩件要事，還有一件呢？」

毛太道：「我回廟時節，天才酉初，太陽尚未落山。廟前樹林中，忽然起了一團白霧，大約有數十丈方圓，好似才開鍋的蒸籠一樣，把那一塊樹林罩得看都看不清。可是旁邊的樹林，都是清朗朗的。我想必定有什麼寶物該出世吧？」

俞德聽毛太言時，便十分注意。等他說完，連忙問道：「你看見白霧以後，可曾近前去看麼？」

毛太道：「這倒不曾。因為我忙於回廟，並且我一個人要去掘取寶物，也得找幾個幫手，所以未走近前去看。」

俞德道：「萬幸！萬幸！」說罷，臉上好似有些惶急。

智通問道：「師兄，你看毛賢弟所說的林中白霧，難道說真有寶物出現麼？」

俞德道：「有什麼寶物，簡直我們的對頭到了。你當那團白霧是地下冒出來的嗎？是那人用法術逼出來的呀。自從老賊婆凌雪鴻死後，只有那怪老頭白谷逸會弄這一類障眼法。這種法術，名叫靈霧障，深山修道，真仙們往往利用它來保護洞門，以便清修，不受惡魔的擾鬧。這怪老頭二三十年不出世，江湖上久不見其蹤跡，他的為人，我常聽我師父毒龍尊者提起，本人卻不曾見過。將才智賢弟說他出世，我還半信半疑。如今他既在廟前樹林中賣弄，想必是有什麼舉動，要與我們不利。如果是他，我們這幾個人絕不是對手，須要早作準備。」

智通雖未與追雲叟交過手，常聽師父說起他的厲害，聽了俞德之言，非常驚慌。

惟獨毛太早年只在江湖上做獨腳強盜，他出世時，追雲叟業已隱遯，不知道深淺利害，氣忿忿地說道：「師兄休得這樣長他人志氣，滅自己的威風。我想人壽不過百年，那怪老頭既然二十多年不見出世，想已死在深山空谷之中，現在所發現的，焉知不是另一個人呢？樹林中的白霧，就算是有人弄玄虛，也不過是一種障眼法兒，有什麼了不起，值得這樣害怕？」

俞德聽了，冷笑道：「你哪裡知道厲害。你白天幸而是回廟心切，不曾走到霧陣中去；如若不然，說不定也遭了毒手。峨嵋派中，頗有幾個能手，怪老頭更是一個奇人。此次但願不是他才好，如果是他，就連我師父毒龍尊者，恐怕也無法制他。他們照例每隔三五十年，必要出來物色一些資質好、得天獨厚的青年做門徒，以免異日身後無有傳人。

「前年，我師父毒龍尊者說他們又漸漸在川、陝、雲、貴一帶活動，偏偏湊巧，五台派和滇西派也屆收徒之年，少不得因為彼此收徒弟，又要鬧出許多是非。聽說黃山餐霞大師已經收了一個女弟子，名叫周輕雲，是齊魯三英之一周淳的女兒，小小年紀，長得十分美麗，從師不多幾年，已練得一身驚人的本領。其餘如苦行頭陀、齊漱溟、髯仙李元化等，俱已收了些得意的門人。早晚一定有許多事情發生，你留神聽吧。」

毛太聽了，忙問道：「師兄說的那個周輕雲，就是我那仇人周淳的女兒麼？你怎麼知道這樣清楚？」

俞德道：「那黃山五老峰後面有一個斷崖，削立於仞，險峻異常，名叫五雲步，上面有五台派中一位前輩女劍仙在那裡參修。此人乃是你我三人的師父的同輩，也曾參加五十年前峨嵋比劍。她因見老祖師中了無形劍，知道勢力不敵，不曾交手，便趁空遁走。表面上說是自己脫離漩渦，獨住深山修煉，其實是臥薪嘗膽，努力潛修，想為師祖報仇。因為未曾與峨嵋派中人交過手，破過面，所以餐霞大師才能容她在黃山居住。

「近二三十年來，著實收了幾個得力的男女徒弟。餐霞大師對她也漸漸懷疑，藉著談道為由，屢次探她老人家口氣。她卻守口如瓶，平日連門下幾個心愛弟子，也不把峨嵋深仇露出半點。餐霞大師雖然疑忌，倒也無可奈何於她。偏偏她又在天都峰上得了枝仙芝，返老還童，八九十歲的人，看去如同二三十歲的美女子一般。餐霞大師帶周輕雲到她洞中去過。她同我師父毒龍尊者最為交厚，每隔二三年，必到滇西去一次。我來時在師父那裡相遇，她說起這個周輕雲來，還後悔物色徒弟多少年，怎麼自己時常往來川滇，會把這樣好的人才失之交臂，反讓仇人得去呢？我所以才知道得這樣詳細。」

智通插言道：「你說的可是黃山五雲步萬妙仙姑許飛娘麼？」

俞德道：「不是她還有哪個？」

毛太正聽得津津有味，忽然拍手大笑道：「想不到周老三還有這麼美貌的一個女兒，將來要是遇見我們，把她捉來快活受用，豈不是一件美事？」話言未了，忽然面前一陣微風，一道青光如掣電一般，直往毛太胸前刺來。

毛太喊一聲：「不好！」連忙縱身往旁跳開。饒他躲閃得快，左膀碰著劍鋒，一條左臂業已斷了半截下來。還算智通久經大敵，忙將後腦一拍，飛出三道光華，上前敵住。

俞德的法寶俱是用寶物煉就，雖然取用較慢，這時也將他的圈兒放起，去收來人的劍光。毛太也負痛放出劍來迎敵。偏偏來人非常狡猾，俞德的太乙圈方才放出，劍光忽地穿窗飛出，不知去向。

俞德等三人連忙縱出看時，只見一天星斗，庭樹搖風，更不見放劍人一些蹤跡，氣得三人暴跳如雷。俞德更不怠慢，將身起在半空看時，只見南面天上有一道青光，往前飛去。俞德忙喊：「大膽刺客，往哪裡走！」

這時智通叫毛太趕快包裹傷處，也縱身隨著俞德往前追趕，剛剛追到樹林青光斂處，蹤跡不見。智通正要進林找尋，俞德連忙一把拉住，說道：「賢弟千萬不可造次，昏林月黑，你知道刺客藏在哪裡？進去豈不中他暗算？我看今晚是來者不善，善者不來，不如先行回廟，再作計較吧！」

智通忿怒不過，只得站在林外，把劍光飛進林去，上下八方刺擊了一遍。等到收回劍光時並無血腥味，知道刺客不曾傷了分毫。經俞德苦勸，無可奈何，垂頭喪氣地回轉。

剛剛走近廟牆，忽聽喊殺之聲，料知有異。急忙飛身上牆一看，只見一個穿青的女子，與毛太、了一兩人鬥劍，正在苦苦相持。那女子身段婀娜，年紀不大，長得十分秀麗。放出來的劍，夭矯如龍，變化不測。再一看毛太與了一，已被那女子的劍光逼得汗流浹背。在這一刹那的當兒，忽聽空中一聲響處，了一的劍光，被那女子的劍糾纏著只一絞，噹的一聲，折為兩段，餘光如隕石一般，墜下地來，變成一塊頑鐵。毛太又斷了一隻臂，本已疼痛，再加那女子的劍非常神妙，負痛支持，看看危險。

這時俞德、智通趕到，看見毛太危險萬分，更不怠慢。智通腦後一拍，放起三道光華。俞德左手先將圈兒放起，右手取出煉就的五毒追魂紅雲砂，正待要放。忽聽空中一聲「留神暗器」，女子還未等俞德圈兒近身，將身騰起，道一聲：「疾！」身劍合一，化道青光，破空而去。

俞德、智通見來人二次逃走，心中大怒，也將身起在半空，運動劍光，正待向前追趕。忽見半空中又有一道白光，迎頭飛至。俞德大怒，將手中紅砂往空一撒，一片黃霧紅雲，夾著隱隱雷電之聲，頓時間天昏地暗，鬼哭神號。約有頓飯時許，俞德料想敵人定必受了重傷，暈倒在地。當下收回紅砂，往地下觀看，口中連喊：「奇怪」。

智通忙問何故。俞德道：「我這子母陰魂奪命紅砂，乃是我師父毒龍尊者鎮山之寶，無論何等厲害的劍仙俠客，只要沾一點，重則身死，輕則昏迷。今天放將出去，黃霧紅光明明將敵人劍光罩住，為何不見敵人蹤跡？叫我好生納悶。」

正說話間，智通道：「你看那邊放光，我們快去看來。」

俞德往前一看，離身旁十丈左右，果然一物放光，急忙拾起一看，乃是一柄一尺三寸許的小劍。想是敵人寶劍中了紅砂，受了污穢，跌落塵埃。那劍雖然受傷，依舊晶瑩射目，在手中不住地跳動，好似要脫手飛去；又好似靈氣已失，有些有心無力的樣子。

俞德連誇好劍，向智通道：「你別小覷了它，你看它深通靈性，雖然中了砂毒，依舊想要脫逃，如不是苦修百年，決不能到這般田地。照這劍看來，敵人的厲害可知。準是他也知我紅砂的厲害，無計脫身，迫不得已，才把他多年煉就的心血，來做替死鬼。不過此人失了寶劍，便難飛行絕跡，想必逃走不遠，師弟快隨我去追尋吧！」

說完，正待同智通往前搜查時，忽然耳旁聽見一陣金刀凌風的聲音，知道有人暗算，急忙將頭一偏。誰想來勢太急，左面頰上，已掃著一下，不知是什麼暗器，把俞德大牙打掉兩個，順嘴流血不止。緊接著箭一般疾的一道黑影，飛過身旁。

俞德正在急痛神慌之際，不及注意，那人身法又非常之快，就在這相差一兩秒鐘的當兒，俞德手中的戰利品已被那人劈手奪去。那人寶劍到手時，左手掄劍，雙腳並齊，照著俞德胸前一蹬，順手牽羊，來一個雙飛鴛鴦腿。順勢變招，腳到俞德胸前，借力使力，化成燕子飛雲蹤，斜飛幾丈高遠，發出青光，身劍合一，破空飛出。身手矯捷，無與倫比，饒你俞德、智通久經大敵，也鬧了一個手足無所措。

智通眼看敵人飛跑，怒發千丈。縱身追時，只見那道青光業已破空入雲，不知去向，無可奈何，又急又氣。再回來看俞德時，業已痛暈在地，智通向前扶起，恰好了一垂頭喪氣走出觀看動靜，幫同智通將俞德抬到房中。解開衣服一看，胸前一片青紫，現出兩個纖足印，輪廓分明。估量來人是個女子，穿的是鋼底劍靴，所以受傷如此之重。如非俞德內外功都到上乘，這一腳定踢穿胸腹，死於非命。

俞德連受二處重傷，疼痛難忍，忽然一聲怪叫，連吐兩口鮮血，痛暈過去。智通見了，益發著忙，急將備就救急傷藥，與他灌救，仍然不見止痛。痛罵了一陣刺客，也無濟於事。只得讓毛太同俞德兩個，一個這壁，一個那壁，慢慢養傷，細細呻吟。不提。

說了半日，那兩個刺客到底是誰呢？原來醉道人同周輕雲辭別追雲叟，便在林中取出乾糧同紅葫蘆裡的酒，飽餐一頓。到了晚間，二人到了慈雲寺，正遇見俞德、智通、毛太三人在那裡大發議論。依了輕雲，便要下去一較短長，幾番被醉道人止住。並告訴她俞德如何厲害，如果要下去，須要如此如彼，依計而行。並說：「他等三人俱懷絕藝，只可暗中乘其不備，讓他受點創傷。如果真正明面攻擊，你決不是敵手。」商量妥當。

偏偏毛太要說便宜話，把這位姑娘招惱，這才放出飛劍，原打算取毛太首級，偏又被他逃過，只斬下半截手臂。後來俞德放出圈子，輕雲因聽醉道人囑咐，估量厲害，又加上智通的三道光華，迎敵時便覺吃力，情知不是對手，便知難而退，依照原訂計畫，逃往樹林。醉道人已在半途相助。

智通同俞德在林外說話時，輕雲因恨毛太不過，不聽醉道人攔阻，飛身繞道入廟，打算趁毛太無人幫助時，取他首級雪恨。誰想毛太驚弓之鳥，早已提防，輕雲劍光一到，便交起手來，毛太堪堪抵敵不住。知客僧了一在後殿因聽說師父去追刺客，往前邊來看，正遇見毛太與一穿青女子動手，便上前相助。

周輕雲受過餐霞大師真傳，生有仙根，又加數年苦功，哪把二人放在心上。運動神光，才一交手，便把了一的劍斬斷。毛太愈加勢孤，恰好又是俞德、智通趕回。輕雲見不是路，飛身逃走；這時如果稍慢一步，便遭紅砂毒手。

醉道人見輕雲不聽吩咐，前去涉險，深怕有些失利，對不起餐霞大師，早在暗中防備。也深知紅砂厲害，不敢上前。為救輕雲，拚出百年煉就心血，連忙將自己劍光放出，攔住來人去路，輕雲才得逃生。果然紅砂厲害，劍光一著紅砂，便跌到塵埃。醉道人雖然心痛，因怕紅砂厲害，不敢去拾。

輕雲見醉道人為了救自己，失去寶劍，又羞又急，又氣又怒。她少年氣盛，又仗著藝高人膽大，便要乘機奪回。醉道人一把未拉住，正在著急。忽聽耳旁有人說話道：「我把你這醉老道，這回化子沒蛇耍了吧？」

醉道人聽出是追雲叟，不禁大喜，便道：「都是你讓我保護小孩子，這孩子又倔強不聽話，你須賠我的劍來。如今這孩子又上去了，你還不去幫忙，在這兒說風涼話，倘有失機，如何對得起餐霞大師？」

追雲叟道：「這孩子頗似我當年初學道的時節，異日必為峨嵋爭光，她雖有兩三次磨難，現在決無差誤。你的劍也應在她的身上，得一柄勝似你的原物。而你的劍得回來，只消我帶回山去，用百草九轉仙丹一洗，便還你原物。你失一得雙，都是我老頭子作成你的，虧你還好意思怪人。」醉道人料無虛言，十分高興。

正說時，輕雲已經奪劍回轉。說起奪劍情形，又說臨走還賞了俞德兩鴛鴦腳，臉上十分得意。正說時，追雲叟現出原身，輕雲連忙上前拜見。

醉道人道：「你這孩子也太歹毒。你往虎口內奪食，把我寶劍得還，也就罷了，你還意狠心毒，臨走還下了那麼一個毒手。假如俞德因你這一腳送命，豈不又與滇西派結下深仇？江湖上異人甚多，我們但能不得罪人，就不得罪人。你小小年紀，正在往前進步，想你成名之時，少一個冤家，便少一層阻力。下次不可如此造次。」

說到此間，追雲叟連忙攔阻道：「醉道人你少說兩句吧，我們越怕事，越有事。你忘了從前峨嵋鬥劍時麼？起初我們是何等退讓，他們這一群業障，偏要苦苦逼迫，到底免不了一場干戈。這回與從前還不是一樣？她少年智勇，你當老輩的，原該獎勵她才對。你說毒龍厲害，須知如今是各人收徒，外加有人要報峨嵋之仇，他們已聯合一氣，我們但能得手，除惡務盡，去一個少一個。滇西這條孽龍，在滇西作惡多端，也該是他氣運告終之時，倘遇見了他的門下，卻是容留不得。你不知道，這一回乃是邪、正兩道爭存亡之時。」

醉道人道：「我何嘗不知道。不過餐霞昔日再三相託，她說輕雲眉梢有紅線三道，殺劫太重，我不能不時時警戒而已。」正說間，忽見正西方半空中有幾道紅線飛來，追雲叟說聲：「快走！」便同他二人起在空中。

第十三章　輕雲學道

話說追雲叟正與醉道人、周輕雲在慈雲寺外樹林之中談說俞德受傷之事，忽見西方飛來了幾道紅線，便把醉道人和周輕雲一拉，喊一聲：「快走！」三人一同駕起劍光，飛回了碧筠庵。

這時已到五更左右，冬天夜長，天還未亮。他三人也不去驚動周淳，進了經房坐下。醉道人喚起松、鶴二童預備茶點。輕雲問道：「適才那西方上幾道紅線，為何我們見了就跑？」

追雲叟道：「慈雲寺自從周雲從被你醉師叔救走，張亮被殺，智通便料知我們峨嵋派中人要和他為難。他在上月便打發他門下四金剛同多寶真人金光鼎，以及投奔他的一群四川大盜，拿他柬帖，前往三山五岳，聘請能人劍客，齊集慈雲寺，開會籌備應付之策。今天晚上這幾道紅線，便是毛太的師父金身羅漢法元。我因為暫時不便露面，所以叫你們一同回轉。」

輕雲道：「照師祖這般說來，他們既然四出尋找幫手，我們就這幾個人應敵麼？」

追雲叟道：「哪有這種便宜的事？我早已料到這一步，已經打發你師叔李鬍子去請人去了。如今事情不過才在開端，智通那廝也拿不定我們這邊虛實。不過他既疑心我又出世，鑑於他死去的師父太乙混元祖師的覆轍，所以把他們的同門同黨召集攏來，仔細研究對敵方法。至於我們真正的硬對頭，如今還一個都未露面，有的還在假充好人呢。」

談了一會，周淳起來，輕雲上前見禮。周淳又向追雲叟、醉道人參拜。輕雲便到內屋坐了一會內功，已是日出三丈，也就不打算睡了。醉道人背了葫蘆，便要往外走。追雲叟連忙將他喚轉，從懷中取出一樣東西與他。醉道人連忙稱謝，接過來便藏在懷中，走了出去。

追雲叟便對輕雲道：「現在敵人尚未到齊，也不知我們的虛實同藏身之地。我現在要帶你父親到衡山珠簾洞我大徒弟岳雯洞中去傳授劍法，並且洗煉你醉師叔的寶劍。魏青我已叫他投奔一個人去了。你一個女子，孤身住在此地，多有不便；又有許多需用你的地方，不能叫你回山，這倒是一個難題。」

輕雲道：「師祖你老人家不用擔心。我師父打發我下山時，也說是破慈雲寺尚早，孫兒到了成都，沒有落腳之處。臨行交與孫兒一封書信，就是到了成都，見了醉師叔同孫兒的父親後，如無處住，拿這封信到成都北辟邪村投奔玉清師太，便可得到安身之所。祖師同爹爹走後，孫兒便去投她如何？」

追雲叟聽了，大喜道：「想不到摩伽仙子玉清大師會在成都居住，這真是我們一個好幫手。她自從受了神尼優曇點化後，便洗淨塵緣，一心歸善。我在東海雲遊時，她到那裡採藥，我同她見過一次，曾經為她幫過小忙。如今一別五十年，想來她的本領益發高強了。你此去對她務要特別恭敬，朝夕討教，於你大是有益。」

輕雲聽了大喜，正要請問摩伽仙子玉清大師的來歷，還未開口，眼前一亮，滿室金光，忽聽一個女子口音說道：「白老前輩，要想背後議論人的長短，我是不依的。」

周淳、輕雲定睛一看，室中憑空添了一個妙齡女尼，頭戴法冠，足登雲履，身穿一件黃緞子僧衣，手執拂塵，妙相莊嚴，十分美麗，正在和追雲叟為禮。

追雲叟笑道：「我這怪老頭子向不道人的短處，大師只管放心。不過異日與五台這一群業障對敵時，大師必要助我們一臂之力。」

那妙齡少尼說道：「老前輩吩咐，豈有不遵之禮？這二位，一個我已經知道，是我村中新來的佳客，這位呢？」

追雲叟笑道：「只顧說話，還不曾與你們引見。」說罷，便叫周淳、輕雲參見。又對他二人說道：「這位就是我們適才所說的玉清大師。」

周淳、輕雲十分驚異，心想：「追雲叟和她相別已五十多年，此人怕沒有一百來歲，怎麼容顏還如少女一般？」

追雲叟道：「你二人看大師年輕麼？大師是有駐顏術的，雖比不上我怪老頭子，這老不死的年歲大，她今年大約也有一百三十多歲了。」

玉清大師道：「老前輩又來取笑了。」

追雲叟道：「這是我新收的弟子周淳，是一個半路出家的，劍法一些沒有入門，你看他還能造就嗎？」

玉清大師道：「老前輩有旋乾轉坤之力，頑鐵可點金，何況周道友根基厚呢。」

追雲叟道：「你是怎生知道我們在此地的？」

玉清大師道：「此地原是大師兄素因的下院，今年他從雲南採藥，回轉家師那裡，順便前來看我，言說將此地借與醉道人，我久已想來看望。」說時，便指著輕雲道：「昨日她師父餐霞大師的好友、落雁山愁鷹洞頑石大師帶來口信，說是她拿了她師父的信投奔於我。算計日程，已應來到，並未見她前來。我知道如今群魔又要出世，恐怕出了差錯，故爾前來打聽，不想幸遇見老前輩也在此地，真是快事。恰好我有一件要事，正要找一個峨嵋派中主要人物報告。因我正煉一件法寶，無暇抽身到別處去，老前輩遇得再巧不過。」

追雲叟忙問根由。

玉清大師道：「老前輩知道太乙混元祖師的師妹萬妙仙姑許飛娘麼？」

輕雲插口道：「師伯說的莫非是在黃山五雲步參修的那一個中年道姑嗎？」

玉清大師道：「正是此人。自從兩次峨嵋鬥劍，她師兄慘死，她便遁跡黃山，絕口不談報仇之事。當時一般人都說她受師兄深恩，把她師兄的本領完全學到手中。眼看師兄遭了峨嵋派毒手，好似無事人一樣，漠不關心，毫無一點同門情義，就連我也說她太無情分。直到去年，我才發現此人胸懷異志，並且她五十年苦修，法寶雖沒有她師兄的多，本領反在她師兄之上。此人不除，簡直是峨嵋派的絕大隱患。

「我是如何知道的呢？我和滇西毒龍尊者在八十年前本有同門之誼，自經家師點化，改邪歸正。我因不肯忘本，別樣的事情可為峨嵋同本門效力，惟獨遇見滇西派人交起手來，我是絕對中立。因此數十年來，不曾與滇西翻臉。毒龍尊者因見我近年道法稍有進步，幾次三番，想叫我仍回滇西教下，都被我婉詞謝絕，並把守中立的話也說了。

「十年前，他帶這個許飛娘前來見我。我起初很看不起她，經不起她十分慇勤，我見她雖然忘本，倒是真正改邪歸正，向道心誠，她又下得一手好棋，因此來往頗密。誰想知人知面不知心。去年冬天又來看我，先把我恭維了一陣，後來漸漸吐露心腹，原來她與混元祖師明是師兄師妹，實是夫妻。

「她這五十年來臥薪嘗膽，並未忘了報仇，處心積慮，原是要待時而動。苦苦求我助她成事，情願讓我作他們那派的教祖。我聽了此言，本想發作，又覺她情有可原，反而憐她的身世。雖用婉言謝絕她，對她倒十分的安慰。誰想她不知怎地想入非非，以為我同她一般下賤。有一次居然替毒龍尊者來作說客，想勸我嫁與他，三人合力，使滇西教放一異彩。

「我聽了滿心大怒，當時便同她宣告絕交。她臨走時，用言語恫嚇我，說她五十年苦心孤詣，近在咫尺的餐霞大師都不知道她的用心，如今機密被我知道，希望我同她彼此各不相干，我如果洩漏她的機密，她便要同我拚個死活。她又說並不是懼怕餐霞大師，怕她知道了機密，因為她有一柄天魔誅仙劍尚未煉成，不願意此時離開黃山等語。我也沒有答理她，她便恨恨而去。我最奇怪，餐霞大師頗能前知，何以讓一隻猛虎在臥榻之側安睡，不去早些翦除，卻使她成就了羽翼，來同峨嵋派為難？難道她當真就被她蒙蔽了嗎？」

追雲叟道：「想必餐霞大師自有妙算，不然也決不會讓她安安靜靜在黃山五十多年。現在她的假面目既然揭開，她的劫數也快臨頭，你日後自知分曉。你見了令師、令師兄，代老頭子致意，改日少不得還要麻煩他們。我們今日就分手吧。」說罷，摩伽仙子便告別追雲叟，帶了輕雲，回轉辟邪村。追雲叟也帶了周淳，回山煉劍。不提。

且說智通自從俞德、毛太受傷，醫藥無效，自己單絲不成線，孤樹不成林。尤其俞德更是昏迷不醒，呻吟不絕。正在無可奈何之際，忽然了一進來報道：「前殿忽然降下一位禪師，言說是五台山來的，要見師父同毛師叔。」

智通急忙出來一看，見是金身羅漢法元，心中大喜，當即上前參拜。這法元生得十分矮胖，相貌凶惡，身穿一件烈火袈裟，手持一枝鐵禪杖。見了智通，便問毛太可在此地？智通便把毛太尋周淳報仇，如何在林中遇了能手，被人戲弄，後來滇西派粉面佛俞德來到廟中，那晚來了兩個刺客，好似一男一女，毛太同俞德如何中了暗算，現在後殿養傷，昏迷不醒，一一說了一遍。

法元聽了大怒，便叫智通引他進去。法元見毛太已是斷了一隻左臂，正在昏睡，不禁連連嘆惜。忙叫智通取來一碗無根水，從身旁取了兩粒丹藥，與他二人灌了下去。又將兩粒丹藥化開，敷在傷處。

這時毛太業已清醒過來，見了法元，便要下床叩拜。

法元道：「你傷痕未癒，不必拘禮。」

毛太疼痛難忍，便也就恭敬不如從命，眼含痛淚又將前事說了一遍，請法元與他報仇。

法元道：「此事關係不止你一人，報仇之事，何消說得。」說罷，便問智通：「毛太的斷臂現在何處？」

智通道：「現在佛堂供桌上，因怕毛賢弟傷心，不曾拿進來。」

法元道：「此臂不曾丟失，還好想法，快去取來，好好保存。」

毛太正愁自己成了廢人，聽了法元之言，不由精神一振，便問道：「師父法術通神，難道說還可叫弟子斷臂重續麼？」

法元道：「我哪有這大神通？不過北海無定島陷空老祖那裡，有煉就的萬年續斷接骨生肌靈玉膏，倘能得到手中，便可接骨還原。幸喜如今天寒地凍，不然肌肉腐爛，雖有靈藥，也無用處。可惜沒有峨嵋派的固本丹，止住血液，保養肌肉。將來就算靈丹到手，把斷臂接上，也不過無礙觀瞻，不能運用自如了。」

智通道：「既有此靈藥，師叔快修書，待弟子前去將它取來，早些與賢弟醫治如何？」

法元道：「哪有這樣容易？那陷空老祖非比尋常，他那無定島環圈三千弱水，鳥雀也難飛渡。並且這位老祖業已謝絕世緣，不與外人見面，就是我親身去求，也休想進島一步。」

智通道：「如此說來，還是無望的了。」

法元道：「這倒也不然。陷空老祖生平只收下兩個弟子：一個是靈威叟，現在北海冰原靈山住居，人極正派，也學他師父一意靜修，不問外事；一個是崆峒山長臂神魔鄭元規，此人劍術高強，另成一家，只是心意狠毒，不為老祖所喜。十年前不知為了何事，師徒意見不和，老祖忽然要用飛劍斬他，被他師兄靈威叟知道，悄悄通信，叫他逃走。一面向陷空老祖苦苦哀求。為了此事，老祖怪他不該私通消息，還罰靈威叟面壁靜跪三年。

「鄭元規見立足不住，沒奈何，投身到雲南百蠻山赤身洞五毒天王列霸多教下安身。後來奉了五毒天王之命，到雲、貴、陝、川一帶收徒弟，才在崆峒山暫住。此人倒與我情投意合。聽說他逃走時，曾將陷空老祖的靈藥盜走不少。這須我親去，才能到手。」

智通道：「如今峨嵋派多在成都，早晚必來生事，弟子雖曾派門下弟子去請能人相助，俱未來到。他二人現在病中，師叔走後，不知有無妨礙？」

法元聽了，哈哈大笑道：「你枉自修道多少年，你連這點都看不透，你還想恢復你師祖的事業？你想峨嵋派有許多能人，豈是輕舉妄動的？此次明明想借各派收徒的機會，設法開釁，想把火挑起來，照上次峨嵋鬥劍一樣，把異派消滅，好讓他們獨自稱尊。區區一個慈雲寺，豈放在他們心上？如果追雲叟業已出世，以他一人之力，消滅這座慈雲寺，豈不易如反掌？上述行刺，明明是他們新收弟子想出風頭，故爾先來挑釁，再看我們如何佈置，他們再行下手。我們這兒人越多，他們也越來生事。如果和平常一樣，只要我們不出去生事，他們也決不會來的。」

說罷，俞德服用丹藥後，藥力發動，雖不能馬上還原，倒也疼消痛止。醒來見了法元，知道是他解救，便勉強下床叩謝。

法元道：「你自離開為師，到了毒龍尊者門下，我已知你功行精進。此次也是你藝高膽大，才中了別人暗算。以後臨敵，須要小心在意。我再與你二人留下幾粒丹藥服用，三日後便可痊癒。事不宜遲，待我往崆峒山走走。」說罷，便出房，化成幾道紅線，望空而去。

到了第二日，智通正與毛太、俞德閒話，先是大力金剛鐵掌僧慧明回來，報道：「啟稟師父，弟子奉師之命，到了衡山鎖雲洞，去請岳琴濱師叔。先是應門童子拿了師父的信進洞，出來說是岳師叔不在洞中，到武夷山飛雷洞，尋龍飛師叔下棋去了。弟子便趕到武夷山，遇見龍師叔的弟子小靈猴柳宗潛，他說龍師叔東海訪友，岳師叔未來。他本人倒願意來看熱鬧，他並且答應幫弟子找幾位同門道友同來。弟子恐怕師父久候，特來繳旨。」

智通聽了，不由嘆口氣道：「如今人情勢利，你岳師叔無非懼怕峨嵋派勢力大，明明成心不見你罷了。你算是空跑一趟，裡面歇息去吧。」慧明退了下來。

隔了三四日，無敵金剛賽達摩慧能、多臂金剛小哪吒慧行、多目金剛小火神慧性等先後回廟，所請的人，也有請到的，也有託故不來的，也有當真不在的。那所請到的是：嶗山鐵掌仙祝鶚、江蘇太湖洞庭山霹靂手尉遲元、滄州草上飛林成祖、雲南大竹子山披髮狻猊狄銀兒、華山烈火祖師的弟子飛天夜叉秦朗等。

除了烈火祖師是另一派，也是與峨嵋派積有深仇的，餘人皆是智通、毛太的師兄弟輩，長一輩的師叔、師伯俱未請到。滇西毒龍尊者推說有事，事辦完了來不來不一定。他門下大弟子俞德，業已先來。飛天夜叉馬覺，出門未歸。算計人雖不少，只是並無出類拔萃的劍仙，未免有些失望。到底慰情聊勝於無，只好再作區處。

又過了兩天，飛天蜈蚣多寶真人金光鼎，率領他的弟子獨角蟒馬雄、分水犀牛陸虎、鬧海銀龍白縉等，高高興興走進廟來，見了眾人，見禮已畢，便道：「我自從離了慈雲寺，原往青城山去請我的好友紀登，代約他的祖師矮叟朱梅前來助我們一臂之力。剛剛到了灌縣，在二郎廟前，看見一個十四五歲的絕色女子向一個中年道姑買藥，我打算約好了紀登，回來時順便將那女子搶回來，與大師受用。

「誰想我到了青城山金鞭崖白雲觀，紀登已雲遊在外，只有一個道童在觀中看家。他說他師父不久回轉，便在廟中等了多日，仍不見回轉。我又怕誤了此地之事，又惦記那個女子，便往回走。好在那天已將女子的寓所探好，便在她家附近尋下住所。

「到了晚間，我帶了馬雄等前往她家。起初以為一個弱女子，手到擒來。不想她家還有一個父親，連那女子，都武藝高強，非常扎手。後來我見馬雄等抵敵不住，恐怕失手，便放出飛劍，將女子的父親一劍殺死。因為要擒活的，我同馬雄費了半天手腳，馬雄還中了那女子一袖箭，擒她時，手也被她咬傷，好容易才將那女子擒住。那女子當時一氣，便暈死過去。我用一條被單，將她緊緊包裹，叫馬雄背在身上，連夜往回逃走。

「誰想出城不過十里，忽然遇見那天在二郎廟賣藥的中年道姑，攔住去路，硬要我將人留下。我因趕路心急，希圖早些了事，便把飛劍放出，誰想這一來，幾乎闖了大禍。這道姑見了我的飛劍微微冷笑，將手一揚，便有一道金光。我的飛劍與她的金光才一接觸，便退了下來。眼看她的劍光已將我等罩住，只好閉目等死。待了一會，不見動靜，睜眼看時，那賣藥道姑連同我們所搶來的女子，俱都不知去向。

「且喜我們一行人等，連一個受傷的也沒有。當時尚以為是那道姑不肯開殺戒，所以未取我們的性命。我們又白白辛苦一夜，到手的美人兒被人家搶去，心中好生不快。然也無法，只得仍往成都走來。走到半途，忽然遇見馬覺馬道長，談起那道姑，他才悄悄告訴我，說她乃是現今我派中最厲害的人物黃山五雲步的萬妙仙姑許飛娘。她在黃山修煉，只為探看峨嵋派的動靜，想必她看我們所搶的女子好，故而藉此示恩於她，好收她為徒。我們去殺人搶人，正好為她造機會，她不久也要出世。許仙姑現在表面上尚未顯出本來面目，仍與峨嵋派中人假意周旋，叫我嚴守祕密。我派有此異人，豈非幸事？」俞德、智通等聽了，也自欣喜。

過了幾天，法元從崆峒山跑了回來，雖將靈藥取到，但已隔多日，效驗微小。只得將斷臂與毛太接上，敷上靈藥加緊包紮，就煩大力金剛鐵掌僧慧明護送毛太回五台山將息。

等毛太、慧明走後，法元把人聚集在大殿，說道：「此番爭鬥不比尋常。臨敵時，第一要鎮定心神，臨事不慌，不可小看他們。我看現在為期還早，我們的幫手還未到來，待我親自出馬再去請幾位相助。廟中自我走後，無論何人，無事不許出門。到了晚間，分班輪守。如遇真正厲害敵人到此，可由俞德出面，與他訂一日期，以決勝負。千萬不可造次迎敵，以免像上次吃虧，要緊要緊。」說完，別了眾人，便往三山五岳，尋訪能人相助去了。

第十四章 紅藥遇仙

話說法元離了慈雲寺，去約請三山五岳的劍俠能手，準備明春與峨嵋派決一勝負。出廟後一路盤算，決定先到九華山金頂歸元寺，去約請獅子天王龍化同紫面伽藍雷音。劍光迅速，不消兩日，已到了九華前山。便收了劍光，降下地來，往金頂走去。

這九華山相離黃山甚近。金頂乃九華最高處，上有地藏菩薩肉身塔，山勢雄峻，為全山風景最佳之地。時屆隆冬，法元心中有事，也無心鑑賞。正走之間，忽聽樹林內好似有婦女兒童說笑之聲，心中甚覺詫異。暗想：「這樣冷的天氣，山風凜冽，怎麼會有婦人小孩在此遊玩？」便往樹林中留神觀看。

只見啣山夕陽，火一般照得一片疏林清朗朗的，一些人影全無。正在詫異之間，忽聽有一個小孩的聲音說道：「姊姊，孫師兄從那旁來了。你看還有一個賊和尚，鬼頭鬼腦，在那裡東張西望。你去把孫師兄喊過來吧，省得被那賊和尚看見又惹麻煩。」

法元聽了這幾句話，忙往林前看時，仍是只聽人言，不見人影。情知這說話的人不是妖魔鬼怪，便是能手，成心用言語來挑逗自己。正待發言相問，忽見對面山頭一個十七八歲的少年，穿著一身白衣服，穿峰越嶺，飛一般往前面樹林走來。又聽林中小孩說道：「姊姊，你快去接孫師兄，那個賊和尚是不安好心的啊。」又是一個聲音答道：「你這孩子，為什麼這樣張皇？那個和尚有多大膽子，敢來九華山動一草一木？他若是個知趣的，趁早走開，免得惹晦氣，怕他何來？」

法元聽他們說話，越聽越像罵自己，不由心頭火起。怎奈不知道人家藏身之地，無從下手，只得忍耐心頭火氣，以觀動靜。

這時那白衣少年也飛身進入林內。法元見那少年立定，知道一定已與那說話的人到了一塊，便想趁他一個冷不防，暗下毒手。故意裝作往山上走去，忽地回身，把後腦一拍，便有數十道紅線，比電還急，直往林中飛去。暗想敵人只要被他的劍光籠罩，休想逃得性命。主意好不狠毒。他一面在指揮劍光，一面留神用目向林中觀看，卻見那白衣少年，好似若無其事一般，在這一剎那的當兒，忽然隱身不見。

法元心想：「這少年倒也機警，不過這林子周圍數十丈方圓，已被我的劍光籠罩，饒你會輕身法，也難逃性命。」正在這般暗想，忽見劍光停止不進，好似有什麼東西隔住一樣。法元大怒，手指劍光，道一聲：「疾！」那劍光更加添了一番力量，襯著落山的夕陽，把林子照得通明，不住地上下飛舞。後來索性把這林子團團圍住，劍光過去，枯枝敗梗，墜落如雨。有時把那合抱的大樹，也平空截斷下來。只是中間這方丈的地方，劍光只要一挨近，便碰了回來，兀是奈何它不得。林中的人，依舊有說有笑，非常熱鬧。

法元雖覺把敵人困住，也是無計可施。相持了一會，忽聽林中有一個女子聲音說道：「師弟，都是你惹出來的，現在母親又不在家，我看你怎麼辦？」又聽一個男的聲音說道：「師姊，看在我的面上，你出去對敵吧。這凶僧不問青紅皂白，就下毒手，太是可惡！若不是師姊拉我一把，幾乎中了他的暗算。難道說你就聽憑人家欺負咱們嗎？」

那女子尚未還言，又聽那小孩說道：「師兄不要求她，我姐姐向來越扶越醉。好在要不出去，大家都不出去，樂得看這賊和尚的玩藝。我要不怕母親打我，我就出去同他拚一下。」那女子只冷笑兩聲，也不還言。這幾個人說話，清晰可聽。

法元聽見人家說話的神氣，好似不把他放在心上，大有藐視之意，知道這幾個年輕人不大好惹。最奇怪的是這近幾十年，並不曾聽峨嵋派出了什麼出色的人物；這幾個人年紀又那樣輕，便有這樣驚人的本領，小孩如此，大人可知。自從太乙混元祖師死後，五台、華山兩派雖然失了重心，但是自己也是派中有數的人物。自信除了峨嵋派領袖劍仙乾坤正氣妙一真人齊漱溟同東海三仙、嵩山二老外，別人皆不是自己敵手。如今敵人當面嘲笑，不但無法近身，連人家影子都看不見，費了半天氣力，人家反而當玩笑看。情知真正現身出來，未必佔得了便宜；想要就此走去，未免虎頭蛇尾，打了半天，連敵人什麼形象都不知道，豈非笑話？

他想到這裡，不覺又羞又氣，只得改用激將之計，朝著林中大聲說道：「對面幾個乳臭小娃娃，有本事的，只管走了出來，你家羅漢爺有好生之德，決不傷你的性命；如果再要障眼法兒，我就要用雷火來燒你們了。」

話言未了，又聽林中小孩說道：「姐姐，你看這賊和尚急了，在叫陣呢。你還不出去，把他打發走？我肚子餓了，要回家吃飯呢。」那女子道：「你闖的禍，我管不著。」那小孩道：「沒羞。你以為我定要你管嗎，你看我去教訓他去。」

法元聽了，以為果然把敵人激了出來，益發賣弄精神，運動劍光，一面留神看對方出來的是一個什麼人物。看了一會，仍是不見動靜。正在納悶，忽然聽見一個女子聲音說道：「賊和尚，鬼頭鬼腦瞧些什麼？」接著眼前一亮，站定一男一女：男的便是那白衣少年；女的是一個絕色女子，年約十八九歲，穿著一身紫衣，腰懸一柄寶劍。

法元見敵人忽然出現，倒嚇了一跳。自己的劍光，仍在林中刺擊一個不住，便急忙先將劍光收回。

那女子輕啟朱唇道：「你不要忙，慢慢的，我不會取你的狗命的。」那一種鎮靜安閒、行所無事的神氣，倒把一個金身羅漢法元鬧了一個不知如何應付才好。

那女子又問道：「你這凶僧太是可惡！你走你的路，我們說我們的話，無緣無故，用毒手傷人，是何道理？」

法元情知此人不大好惹，便借台階就下，說道：「道友有所不知。我因來此山訪友，見你們在林中說話，只聞人聲，不見人面，恐是山中出了妖怪，所以放出劍光，探聽動靜，並無傷人之意。如今既已證明，我還有事，後會有期，我去也。」說完，不等女子還言，便打算走時，忽然一顆金丸，夾著一陣風雷之聲，從斜刺裡飛將過來。法元知道不妙，打算抵敵，已是措手不及，急忙把頭一偏，這金丸已打在左肩。若非法元道行高深，這一下就不送命，怕不筋斷骨折。

法元中了一丸，疼痛萬分，知道要跑人家也不答應，只得忍痛破口大罵道：「你們這幾個乳臭娃娃，羅漢爺有好生之德，本不值得與你們計較，你們竟敢暗算傷人。今天不取你們的狗命，也不知羅漢爺的厲害！」一邊嚷，一邊便放出劍光，直往那一雙男女飛去。只見那女子微微把身一扭，身旁寶劍如金龍般一道金光飛起，與法元的劍鬥在空中。

那穿白少年正待飛劍相助，那女子道：「孫師弟，不要動手，讓我收拾這個賊和尚足矣。」

白衣少年便不上前，只在一旁觀戰。這二人的劍，在空中殺了個難解難分，不分高下。

法元暗暗驚奇：「這女子小小年紀，劍術已臻上乘。那個白衣男子，想必更加厲害。」正在腹中盤算，忽然好幾道金光夾著風雷之聲劈空而至。這次法元已有防備，便都一一躲過。那金丸原是放了出來，要收回去，才能再打。

法元一面迎敵，一面用目往金丸來路看時，只見離身旁不遠一個斷崖上，站定一個小孩，年才十一二歲左右，面白如玉，頭上梳了兩個丫髻。穿了一件粉紅色對襟短衫，胸前微敞，戴著一個金項圈，穿了一條白色的短褲，赤腳穿一雙多耳蒲鞋。齒白唇紅，眉清目秀，渾身上下好似粉裝玉琢一般。法元中了他一金丸，萬分氣惱。心想：「小小頑童，有何能耐？」便想暗下毒手，以報一丸之仇。便將劍光一指，分出一道紅線，直往那小孩飛去。這是一個冷不防，那女子也吃了一大驚，知道已不及分身去救，忙喊：「蟬弟留神！」

那白衣少年也急忙將劍光放出，追上前去。誰知那幼童看了紅線飛來，更不怠慢，取出手中十二顆金丸，朝那紅線如連珠般打去，一面撥頭往崖下就跑。那紅線被金丸一擊，便頓一頓。可是金丸經那紅線一擊，便掉下地來。紅線正待前進，第二個金丸又到。如是者十二次，那小孩已逃進一個山洞裡面，不見蹤影。

這時恰好白衣少年趕到。那女子一面迎敵，一面往後退，已退到洞口。這時白衣少年的劍，迎敵那一根紅線，覺著非常費勁，看看抵敵不住。恰好那女子趕到，見了這般景況，忙叫：「師弟快進洞去！」一面朝著劍光運了一口氣，道一聲：「疾！」那劍光化作一道長虹，把空中紅線一齊圈入。那白衣少年趁此機會，也逃進洞中。

法元得理不讓人，又見小孩與白衣少年逃走，越發賣弄精神，恨不能將那女子登時殺死。可是殺了半日，依舊不分高下。這時日已平西一輪明月如冰盤大小，掛在林梢，襯著晚山晴霞，把戰場上一個紫衣美女，同一個胖大凶僧，照得十分清楚。

法元正想另用妙法，取那女子性命。忽聽一陣破空的聲音，知有劍客到來，雙方都疑是敵人來了幫手。在法元是以為既來此山，必定是人家的幫手；那女子又聽出來者不是本派中人。雙方俱在驚疑之際，崖前已經降下一個道姑，一個少女。那女子與法元見了來人，俱各大喜。原來來者正是黃山五雲步的萬妙仙姑許飛娘。

這時法元與那女子動手，正在吃驚之際，雙方皆不及敘話，可是都以為來人是友，而非敵人。原來法元與許飛娘原有同門之雅，而那女子的母親卻是許飛娘常來常往的熟人，故而雙方都有了誤會。法元本想許飛娘一定加入，相助自己，誰想竟出自己意料之外。只見那許飛娘不但不幫助自己，反裝不認得法元，大聲說道：「何方大膽僧人，竟敢在九華山胡鬧？你可知道這鎖雲洞，是乾坤正氣妙一真人齊漱溟的別府麼，知時務者，急速退去，俺許飛娘饒你初次，否則叫你難逃公道！」

法元聽了此言，不禁大怒，暗罵：「無恥賤婢，見了本派的人，怎裝不認得，反替外人助威？」正待反唇相譏，忽然醒悟道：「我來時曾聞飛天夜叉馬覺說，她假意同峨嵋派聯絡，暗圖光復本門，誓報昔日峨嵋門劍之仇。她明明當著敵人，不便相認，故用言語點破於我，叫我快走。這裡既是齊漱溟別府，我決難逃公道。這女子想必是齊漱溟的女兒，所以這樣厲害。幸喜老齊未在此地，不然我豈不大糟而特糟？」

於是越想越害怕，便一面迎敵，一面說道：「我也不是願動干戈，原是雙方一時誤會。道友既是出來解圍，看在道友面上，我去也。」說罷，忽地收轉劍光，破空飛去。那女子還待不捨，飛娘連忙攔阻道：「雲姑娘看我的薄面，放他去吧。」

那女子又謝了飛娘解圍之情。正說時，那小孩已走出洞來，去拾那十二個金丸時，已被法元飛劍斬斷，變成二十四個半粒金丸了。便跑過來，要他姊姊賠，說：「你為何把賊和尚放走？你須賠我金丸來！這是餐霞大師送我的，玩了還不到一年，便被這賊和尚分了屍了。」

那女子道：「沒羞。又要闖禍，闖了禍，便叫做姊姊的出頭。你暗放冷箭，得了點小便宜，也就罷了，還要得寸進尺，只顧把你那點看家本事都施展出來。惹得人家冒了火，用飛劍來追。要不是這幾粒寶貝丸子，小命兒怕不送掉？那和尚好不厲害，仙姑不來解圍，正不知我倒楣不倒楣呢。剛才孫師弟因救你，差點沒有把多年心血煉就的一把好劍斷送在和尚手裡。還好意思尋我放賴？」

那小孩聽了他姐姐一陣奚落，把粉臉急得通紅，也不招呼來客，鼓著兩個腮幫子，說道：「我的金丸算什麼，只要沒有把孫師兄的寶劍斷送，你還會心疼嗎？」一路說，一路便往洞中走去。

那女子聽了小孩之言，不禁臉上起了一層紅雲，向著飛娘說道：「這孩子稟賦聰明，根基甚厚，又加上家父母與他前世有很深的關係，他才三歲，便費盡九牛二虎之力，度他上山。因為前世因緣，十分鍾愛，所以慣得他如此，仙姑不要見笑。」

飛娘不禁嘆了一口氣道：「我看貴派不但能人甚多，就你們這一輩後起之秀，哪一個將來不是青出於藍？我為想得一個好徒弟，好傳了我衣缽，便設法兵解，誰知幾十年來，就尋不出一個像你兄弟這樣厚根基的。」說時，指著同來女子道：「就拿她來說，根基同稟賦不是不好，要比你們姊弟，那就差得太遠了。」說罷，便教同來的女子上前見禮。

那女子道：「我真該死，只顧同小孩子拌嘴，也忘了請教這位仙姑貴姓，也沒有請仙姑在寒舍小坐，真是荒唐。」

飛娘道：「雲姑不要這樣稱呼。她名叫廉紅藥，乃是我新收的徒弟。我見她資質甚好，度她兩次。她母親早死。她父親便是當年名震三湘的小霸王鐵鞭廉守敬，早年保鏢與人結下深仇，避禍蜀中。我去度此女時，她父親因為膝前只有一個，執意不肯。紅藥她倒有此心，說她父親年已七十，打算送老歸西之後，到黃山來投奔於我。我便同她訂了後會之期。

「有一天晚上，忽聽人言，她家失火，我連忙去救時，看見她父親業已身首異處，她也蹤跡不見。我便駕起劍光，往前追趕。出城才十里地，看見一夥強人，我便上前追問，後來動手，他們也都會劍術，可惜都被他們逃走，連名姓都未留下，只留下一個包袱。打開一看，她已氣暈過去。是我把她救醒，回到她家，將她父親屍骨從火場中尋出安葬。她執意要拜我為師，以候他日尋那一夥強人報殺父的深仇。」

那女子聽罷，再看那廉紅藥時，已是珠淚盈盈，淒楚不勝，十分可憐。自古惺惺惜惺惺，那女子見廉紅藥長得容光照人，和自己有好幾分相像，又哀憐她的身世，便堅請飛娘同紅藥往洞中敘談。飛娘尚待不肯，只見紅藥臉上現出十分想進洞去而又不敢啟齒的神氣。

飛娘不禁想起自己許多私心，有些內愧，便說道：「我本想就回山去，我看紅藥倒十分願進洞拜訪，既承雲姑盛意，我們就進去擾一杯清茶吧。」紅藥聽了，滿心大喜。這叫作雲姑的女子，見紅藥天真爛漫，一絲不作假，也自高興。便讓飛娘先行，自己拉了紅藥的手，一路進洞。

紅藥初到寶山，看去無處不顯神妙。起初以為一個石洞裡面，一定漆黑陰森，頂多點些燈燭。誰知進洞一看，裡面雖小一些，燈燭皆無，可是四壁光明，如同白晝，陳設雅潔，溫暖如春。只是看不見適才那個可愛的小孩子，心中十分奇異。三人坐定，談了一會。飛娘原是勉徇愛徒之意，強與敵人周旋。那紅藥卻十分敬愛那雲姑，雙方越說越投機，臨走時還依依不捨。

雲姑道：「你那裡離我這洞很近，無事可常來談天，我還可以把你引見家母。」

紅蘗淒然道：「小妹多蒙仙姊垂愛，感謝已極。只是小妹的大仇未報，還得隨恩師多用苦功。早年雖隨先父學了些武藝，聞說黃山五雲步山勢險峻，離此也有一百數十里，來回怕有三百多里。小妹資質愚魯，哪能像仙姊這樣自在遊行呢！」

雲姑聽了她這一番話，十分可憐，便道：「你不能來，只要仙姑不怪我妨害你的功課，我也可以常去拜望你的。」

飛娘道：「雲姑如肯光臨荒山，來多加指教，正是她莫大的造化。我師徒請還請不到，豈有不願之理？」說罷，便對紅蘗道：「我們走吧。」仍舊用手夾著紅蘗，與雲姑作別後，將足一頓，破空而去。

第十五章　訪道入山

說了半天，這個雲姑這樣大的本領，她是誰呢？事從根起，要說雲姑，得先說雲姑的父母。

原來雲姑的父親，便是乾坤正氣妙一真人齊漱溟，峨嵋派的領袖劍仙之一。那齊家本是四川重慶府長壽縣的望族。這長壽縣中，有一口長壽井，井泉非常甘冽。縣中因得當地民風淳厚，享高年的人居多。於是便附會在這口井上，說是這縣名也由井而生。事出附會，倒也無可查考。

齊家本是當地大家，文人武士輩出，在明朝中葉，為極盛時代。漱溟在闔族中算是最小的一房，世代單傳。他父母直到晚年才生漱溟，小時便有異稟，所以愈加得著雙親的鍾愛。漱溟不但天性聰明，學富五車，而且臂力過人，有兼人之勇，從小就愛朱家、郭解之為人。每遇奇才異能之士，不惜傾心披膽，以相結納。川湘一帶，小孟嘗之名，幾乎婦孺皆知。他到十九歲上，雙親便相繼去世。

漱溟有一個表妹，名喚荀蘭因，長得十分美麗，賢淑過人。因為兩家相隔甚近，青梅竹馬，耳鬢廝磨，漸漸種就了愛根。女家當時也頗有相許之意，經人一撮合，便訂了婚姻之約，只是尚未迎娶。等到漱溟雙親去世，經不起他的任意揮霍，家道逐漸中落。偏偏蘭因生母去世，她父親娶了一個繼母，因見婿家貧窮，便有悔婚之意。不但漱溟不願意，蘭因也以死自誓，始終不渝。雖然悔婚未成，可是漱溟同蘭因都因此受了許多的磨難，直到漱溟三十二歲，功名成就，費了不少氣力，才能得踐白首之約。

彼時蘭因已二十六歲了。兩人患難夫妻，感情之篤，自不必說什麼閨房之樂，甚於畫眉的俗套了。他二人結婚兩三年，便生下了一男一女，男的取名叫作承基；女的生時，因為屋頂上有一朵彩雲籠罩，三日不散，便取名叫作靈雲。這小兄妹二人，都生得相貌秀美，天資靈敏。

漱溟日伴愛妻，再有這一雙佳兒佳女，他的利祿之念很輕。早先原為女家不肯華門貴族下嫁白丁，所以才去獵取功名。如今既然樣樣稱心隨意，不肯把人生幸福，消磨在名利場中，樂得在家過那甜蜜的歲月。他又性喜遊山玩水。蘭因文才，本與漱溟在伯仲之間，嫁過門後，無事時又跟著漱溟學了些淺近武功。所以他二人連出門遊玩，都不肯分離，俱是一同前去的。

有一天，夫妻二人吃了早飯，每人抱了一個小孩，逗弄說笑。正在高興的當兒，蘭因忽然微微嘆了一口氣，帶著十分不快的樣子。漱溟伉儷情深，閨房中常是充滿一團喜氣，他二人從未紅過一回臉。今天忽然看見他夫人不高興，連忙問起究竟。

蘭因道：「你看我二人，當初雖然飽受折磨，如今是何等美滿。可是花不常好，月不常圓；人生百年，光陰有限，轉眼老大死亡，還不是枯骨兩堆？雖說心堅金石，天上比翼，地下連枝，可以再訂來生之約，到底是事出渺茫，有何徵信？現在我二人雖然快活，這無情的韶光，轉眼就要消逝，叫人想起，心中多麼難受呢！」

漱溟聽了此言，觸動心思，當時雖然寬慰了他夫人幾句，打這天起便寢食難安，終日悶悶不樂。他夫人盤問幾次，他也不肯說出原因，只是用言語支吾過去。如是者又過了半年，轉瞬就是第二年的春天。蘭因又有了兩個月的身孕。漱溟忽然向他夫人蘭因說：「我打算到峨嵋山去，看一個隱居的老友簡冰如。你有孕在身，爬山恐怕動胎氣，讓我一人去吧。」

他二人自結婚以後，向來未曾分離，雖然有些依依不捨，一則蘭因身懷有孕，不能爬山，又恐漱溟在家悶出病來，便也由他一人前往。臨別的時候，漱溟向著他夫人，欲言又止者好幾次。等到蘭因問他，又說並無別的，只因恐她一人在家寂寞等語。好在蘭因為人爽直，又知她丈夫伉儷情深，頂多不過幾句惜別的話兒，也未放在心上。誰想漱溟動身後，一晃便是半年多，直等蘭因足月，又生了一個女孩，還是不見回來。越想越是驚疑，剛剛能夠起床，也等不及滿月，便雇了一個乳母，將家事同兒女託一個姓張的至親照應，便趕往峨嵋探望。

那簡冰如是一個成了名的俠客，住在峨嵋後山的一個石洞中，蘭因也聽見她丈夫說過。等到尋見冰如，問：「漱溟可曾來過？」

冰如道：「漱溟在三四月間到此住了兩個多月，除了晚間回來住宿外，每日滿山地遊玩。後來常常十多天不回來，問他在哪裡過夜，他只是含糊答應。同我臨分手的一天，他說在此山中遇見一個老前輩，要去盤桓幾天。倘若大嫂尋來，就說請大嫂回去，好好教養姪男女，他有要事，耽擱在此，不久必定回家。還有書信一封，託我轉交，並請我護送大嫂回去。因為他現在住的地方，是人跡不到的所在，徒找無益。

「後來我送他出洞時，看見洞外有一個仙風道骨的道長，好似在那裡等他，見了漱溟出來，聽他說道：『師弟這般兒女情長，師父說你將來難免再墮魔劫呢。』我還聽漱溟答道：『師兄不要見笑，我求師的動機，也起於兒女情長啊。』我聽了非常詫異，暗暗在他們後面跟隨。才轉了一個彎，那道長已經覺察，只見他將袍袖一拂，忽然斷崖中湧起一片煙雲。等到雲散，已不見他們二人蹤影。我在此山中訪尋異人多年，並無佳遇。漱溟想必遇見仙緣，前往深山修煉，我非常羨慕。峨嵋乃是熟路，到處尋訪，也不見一絲蹤影。」

蘭因聽了冰如之言，又是傷心，又是氣苦。她雖是女子，頗有丈夫氣，從不輕易對人揮淚，只得忍痛接過書信，打開觀看。只見上面寫道：

「蘭妹愛妻妝次：琴瑟靜好，於今有年。客秋夜話，忽悟人生，百年易逝，遂有出塵之想。值君有妊在身，恐傷別離，未忍剖誠相告。峨嵋訪道，偶遇仙師，謂有前因，肯加援拔，現已相隨入山，靜參玄祕。雖是下乘，幸脫鬼趣。重圓之期，大約三載。望君善撫兒女，順時自珍。異日白雲歸來，便當與君同道。從此劉桓注籍，葛鮑雙修，天長地老，駐景有方，不必羨他生之約矣。頑軀健適，無以為念。漱溟拜手。」

蘭因讀罷，才知漱溟因為去秋自己一句戲言，他覺得人生百年，光陰易過，才想尋師學道之後，來度自己。好在三年之約，為期不遠，只得勉抑悲思，由冰如護送回家，安心在家中整理產業，教育兒女。

光陰易過，那時承基已是七歲，生來天分聰明，力大無窮，看上去好似有十一二歲的光景。蘭因也不替他延師，只把自己所學，盡心傳授與他。靈雲與新生的女孩一個五歲，一個三歲。靈雲看見母親教她哥哥，她也吵著要學，簡直教一樣，會一樣，比她哥哥還要來得聰明。

蘭因膝前有了這三個玉雪般可愛、聰明絕頂的孩子，每日教文教武，倒也不覺得寂寞。可是這幾個小孩子年紀漸漸長成，常常來問他們的母親：「爹爹往哪裡去了？」蘭因聽了，心中非常難過，只拿假話哄他們道：「你爹爹出門訪友，就要回來的。」話雖如此說，一面可就暗中盤算，三年之約業已過去，雖然知道漱溟不會失信，又怕在山中吃不慣苦，出了別的差錯，心中非常著急。偏偏又出了一件奇事，教蘭因多了一層繫念。

原來新生的女孩，因要等漱溟回來取名，只給她取了一個乳名，叫作霞兒。因蘭因上峨嵋找夫時，所雇乳姆的乳不好，恰好親戚張大娘產兒夭亡，便由她餵乳。那張大娘人品極好，最愛霞兒，幾乎完全由她撫養長大。霞兒也非常喜愛張大娘，所以張大娘常抱她在田邊玩耍。兩家原是近鄰，來往很方便。

有一天，張大娘吃完了飯，照舊抱著霞兒往田邊去看佃人做活。忽然從遠處走來一個女尼，看見霞兒長得可愛，便來摸她的小手。張大娘怕霞兒怕生，正待發話，誰想霞兒見了尼姑非常親熱，伸出小手，要那尼姑去抱。那尼姑道：「好孩子，你居然不忘舊約。也罷，待我抱你去找你主人去。」她將霞兒抱將過去就走。張大娘以為是拐子手，一面急，一面喊著，在後頭追。

彼時佃人都在吃午飯，相隔甚遠，也無人上前攔阻。張大娘眼看那女尼直往齊家走去，心中略略放心，知道蘭因武功甚好，決不會出事。她腳又小，只得趕緊從後跟來。等到進來，只見蘭因已將霞兒抱在懷中，這才放心。正待質問那女尼為何這般莽撞時，只聽那女尼說道：「此女如在夫人手中，恐怕災星太重；況且賢夫婦異日入山，又要添一層累贅。不如結個善緣，讓貧尼帶她入山。雖然小別，異日還能見面，豈不兩全其美？」

又聽蘭因說道：「此女生時，外子業已遠遊，尚未見過父親一面。大師要收她為徒，正是求之不得。可否等她父親回來，見上一面，那時再憑她父親作主，妾身也少一層干係。」

那女尼道：「她父親不出七日必定歸來，等他一見，原無不可，只是貧尼尚有要事，哪能為此久待？夫人慧性已迷，回頭宜早。這裡有丹藥一丸，贈與夫人，服用之後，便知本來。」說罷，從身邊取出一粒丹藥，遞與蘭因。蘭因接過看時，香氣撲鼻，正在驚疑，不敢服用。那霞兒已擺脫她母親的手中，直往那女尼身邊撲來。

那女尼便問道：「你母親不叫你隨我去，你可願隨我去嗎？」

霞兒這時已能呀呀學語，連說：「大師，我願去，好在不久就要回來的。」神氣非常恭敬，說話好似成人。女尼聽了，一把便將霞兒抱起，哈哈大笑道：「事出自願，這可不怪貧尼勉強了。」

蘭因情知不好，一步躥上前去，正待將霞兒奪下時，那女尼將袍袖一展，滿室金光，再看霞兒時，連那女尼都不知去向。把一個張大娘嚇得又害怕又傷心，不由放聲大哭。還是蘭因明達，便勸慰張大娘道：「是兒不死，是財不散。漱溟在家常說，江湖上有許多異人。我看這個女尼，定非常人，不然霞兒怎麼有那一番對答呢？」張大娘又問適才女尼進來時情形。

蘭因道：「適才你走後，承兒與雲兒被他舅母接去玩耍。我因他們虛情假意，懶得去，正拿起一本書看。忽然霞兒歡歡喜喜，連走帶爬跑了進來，朝我恭恭敬敬叩了三個頭，說道：『媽媽，我師父來了，要帶我回山呢。』說完，便往外走。我追了出來，將她抱住，看見聽堂站定剛才那一個尼姑，口稱她是百花山潮音洞的神尼優曇，說霞兒前身是她的徒弟，因犯戒入劫，所以特來度她回山。底下的話，就是你所聽見的了。」張大娘也把剛才田邊之事說了一遍。

兩人難過了一會，也是無法可想。張大娘忽然說道：「也都怪你夫妻，偏偏生下這樣三個好孩子，無怪別人看了紅眼。」那蘭因被她一句話提起，不由想起娘家還有兩個孩子，十分不放心，恐怕又出差錯，正要叫人去接，忽見承基與靈雲手牽手哭了進來。

蘭因因為適才丟了一個，越發心疼，忙將兩人抱起。問他們：「為何啼哭？舅母因何不叫人送你們回來？」承基只是流淚，不發一言。

靈雲便道：「我和哥哥到了大舅母家，我們同大舅母的表哥表姊在一塊玩，表哥欺負我，被哥哥打了他兩下。舅母出來說：『你們這一點小東西，便這樣凶橫，跟你們爹爹一樣，真是一個窯裡燒不出好貨。你爹爹要不厲害，還不會死在峨嵋山呢。你娘還說他修仙，真正羞死啦。』表哥也罵哥哥是沒有爹爹的賊種。哥哥一生氣，就拉我跑回來啦。」說罷，又問張大娘道：「妹妹呢？」

蘭因聽了，又是一陣傷心，只得強作歡顏，哄他們道：「你妹妹被你爹爹派人接去啦。」這兩個小孩一聽後，都收了淚容，笑逐顏開道：「原來爹爹沒有死。為什麼不回來，只接妹妹去，不接我們去？」

張大娘道：「你爹爹還有七天就要回來的。」

這小兄妹二人聽了，都歡喜非凡。從此日日磨著張大娘，陪著他們到門口去等。張大娘鑑於前事，哪裡還敢領他們出去。還是蘭因達觀，知道像優曇那樣人，她如果要來搶人，關在家中也是無用。經不起兩個孩子苦苦哀求，便也由他們，只不過囑咐張大娘，多加小心而已。

到了第六天上，小兄妹二人讀完了書，仍照老例，跟張大娘到門口去看。父子之情，原是根於天性。他們小小年紀，因聽見父親快回來，每日在門口各把小眼直勾勾往前村凝望。蘭因因聽神尼之言，想不至於虛假，為期既近，也自坐立不安。她生性幽嫻，漱溟不在家，從不輕易出門，現也隨著小孩站在門口去等。這兩個小孩看見母親也居然出來，更是相信父親快要回來，站在門前看一陣，又問一陣，爹爹為何還不回來？

等了半天，看看日已啣山，各人漸漸有些失望。蘭因心中更是著急，算計只剩明日一天，再不回來，便無日期。又見兩個兒女盼父情切，越加心酸。幾次要叫他們回去，總不捨得出口，好似有什麼心理作用，預算到丈夫今日定要回來似的。等了一會，日已西沉，暝煙四合。耕田的農夫，各人肩了耕鋤，在斜陽影裡，唱著山歌往各人家中走去。

張大娘的丈夫從城中歸來，把她喊走。頓時大地上靜悄悄的，除了這幾個盼父盼夫的人兒，便只有老樹上的歸鴉亂噪。蘭因知道今日又是無望，望著膝前一雙兒女，都是兩眼酸溜溜的，要哭不哭的樣子，不由得深深地嘆了一口氣道：「你那狠心的爹爹，今日是不會回來了。我叫老王煮了兩塊臘肉，宰了兩個雞，想必已經做好，我們回家吃飯去吧。」說還未了，耳邊忽聽一陣破空的聲音。兩個小兄妹忙道：「媽媽，快看鴿子。」

正說間，眼前一亮，站定一個男子，把蘭因嚇了一跳。忙把兩個小孩一拉，正待避往門內，那男子道：「蘭妹為何躲我？」聲音甚熟，承基心靈，早已認出是他父親回來。靈雲雖然年幼，腦海中還有她父親的影子。兄妹二人，雙雙撲了上去。蘭因也認清果然自己丈夫回來，不禁一陣心酸，千言萬語，不知從何說起，呆在一旁。

這時夜色業已昏茫，還是漱溟說道：「我們進去再說吧。」抱了兩個孩子，夫妻雙雙走進屋來。老王在廚下將菜做好，正要來請主母用飯，看見主人回來，喜從天降。

這時飯已擺好，蘭因知漱溟學道，便問吃葷吃素。漱溟說：「我已能辟穀。你們吃完，聽我話別後之情吧。」蘭因再三勸了一陣，漱溟執意不動煙火，只得由他。她母子三人哪有心吃飯，隨便吃了一點，便問入山景況。

漱溟道：「我此次尋師學道，全是你一句話惹起。我想人生百年，好似一夢。我經多次考慮之後，決計去訪師學道，等到道成，再來度你，同求不老長生，省得再轉輪迴。因你有妊，恐你惜別傷心，所以才假說訪友。我因峨嵋山川靈秀，必有真人棲隱。我住冰如洞中，每日遊遍全山，走的盡是人跡不到之處。如是者兩個多月，才遇見長眉祖師，答應收我為徒，並許我將來度你一同入道。此中另有一段仙緣，所以才能這般容易。

「只是你我俱非童身，現在只能學下乘的劍法。將來還得受一次兵解，二次入道，始參上乘。我在洞中苦煉三年，本想稟命下山，正在難以啟齒，昨日優曇大師帶了一個女孩來到洞中，說是我的骨血，叫我父女見上一面。又向真人說情，允我下山度你。說是已贈了一粒易骨仙丹，不知可曾服用？」

蘭因聽了，越發心喜，便將前事說了一遍，又說丹藥未曾服用。

潄溟道：「那你索性入山再服吧。」

第十六章　散盡家財

蘭因知夫妻俱不能在家久待，便問家事如何料理？漱溟道：「身外之物，要它何用？可取來贈與張表兄夫婦，再分給家中男女下人一些。此女生有仙骨，可帶她同去。承兒就拜張表兄為義父，將來傳我齊門宗祠。他頭角崢嶸，定能振我家聲。」

承基聽說父母學仙，不要他去，放聲大哭。就連蘭因與靈雲，也是依依不捨，再四替他求情。漱溟道：「神仙也講情理，只是我不能作主，也是枉然。」又將承基喚在面前，再四用言語開導於他，把「不孝有三，無後為大」的話，開導了一番。承基不敢違抗，心中好生難過。

蘭因心疼愛子，又把他喚在無人之處，勸勉道：「你只要好好讀書為人，我是個凡人，你爹爹修成能來度我，難道我修成就不能來度你嗎？你真是個呆孩子。」承基知道母親從不失言，才放寬心。又悄悄告訴他妹妹：「倘使母親忘記度我，你可千萬提醒一聲，著實替我求情。」

漱溟在家中住了三日，便請過張家夫妻。張大娘的丈夫明德，也是一個歸林的廉吏，兩袖清風。漱溟把贈產託子的話再三懇託。張明德勸了半天無效，只好由他。由漱溟召集全家，說明自己要攜眷出去做官，願將產業贈與張家，以作教養承基的用途；勻出一部分金錢，分與眾人。因恐驚人耳目，故意配了兩件行李，一口箱子，辭別眾人，買了兩匹馬，把行李箱子裝好，帶了妻女動身。等到離家已遠，便叫蘭因下馬，在行李中取出應用東西之後，將兩馬各打一鞭，任憑牠們落荒走去。取了一件斗篷，將靈雲裹定，背在身上；一手抱定蘭因。只道一聲：「起！」便破山飛去。

到了峨嵋，引見長眉真人、同門師弟兄。夫妻二人在洞中用功數十年。後來長眉真人遷居蓬萊，漱溟夫妻與眾道友創立峨嵋派，專一行俠仗義。又收了兩個得意的弟子。

那一年夫妻藉故兵解，重入塵凡。師兄玄真子奉師命二次度化，夫妻二人童身重入仙山，才參上乘道法，成峨嵋劍仙領袖。蘭因因愛九華清境，才在那裡開闢一個洞府，與靈雲居住。有時也來看望女兒。偶然遇見許飛娘，飛娘竭力拉攏，幾次要拜蘭因為師，都被蘭因謙讓。飛娘常到洞中下棋，故爾認得靈雲，喚她叫雲姑。

承基自父母仙去，力求上進，文武功名，俱已成就。上體親心，娶妻生子。每日盼母來度，杳無音訊。他到峨嵋尋親，三次不遇。後來玄真子看他可憐，指引他得了一枝肉芝，服用之後，得享高壽。又因靈藥之力，真靈不昧，投生川東李家，乳名金蟬。他猶記蘭因，每日思念前生父母。蘭因二次成道，不肯自食前言，便將金蟬度到九華，與靈雲同居，這就是那個小孩子。

那白衣少年，便是白俠孫南。他奉追雲叟之命，前來約請蘭因夫婦，順便還辦一件要事。孫南先到峨嵋，齊漱溟已離卻洞府他往。孫南便趕到九華，見著蘭因，才知道這次各派收徒，有許多外派旁門要和峨嵋派為難。五台、華山兩派，更要藉此機會，圖報歷來仇恨，一旦引起鬥爭，什麼能人都有，簡直是各派劍仙空前大劫。

蘭因又對孫南說：「明春破慈雲寺，便是導火線。然而破寺卻並不難，自己當然幫忙。漱溟現在也正為此事籌備，到雲貴苗疆一帶去了。現在為期甚早，你可在洞中暫住，幫我辦理一件小事。等到事完之後，你前去也就合適了。」

孫南自奉師命下山，原想多認識幾位異人。他在短期之內，連遇著追雲叟、醉道人同蘭因，俱是前輩有名的劍仙，而且對他都很加青睞，心中非常高興。今見蘭因看得起他，叫他幫同辦事，心中非常高興。他年紀還輕，到底童心未退，便問蘭因道：「不知師伯有何要事差遣弟子，請說出來，以便準備。」

蘭因道：「現在還不到說的時候，我一半天就要出門，去向朋友借一點應用東西，回來再說吧。」說罷，靈雲與金蟬從黃山餐霞大師那裡回來，蘭因便叫他二人與孫南見禮。

到了第三日，蘭因便起程下山，臨行時便對靈雲道：「我走後，你將孫師弟安置在蟬兒室中。孫師弟入門不久，功行還淺，你可隨時將你爹爹所作的《元元經・劍術篇》講與他聽，也不枉他到我們這裡來這一趟。蟬兒太淘氣，無事不准離開此山。如今各派均與峨嵋為仇，倘有形跡可疑之人到此，你們一時不及入洞，可到這顛倒八陣圖中暫避，便不妨事。」說罷自去。

原來乾坤正氣妙一真人自二次入道，苦修百餘年，已能參透天地玄祕。他因靈雲等年幼，九華近鄰俱都是異派旁門，恐怕出了萬一，特在這洞門左右，就著山勢陰陽，外功符籙，擺下這顛倒八陣圖，無論你什麼厲害的左道旁門，休想進陣一步。一經藏身陣內，敵人便看不見陣內人的真形。多厲害的劍光，也不能飛進陣內一步。

這天靈雲正同孫南講經，金蟬在洞外閒眺，忽見半空中飛來幾道紅線，接著崖前降下一個矮胖和尚，知是妖人，連忙進洞告知靈雲。靈雲也覺得詫異，本來九華自從齊漱溟闢為別府後，左道旁門輕易不敢進山一步。今天來者不善，便打算去觀看動靜。因為不知來人能力多大，便與金蟬隱身到八陣圖坎方巽位中觀看；叫孫南在乾宮上站定，以作策應。

後來金蟬用言語將法元激怒時，孫南正想來到靈雲這邊來，他卻不知道離了方位，再想入陣，比登天還難。他起初在乾宮站定時，遠遠望見靈雲姊弟二人又是說，又是笑，非常有趣，所以他打算到他姊弟二人站的地方去。及至離開乾宮，再往對面一看，只是一片樹林，清朗疏澈，也聽得見他二人說話，就是不見蹤影。又見那和尚惡狠狠望著林中，強敵在前，方知不妙，便打算退回原地。

起初進陣是靈雲指引，現在失了南針，簡直無門可入。只得按著適才所看方向，朝林中走去試試。他剛走進坎宮，法元已下毒手。如非靈雲手快將他從陣外拉入，險些喪了性命。這金蟬不知怎的，平日最恨許飛娘，所以懶得理她。等她走後，才與孫南一齊出來。

靈雲道：「你這孩子越來越淘氣了。那許飛娘雖是壞人，如今反形未露，母親見了她還帶幾分客氣，怎麼你見了人家連理都不理，豈不要叫人家笑話我家太沒規矩？況且你不過丟了幾個小金丸，算得什麼？你當著外人說的是什麼話？」說時看了孫南一眼，不覺臉飛紅潮。又道：「我知你前世裡原是我的哥哥，今生做了我的兄弟，所以不服我管。從今起我到爹爹那裡去，讓你一人在此如何？」說罷，也不等金蟬發言，一道白光，已自騰空而去。

孫南見他二人鬥嘴，正待要勸時，業已無影無蹤，不由便埋怨了金蟬兩句。金蟬雖然心中有些發慌，臉上仍作鎮靜道：「孫師兄不要著急，我這個姊姊倒是最疼愛我的，可是我們一天總要吵幾回架。她的劍法高強，有人追也追不上，乾著急也是無益，且等母親回來再說。只是你的本領不高，我的本領還不如你。本待母親去後，我們可以到各處遊玩，如今她這個本領大的走了，只好在近處玩耍，不要到遠處去就是了。」

孫南聽了，笑道：「你那樣大膽子，怎麼也說不敢遠遊，莫非你從前吃過苦頭麼？」

第十七章　驚逢妖蛇

金蟬聽了，拍手大笑道：「誰說不是？有一天，母親不在洞中。我因為聽說後山醉仙崖很好玩，要姊姊同我去，偏偏遇著那個鬼道姑來找她下棋，不肯前去。我便帶了金丸同寶劍，偷偷溜了出去。那時正在秋末冬初，滿山的紅葉和柿子，如同火一樣又鮮又紅，映著晚山餘霞，好看極了。我正在玩得有趣之間，忽然看見崖洞中跑出一匹小馬，才一尺多長，馱著一個七八寸的小人在楓林中飛跑，我喜歡極了，便想把牠捉回家來玩耍。我的腳程也算快的了，追了好幾個圈子，也未追上。後來把牠追到崖下一個小洞中，便不見了。

「那個洞太小，我鑽不進去，把我弄發了急，便拿寶劍去砍那山石，打算把洞弄大，進去捉牠。我當時帶的一口劍，原是母親當年入道時煉的頭一口防身利器，慢說是石，就是鋼，遇見也難免兩斷。誰想砍了半天，竟然不能砍動分毫。後來才發現石頭上面有幾個像蚯蚓般的字。我想砍不動的原因，必定在此。一時性起，便把餐霞大師贈我的金丸取出，照著那山石打去。這一打，差點惹下了殺身之禍。金丸才打了三粒，那塊石頭便倒了下來。」

金蟬繼續說道：「接著一陣黃風過去，腥氣撲鼻，從山石縫中現出一個女人腦袋，披散著一頭黃髮，只是看不見她的身子。我當時覺得很奇怪，可是我心中並不怎麼害怕。她的身子好似夾在山石縫中，不能轉動。她不住地朝我點頭，意思大約是叫我把山石再炸碎一塊，她便可以脫身出來。我正要照她的懇求去做時，她見我在那裡尋思沒有表示，好似等得有些不耐煩，臉上漸漸現出怒容，兩隻眼睛一閃一閃的，發出一種暗藍的光，又朝著我呱呱的叫了兩聲，又尖又厲，非常怕人。同時一陣腥臭之氣中人欲嘔。我也漸漸覺出她的異樣來。

「猛然想起在這深山窮谷人跡不到的所在，怎會藏身在這崖洞之中，莫非是妖怪嗎？我後來越想越害怕，本想用金丸將她打死，又恐怕她萬一是人，為妖法所困，豈不誤傷人命？一時拿不定主意。正在委決不下，那東西忽然震怒，猛然使勁將身子向前一躥，躥出來有五六尺長，張開大口，那個意思好似要咬我一口。幸而我同她離的地位很遠，又好似有什麼東西將她困住，躥出了幾尺光景，便不能再往前進，所以我未遭她的毒手。

「這時我才看出那東西是人首蛇身，躥出來的半截身體是扁的，並不像普通蛇那麼圓。周身俱是藍鱗，太陽光下，晶光耀目。我既然看出牠是蛇妖，怎肯輕易放過，便將金丸放出，準備將牠打死，以除後患。誰想金丸剛剛出手，便有一陣天崩地裂的聲音，把我震暈在地。

「等我清醒過來，我已回到此地，母親把我抱在懷中叫喚呢。想起適才事情，好似做夢一般，忙問母親是怎麼回事。母親只叫我靜養，不許說話，我才覺出渾身有些酸疼。過了幾天，才得痊癒。後來我又問姊姊，姊姊才對我說起那日情形。原來醉仙崖下，那個蛇身人首的妖怪，名叫美人蟒，其毒無比。想是當初為禍人間，才被有道力的仙人，將牠封鎖在那醉仙崖下，用了兩道符籙鎮住。

「那天被我追逐的小人小馬，名叫肉芝。平常人若吃了，可以脫骨換胎，多活好幾百年；有根行的人吃了，便可少費幾百年修煉苦功。這種靈異的棲身之所，都是找那有猛獸毒蟲所在，以防人類的侵襲。我當時不知道，執意要捉回來玩，才用金丸去轟打山石。不想無意中破了頭一道的符籙，幾乎把妖蛇放出，闖下大禍！

「幸而當時擒蛇的人早已防到此著，又用法術將牠下半身禁錮，所以只能躥出半截身子。後來我第二次要用金丸打時，那第二道符籙已發生功效，將面前一塊山石倒了下來，依舊將牠鎮住。同時我已中了蛇毒，又受了極大震動，暈倒在地。幸而母親將我救了回來。據母親推算，說是那蛇禁錮洞內，已經數百餘年。牠在內苦修，功行大長。

「那肉芝原是雌雄兩個，雄的年代較久，業已變化成人；雌的只能變馬。它也知道人若走到崖下，中了蛇毒，便要暈倒在地，所以擇那崖前的小洞，作藏身之所。那日雄的肉芝騎了雌的出來遊玩，被我追得慌不擇地，逃近那蛇妖身旁。

「那蛇妖對這兩個肉芝早已垂涎，只苦無有機會，如今送上門來的好東西，豈肯輕易放過？可憐那肉芝一時逃避不及。總算雄的跑得快，未遭毒手。雌的逃得稍慢，被那妖蛇一口吞了下去。牠得此靈藥，越發厲害。原來符籙兩道又被我破掉一個，漸漸禁牠不住，被牠每日拚命掙扎，現在已將上半身鑽出洞外。大約不久便要出來，為禍人間了。」

孫南聽了大驚道：「那蛇妖既然厲害，難道師伯那樣大的神通，眼看牠要出來為禍於世，近在本山，就不想法去消滅牠，為世人除害嗎？」

金蟬笑道：「誰說我們肯輕易饒牠呀？我因為這場大禍，是我闖出來的，好多次請母親去除滅牠。母親總說，這裡頭有一段因果，非等一個人來相助不可。」

孫南道：「照這樣說來，那相助的人，一定是能力很大的了。」

金蟬道：「這倒不一定。據母親說，此人如今本事倒不甚大，不過應在他來之時，便是妖蛇大數已盡的時候。而且這人的生辰八字，是午年五月端午日午時生，在生剋上，是那妖蛇的硬對頭，所以等他來相助，比較容易一些。」

孫南聽了，恍然大悟，說道：「怪不得師伯要留我在此相助，我就是午年五月端午日午時生的呀。」

金蟬聞言，大喜道：「我這就好放心了。不瞞你說，我為此事，非常著急。因為姊姊本事大，幾次求她瞞著母親幫我去捉妖除害，她總怕母親知道怪她。昨天母親走後，我又求她，她還是不肯去。我本打算找你幫忙，因為剛才我看你同那賊和尚打時，你的劍光並不怎麼出奇。偏偏姊姊剛才又賭氣走了，更無辦法。想不到你就是我母親所說的幫手。今日已晚，明日正午，我便同你去除妖如何？」

孫南知道金蟬性情活潑，膽大包身。自己能力有限，雖然他母親說除妖要應在自己身上，萬一到時鬥那妖不過，再要出點差錯，這千斤重責，如何擔法？欲待不答應，又恐金蟬笑他膽小。甚為兩難。只得敷衍他道：「我雖然能力有限，極願幫你的忙，前去除妖。不過師伯出門，師姐又不在洞中，我陪你去涉險，師伯回來怪罪於我，如何是好？莫如設法先將師姐尋回，三人同去，豈不盡美盡善嗎？」

金蟬聞言，好生不快道：「你們名為劍俠，作事一點不爽快，老是推三阻四。你想我頭一次到醉仙崖，當時母親就說牠快要出世，到如今已經有兩個月，說不定就在這一兩天出世。我們老是遷延不決，養好貽患，將來一發，便不可收拾。古人說得好：『除惡務盡，先下手的為強，後下手的遭殃。』我日前在黃山，見著朱梅姊姊，談起此事，她倒很慷慨地答應幫我。也是怕她師父見怪，悄悄地將餐霞大師的法寶偷借我好幾樣。

「剛才同賊和尚動手，我因為恐怕像金丸一樣，被那賊和尚弄壞，將來還的時候，對不起朱梅姊姊，捨不得拿出來用，如今聽你說出生辰八字，我歡喜極了，實指望你同我一樣心理，除害安良，免去後患。誰想你也和我姊姊一樣，看不起我這個小孩子，不肯幫我的忙。你要知道，我人雖小，心卻不小。你們都不肯幫我，難道我就不會一個人去？我明天豁出一條小命，與那妖蛇拚個你死我活。你膽小怕事，我就獨自去，也不要緊。」說時，鼓著一張小嘴，好似連珠炮一般，說個不停。說完，繃著臉，怒容滿面。

孫南聽了，知道這個小孩子說得出來，便做得出來。自己也是好勝的人，見金蟬說他膽小，越發不好意思。況且在人家這裡作客，他是一個小孩子，如果讓他前去鬧出亂子，更覺難以為情。好在師父說自己生平尚無凶險，估量不妨事，莫如答應同他前去，到時見機行事，知難而退便了。當下便對金蟬道：

「師弟不要生氣，我是特為試試你有膽子沒有，並不是不願同你前去。原想等你姊姊回來同去，實力更充足一些；況且她的劍術精深，我更是萬分佩服，如有她同行，便萬無一失，比較妥當得多。既然你執意要去，我們就明日去吧。」

金蟬聞言，便轉怒為喜，說道：「我原說孫師兄是好人呢！我還有幾句心腹話未對你說。你看我姊姊這個人怎麼樣？」

孫南正要答言，忽然眼前一亮，靈雲已站在面前，說道：「你這小東西，又要編排我些什麼？」金蟬見姊姊回來，滿心歡喜，便也就不往下深說了。

原來靈雲因常聽父母說，自己尚要再墮塵劫，心中好生不痛快。偏偏孫南來時，又見母親對他特別垂青，言語之中，很覺可疑，便疑心到昔日墮劫之言怕要應驗。因為這百餘年之功行，修來不易，便處處留神，竭力避免與孫南說話。在孫南方面，並無別念，只為敬重靈雲的本領，所以時常誠心求教。

靈雲的母親去時，又叫孫南跟靈雲學《劍術篇》中劍法祕訣，靈雲對母親素來孝順，從不違抗，心中雖然不願，面子上只得照辦。一個是志在請益，一個是先有成見。靈雲為人和婉，又知道孫南正直光明，見他殷殷求教，怎肯以聲音顏色拒人於千里之外。雖然知道自己也許誤會了母親的意思。自己素日本是落落大方，又加道行深厚，心如明鏡，一塵不染。不知怎的，一見孫南，莫名其妙地起了一種特別感想，也不是愛，也不是恨，說不出所以然來。欲想不理人家吧，人家光明至誠，又別無錯誤；要理吧，無緣無故，又心中不安。實則並無緣故，自己偏偏要忸怩不安，有時自己都莫名其妙。

適才金蟬當著飛娘，用言語譏諷，原是小孩的口沒遮攔，隨便說說，並無成見。不知為何，自己聽了，簡直羞得無地自容。忽然想起：「我何不借個因由，避往黃山，每日在暗中窺視金蟬動靜，以免發生事端。」所以才故意同金蟬鬥口，飛往黃山。

剛剛起在半空，便遇餐霞大師問她何往。靈雲臉色通紅，也說不出所以然來。餐霞察言觀色，即知深意。便道：「好孩子，你的心思我也知道，真可憐，和我當初入道情形簡直一樣。」靈雲知道不能隱瞞，便跪請設法。

餐霞大師道：「本山原有肉芝，可補你的功行。只要你能一塵不染，外魔來之，視如平常，便可不致墮劫，你怕它何來？」

靈雲又問肉芝怎樣才能到手。餐霞大師道：「這要視你有無仙緣。明日正是妖蛇伏誅之日，肉芝到手，看你們三人的造化如何，不過目前尚談不到。最可笑的是，你一意避免塵緣，而我那朱梅小妮子，偏偏要往情網內鑽。日前乘我不注意，將我兩件鎮洞之寶，偷偷借與你的兄弟，你說有多麼癡頑呢！」

靈雲聽了，又忙替金蟬賠罪，為朱梅講情。餐霞大師道：「這倒沒什麼，哪能怪他們兩小孩子？不過金蟬不知用法，明日我還叫朱梅前來助你們成功便了。」

靈雲謝了又謝，不便再往黃山，辭別大師回洞，藏在暗處，打算再讓金蟬著急一夜，一面偷聽他和孫南說些什麼。正聽見金蟬用言語激動孫南，孫南居然中計，不禁暗笑。後來又聽見金蟬又說到自己身上，恐他亂說，才現身出來攔阻。

金蟬見姊姊回來，心中雖然高興，臉上卻不露風，反說道：「你不是走了嗎，回來做甚？莫不是也要明天同去看我孫師兄大顯神通，擒妖除害嗎？」

靈雲笑了笑道：「沒羞。勾引你朱梅姊姊，去偷你師伯的鎮山之寶，害得人家為你受了許多苦楚。如今師伯大怒，說要將她逐出門牆。你好意思嗎？」

金蟬聽罷，又羞又急，慌不擇地跑將過來，拉著靈雲的衣袖說道：「好姊姊，這是真的嗎？梅姊她偷大師鎮山之寶，借與我去除妖，原是一番義氣，不想為我害她到這般地步，叫人怎生過意得去，好姊姊，你看在兄弟的面上，向大師去求一求情，想個什麼法子救救她吧。」

靈雲見金蟬小臉急得通紅，那樣著急的樣子，不由心中暗暗好笑。便益發哄他道：「你平日那樣厲害，不聽話，今天居然也有求我的時候。又不是我做的事，我管不著。大師那樣喜歡你，你不會自己去求嗎？」

金蟬道：「好姊姊，你不要為難我了，我也夠受的了。只要姊姊這次能幫我的忙，從今以後，無論姊姊說什麼，做兄弟的再不敢不服從命令了。好姊姊，你就恕過兄弟這一回吧。」說時，兩眼暈起紅圈，幾乎哭了出來。

靈雲知道金蟬性傲，見他這般景況，也就適可而止。便說道：「好弟弟，不要著急。你再不聽話，做姊姊的能跟你一般見識嗎？何況你的梅姊姊又是那麼好的一個人呢。我對你直說了吧，適才你不聽話，我本要躲開你，到峨嵋暫住。剛剛起到半空中，便遇著大師排雲馭氣而來。說起這除妖之事，關於你梅姊姊的竊盜官司，大師還在裝聾作啞。是我再三求情，大師不但不責罰朱梅，反叫她明日前來助你成功。又勸我不要和你小孩子一般見識，我才回來的。你聽了該喜歡吧？」

金蟬果然歡喜得口都合不上了，說道：「你真是我的好姊姊！這樣一說，明天連你同梅姊，都要幫我擒妖，那是萬無一失的事了。我修道還未成功，就替人間除了這般大害，怎不叫人歡喜呢！」

靈雲道：「你不要又發瘋了。聞聽母親說，那妖蛇十分厲害，非同小可。如果是平常妖蛇，大師何必派朱梅來相助呢，你不要倚仗人多和有法寶。到了交戰時，彼此不能相顧，吃了眼前虧，沒處訴苦。」

金蟬道：「姊姊說得是。將才我不是說過嗎，反正我們都聽你支配，你叫怎樣就怎樣如何？」

靈雲道：「只要你聽話，事就好辦了。如今你盜來的法寶，尚不知用法，只好等朱梅到來，再作商量。你何妨取出來，我們看看呢？」

金蟬聽了，忙往內洞取出餐霞大師鎮洞之寶。這幾樣法寶，原是用一個尺許大的錦囊裝好。等到金蟬倒將出來一看，裡面有三寸直徑的一粒大珠，黃光四射，耀眼欲花；其餘盡是三尖兩刃的小刀，共有一百零八把，長只五六寸，冷氣森森，寒光射人。只是不知用法。

靈雲對金蟬道：「你看你夠多荒唐，勾引良家女子做賊，偷來的東西連用法都不知道。你拿時也不問問怎樣用嗎？」

金蟬帶愧說道：「日前我到黃山，大師不在家中。我同梅姊在洞外玩了一陣，後來談起妖蛇的事，我便說我沒有幫手，又沒有法寶，空自心有餘而力不足。萬一妖蛇逃去，為害人間，豈不是我的罪過?我說時，連連嘆氣。她便用言語來安慰我，她說極願幫我的忙，只是大師教規極嚴，無故不許離開洞府。她膽子又小，不敢向大師去說。

「後來看我神氣沮喪，她說大師有十二樣鎮洞之寶，大師平日輕易不帶出門，又歸她保管，可以偷偷借與我用。事成之後，悄悄送還；萬一敗露，再叫我請母親、姊姊去向大師求情。我自然是滿心歡喜，她便挑了這兩樣給我。又對我說，這刀名叫誅邪刀，共是一百零八把，能放能收。那珠名叫天黃正氣珠。

「她沒有說出怎樣用法，偏偏大師回來。我連忙將二寶藏在身旁，上前參見。臨別時，大師對我微微一笑，好似已知道我們私弊。我恐怕梅姊受累，便想向大師自首，又有點作賊心虛，沒有那般勇氣。又妄想大師或者尚未知道，存一種僥倖心理，想藉此寶助我成功。等到回來，天天受良心制裁，幾次想偷偷前去送還，老是沒有機會。」

靈雲聽了，正要答言，忽聽洞外傳進一種聲音，非常淒厲，情知有異。連忙縱身出洞，往四下一看，只見星月皎潔，銀河在天，適才那一種聲音，夾著一陣極奇怪的笛聲，由醉仙崖那邊隨風吹來。

第十八章　仙崖誅蟒

靈雲縱到高處，藉著星月之光，往醉仙崖那邊看時，只見愁雲四布，彩霧瀰漫，有時紅光像煙和火一般，從一個所在冒將出來。再看星光，知是子末丑初。靈雲知道事體重大，急忙飛身回洞，見金蟬和孫南二人也趕將出來，靈雲忙叫二人回去。到了洞中，便把將才所見述說一遍。

金蟬急得跳起來說道：「如何？妖蛇已逃去。這都是當初不聽我的話，養癰貽患。事不宜遲，我們急速前去吧。」

靈雲也著了慌，正待商量怎樣去法，忽然從洞外飛進一人。金蟬大吃一驚，不由喊道：「姊姊快放劍，妖蛇來了！」孫南也著了忙，首先將劍放起。靈雲道力高深，早看見來人是誰，連忙叫道：「孫師弟不要無禮，來者是自己人。」

來人見劍光來得猛，便也把手一揚，一道青光，已將孫南的劍接住。等到靈雲說罷，雙方俱知誤會，各人把劍收回。孫南知道自己莽撞，把臉羞得通紅。金蟬已迎上前去，拉了來人之手，向孫南介紹道：「這就是我朱梅姊姊。這是我師兄白俠孫南。」

各人見禮已畢，靈雲埋怨金蟬道：「你這孩子，專愛大驚小怪。我們這洞府，豈是妖物所敢走進的？也不看清就亂喊，若非朱師妹劍法高強，手疾眼快，豈不受了誤傷？孫師弟也太性急一點。」

朱梅忙代金蟬分辯道：「這也難怪蟬弟，本來我來得魯莽，況且我從未在晚上來過，師姊不要怪他吧。」靈雲見她偏向金蟬，又想起適才金蟬著急情形，暗暗好笑，不便再說，便問朱梅來意。

朱梅道：「適才我正在用功，忽然師父進來，對我說道，醉仙崖妖蛇明日午時便要出洞，如今牠已在那裡召集百里內毒蛇大蟒，必然現出怪異，恐怕師姊們造次動手，倒造成牠逃走的機會。所以命妹子趕來，共同策劃。」靈雲等聞言大喜，忙請朱梅就座敘話。四人坐定之後，便商量擒妖之計，並問法寶用法。

朱梅道：「妹子年輕，應該聽從師姊調遣。家師命我來時，曾將辦法指示，待妹子說出來，請師姊參考。」

靈雲道：「師妹說哪裡話來，既有大師命令，我們當然照計而行，就請師妹吩咐吧。」

朱梅便笑嘻嘻對著金蟬道：「你借家師的法寶呢？」金蟬急忙拿出，遞與朱梅。又道：「梅姊，我還忘了問你。那日你幫我的忙，我真是感謝不盡。後來恐怕大師知道怪你，又非常後悔，要想送去，又無機會。將才姐姐說，大師業已知道此事，可曾責罰你嗎？」

朱梅道：「還好，只說了我幾句。多謝你關心。」

靈雲見他二人說得親密的樣兒，不由望著孫南一笑。朱梅尚不覺察，金蟬已明白，怕他姊姊譏笑，急忙說道：「大師不曾怪你，真是太好了。我改日定要前去，替梅姊負荊請罪。如今請你說那法寶的用處吧。」

朱梅道：「今日之事，我們應該公舉師姊為首領，我算是個軍師，由我代大師出計如何？」

金蟬道：「好極了，請你快說吧，不要盡說閒話了。」

朱梅噗哧一笑道：「就是你一個人性急！如今才不過丑末寅初，離午時還早著呢，你忙什麼？聽我慢慢說吧。」便把那顆天黃珠拿起，交與靈雲道：「此珠乃千年雄黃煉成，專克蛇妖。放將出去，有萬道黃光，將周圍數里罩住。此次妖蛇勾了許多同類，準備出來以後，進襲貴洞，其中很有幾條厲害的毒蟒。請師姊將此珠帶在身旁，找一個高峰站好，等妖蛇破洞逃出，其餘毒蛇聚在一處，朝我們進攻時，便將此珠與師姊的劍光同時放出，自有妙用。」

說罷，又取出三枝藥草，長約三四寸許，一莖九穗，通體鮮紅，奇香撲鼻，遞了一枝給金蟬。又說道：「此名朱草，又名紅辟邪，含在口中，百毒不侵。那妖蛇每日子午時，用牠奇異的鳴聲召集同類。我們須將這一百零八把仙刀在妖蛇洞口外，每隔三步插一把，在午時以前，要將刀插完。插時離蛇洞甚近，須含朱草以避毒侵。這是一件最危險而勞苦的事，你敢同我前去嗎？」

金蟬聽罷，心中大喜，忙道：「我去我去。既是要在牠出洞以前插完，我們現在早些前去如何？」

朱梅道：「你總是這般性急，話還未說完呢。」便對靈雲道：「你們這裡有一個午年五月端午日午時生的人嗎？」

靈雲道：「這位孫師弟便是。」

孫南看見朱梅長得那般美麗，又有那般本領，又是一臉英風俠氣，非常羨慕。便想起自己枉自用了許多苦功，誰知下山以來所遇見的，不要說老前輩，就是師兄弟，都一個賽似一個，心中甚覺慚愧。又見朱梅同金蟬對答，天真爛漫的樣兒，非常有趣，莫名其妙地又起了一種特別感想。正在出神之際，忽聽朱梅問他，便起立答道：「小弟正是那時生的，不知有何差遣？」

朱梅道：「此蛇修煉數千年，厲害非常。自從服了肉芝之後，周身鱗甲，如同百煉精鋼一般，決非普通仙劍所能傷得牠分毫。致牠命的地方，只有兩處：一處就是蛇的七寸子；一處就是牠肚腹正中那一道分水白線。但是牠已有脫骨卸身之功，就算能傷牠兩處致命的地方，也不過減其大半威勢，末了還得仗師姊的珠和劍，才能收得了全功。」

說時又遞與孫南一根朱草，又從身旁取出金光燦爛的一枝短矛，都拿來交與孫南道：「孫師弟，少時間我等到了那裡，你口含這朱草，手執這一枝如意神矛，跑在醉仙崖蛇洞的上面，目不轉睛地望著下面的蛇洞。那蛇妖非常狡猾，牠出洞之前，或者先教別的蛇先行出洞，也未可知。一個沉不住氣，誤用此矛，便要誤事。牠出來時，又是其疾如風，所以要特別注意。好在妖蛇頭上有一頭長髮，容易辨認。那時你看清牠的七寸子，口喊如意神矛，放將出去。」孫南接過二寶，連聲答應。

第十九章　芝仙乞命

朱梅從身旁取出如意神矛交與白俠孫南，說道：「那妖蛇行走疾若飄風，師弟站在崖上，下望洞口，須要特別注意。等牠露出來時，認清妖蛇七寸子，用力擲去，口喊『如意神矛』，自有妙用，得心應手。」

朱梅便站起身來，對靈雲、孫南說道：「如今天氣還早，你二位正可稍微養神。我同金蟬弟弟先去埋刀佈置一切吧。」

靈雲雖然已成為半仙之體，仍覺男女有別，不願與孫南同在洞中，便道：「我們大家一同去吧。」

朱梅道：「也好。」

靈雲忽然想起一事，忙問朱梅道：「那妖蛇的頭已出洞外，你們在牠洞前去佈置，豈不被牠察覺了嗎？」

朱梅道：「聽大師說，昨晚子時，那妖蛇業將身上鎖鏈弄斷，正在裡面養神，靜待今日午時出洞，不到午時，牠是不會探頭出來的。」又對金蟬說道：「你是最愛說話的，到了那裡，我們須要靜悄悄地下手，切莫大聲說話。倘若驚動了牠，牠先期逃出，那可就無法善後了。」金蟬連忙點頭答應，又催大家快走。

這時已是寅末卯初，靈雲等一行四人出了洞府，將洞外八陣圖挪了方向，把洞門封閉，然後駕起劍光，往醉仙崖而去。不大一會工夫，便到崖前，分頭各去做事。靈雲與孫南先找好自己應立的方位。朱梅將誅邪刀分了一半與金蟬。

那蛇洞原來在西方，朱梅順洞口往東，將誅邪刀埋在土內，刀尖朝上，與地一樣齊平。叫金蟬算好步數，比好直徑，由東往西，如法埋好。兩人插到中間會齊，約花了一頓飯的光景，便都插好。朱梅與金蟬插到中心點時，恰好步數一些也不差。兩人俱都是弄了一手泥灰，金蟬便要和朱梅同到山澗下去洗手，朱梅點頭應允，同往山澗中走去。

這時如火一般的紅日，已從地平線上逐漸升起，照著醉仙崖前的一片枯枝寒林，靜盪盪的。寒鴉在巢內也凍得一點聲息皆無，景致清幽已極。再加上這幾個粉裝玉琢的金童玉女，真可算得塵外仙境。

那朱梅、金蟬雙雙到了澗邊，正就著寒泉洗手的當兒，忽聽吱吱兩聲。朱梅忙把金蟬一拉，躲在一塊山石後方，往外看時，卻原來是澗的對面有一隻寒鴉，從一枯樹枝上飛向東方。

金蟬道：「梅姊，一隻烏鴉，你也大驚小怪。」朱梅忙叫金蟬噤聲，便又縱在高處，往四面看時，只見寂寂寒山，非常清靜，四外並無一些跡兆，才放心落下地來。金蟬問她為何面帶驚疑？

朱梅道：「弟弟你哪裡知道，你想那烏鴉在這數九寒天，如無別的異事發生，哪會無故飛鳴？我們與牠相隔甚遠，怎會驚動？我看今日殺這個妖蛇倒不成問題，惟獨這枝肉芝，我們倒要小心，不要讓外人混水摸魚，輕易得去。如果得的人是我們同志，各有仙緣，天生靈物，不必一定屬之於我；倘被邪魔外道得了去，豈不助他凶焰，荼毒人世？我看弟弟入門未久，功行還淺。我把家師給我的虹霓劍借你斬蛇，待我替你看住肉芝，將它擒到手中，送給與你。你也無須同姊姊他們客氣，就把它生吃下去。好在他們功行高深，也不在乎這個。」

金蟬聽了，笑道：「我起先原打算捉回去玩的，誰要想吃它？偏偏它又長得和小人一樣，好像有點同類相殘似的，如何忍心吃它？還是梅姊你吃吧。」

朱梅道：「呆弟弟，你哪裡知道，這種仙緣，百世難逢，豈可失之交臂？況且此物也無非是一種草類，稟天地靈氣而生，幻化成人，並非真正是人。吃了它可以脫骨換胎，抵若干年修煉之功，你又何必講婦人之仁呢？」

金蟬搖頭道：「功行要自己修的才算稀奇，我不稀罕沾草木的光。況且那肉芝修煉千年，才能變人，何等不易，如今修成，反做人家口中之物。它平時又不害人，我們要幫助它才對，怎麼還要吃它？難道修仙得道的人，只要於自己有益，便都不講情理麼？」

朱梅聽金蟬強詞奪理，不覺嬌嗔滿面道：「你這人真是不知好歹！我處處向著你，你倒反而講了許多歪理來駁我，我不理你了。」說完，轉身要走。

金蟬見她動怒，不由慌了手腳，連忙陪著笑臉說道：「梅姐不要生氣，你辛苦半天，得來的好東西，我怎好意思享用？不如等到捉到以後，我們稟明大師和母親，憑她二位老人家發落如何？」

朱梅道：「你真會說。反正還未捉到，捉到時，不愁你不吃。」

二人正談得起勁之間，忽然靈雲飛來，說道：「你們二人在此說些什麼？你看天到什麼時候了，如今崖內已經發出叫聲來了。」

朱梅和金蟬側耳細聽，果然從崖洞中發出一種淒厲的嘯聲，和昨晚一樣。便都著忙，往崖前跑去。朱梅一面走，一面把虹霓劍遞與金蟬道：「擒妖之事，有你三位足矣，我去等那肉芝去。」說罷，飛往崖後面去。靈雲究因金蟬年輕，不敢叫他涉險，便哄他道：「我同你站在一齊吧。」

金蟬道：「這倒可以遵命，不過這條蛇是要留與我來斬的。」靈雲點頭應允，金蟬高高興興隨著靈雲找了方位。站好之後，靈雲又怕孫南失事，打算前去囑咐一番，便叫金蟬不要離了方位，去去就來。金蟬也點頭答應。

這時妖蛇叫了兩聲，又不見動靜。日光照遍大地，樹枝和枯草上的霜露，經陽光一蒸發，變成一團團的淡霧輕煙，非常好看。金蟬站了一會，覺得無聊，便用手去摸那枯草上的露珠。忽然看見從地面上鑽出一個赤條條雪白的東西，等到仔細一看，正是他心愛而求之不得的肉芝。正待上前用手去捉，那肉芝已跪在面前，叩頭不止。金蟬看了，好生不忍，便朝它說道：「小乖乖，你不要跑，到我這裡來，我決不吃你的。」

那肉芝好似也通人性，聞言之後，並不逃跑，一步一拜，走到金蟬跟前。金蟬用手輕輕將它捧在手中細看，那肉芝通體與人無異，渾身如玉一般，只是白裡透青，沒有一絲血色，頭髮只有幾十根，也是白的，卻沒有眉毛，面目非常美秀。金蟬見了，愛不釋手。那肉芝也好似深通人性，任憑他抱在懷中，隨意撫弄，毫不躲閃。

金蟬是越看越愛，便問它道：「從前你見了我就跑，害得你的馬兒被毒蛇吃了。如今你見了我，不但不跑，反這樣的親近，想你知道我不會害你嗎？」那肉芝兩眼含淚，不住地點頭。

金蟬又道：「你只管放心，我不但不吃你，反而要保護你了，你願意和我回洞去嗎？」那肉芝又朝他點頭，口中吐出很低微的聲音，大約是表示贊成感激之意。

金蟬正在得意之間，忽然靈雲走來。肉芝見了靈雲，便不住地躲閃，幾次要脫手跑去。金蟬知它畏懼，一面將它緊抱，一面對它說道：「來的是我的姊姊，不會害你的，你不要害怕。」話猶未了，靈雲已到身旁，那肉芝狂叫一聲，驚死過去。金蟬埋怨靈雲道：「姊姊你看，你把我的小寶寶給嚇死了。」

靈雲早已看見金蟬手上的肉芝，便道：「不要緊，我自能讓它活轉。如若它不死，我們正好帶回洞去，大家玩耍玩耍；它如若死了，我們索性把它吃了吧。」金蟬正待回言，那肉芝已經醒轉，直向靈雲點頭，鬧得他姊弟二人都笑起來。

金蟬道：「這個小東西還會使詐。」

靈雲道：「你不知道，此物深通人性。剛才你如見它死去，把它放下地來，它便入土，不見蹤跡。你是怎生把它得到的？你的仙緣可謂不小。」

金蟬便把同朱梅爭論之言，以及肉芝自來投到的情形，述說了一遍。靈雲道：「照此說來，我們倒當真不忍傷害它了。」

金蟬高興得跳了起來，說道：「誰說不是呢，陪我們修道多麼好。」

說時，一個疏神，肉芝已是掙脫下地。靈雲忙叫：「不好！」正要伸手去捉時，那肉芝並不逃跑，只把小手向西指了幾指，口中不住地叫喚。金蟬方將它抱起，向西方看時，只見醉仙崖下蛇洞中噴出一團濃霧，裡面一絲絲的火光，好似放的花筒一樣。猛聽得洞內又發出叫聲，再看日色，已交午初，知是蛇要出來，便都聚精會神，準備動手。

那蛇洞上面的孫南，端著如意神矛，矛鋒衝下，目不轉睛望著下面蛇洞，但等露出蛇頭，便好下手。正在等得心焦，忽然洞中冒出濃霧煙火，雖有仙草含在口中，不怕毒侵，也覺著一陣腥味刺鼻。

這時日光漸漸交到正午，那蛇洞中淒厲的鳴聲也越來越盛。猛一抬頭，看見隔澗對面山坡上幾十道白練，一起一伏地排著隊拋了過來。近前看時，原來是十數條白鱗大蟒，長約十餘丈開外。

孫南深怕那些大蟒看見他，忙躥上崖去。正在驚疑之際，那些大蟒已過了山澗，減緩速度，慢慢遊行。離洞百餘步，便停止前進，把身體盤作一堆，將頭昂起，朝著山洞叫了兩聲，好似與洞中妖蛇報到一般。不大一會，洞內蛇鳴愈急，來的蛇也愈多，奇形怪狀，大小不等。

最後來了一大一小兩條怪蛇，一個在上，一個在下，其疾如風，轉眼已到崖前，分別兩旁盤踞。大的一條，是二頭一身，頭從頸上分出，長有三四丈，通體似火一般紅。一個頭上各生一角，好似珊瑚一般，日光照在頭上，閃閃有光。小的一條，長只五六尺，一頭二身，用尾著地，昂首人立而行，渾身俱是豹紋，口中吐火。這二蛇來到以後，其餘的蛇都是昂首長鳴。最奇怪的是，這些異蛇大蟒過澗以後，便即分開而行，留下當中有四五尺寬的一條道路不走，好似留與洞中妖蛇出行之路一樣。

孫南正看得出神，忽聽洞內一聲長鳴，砰的一聲，一塊封洞的石頭激出三四丈遠。猛然驚覺，自己只顧看蛇，幾乎誤了大事。忙將神矛端正，對下面看時，只見那霧越來越濃，煙火也越來越盛，簡直看不清楚洞門。正恐怕萬一那蛇逃走時，要看不清下手之處，忽聽洞內一陣「砰砰」、「轟隆」之聲，震動山谷。知是那妖蛇快要出來，益發凝神屏氣，注目往下細看。

在這萬分吃緊的當兒，忽見洞口冒出一團大煙火，依稀看見一個茅草蓬蓬的人腦袋，剛剛舉矛要刺，那腦袋又縮了回去。幸喜不曾失手，刺了一個空。孫南到這時越發不敢大意，專心致志，去等機會。忽然洞外群蛇一齊昂首長鳴，聲音淒厲。霎時間，日色暗淡，慘霧瀰漫。在這一轉瞬間，第二次洞口煙火噴出，照得洞口分明。一個人首蛇身的東西，長髮披肩，疾如飄風，從洞口直躥出來。

那孫南早年慣使鏢槍，百發百中，在這間不容髮的時候，端穩神矛，對準那妖蛇致命所在，口喊一聲「如意神矛」，擲將出去。只聽一聲慘叫，一道金光，那神矛端端正正，插在妖蛇七寸子所在，釘在地上，矛桿顫巍巍地露出地面。

那群毒蛇大蟒，見妖蛇釘在地上，昂首看見孫南，一個個磨牙吐信，直往崖上躥來。

孫南見蛇多勢眾，不敢造次，駕起劍光，破空升起，飛向靈雲那邊，再看動靜。說時遲，那時快，那妖蛇中了神矛，牠上半身才離洞數尺，其餘均在洞內。牠本因為大難已滿，又有同類前來朝賀，原來是一腔高興。誰想才離洞口，便中了敵人暗算，痛極大怒，不住地搖頭擺尾，只攪得幾攪，長尾過處，把山洞打坍半邊，石塊打得四散紛飛。孫南如非見機先走，說不定受了重傷。

這時那妖蛇口吐煙火，將身連拱四拱，猛將頭一起，呼的一聲，將仙矛拋出數十丈遠。接著頸間血如湧泉，激起丈餘高下。那妖蛇負傷往前直躥，其快如風，躥出去百十丈光景，動轉不得。原來牠負痛往前躥時，地下埋的一百零八把誅邪神刀，一一冒出地面，恰對著妖蛇致命處所在，正是當中分鱗的那一道白縫，整個將那妖蛇連皮分開，鋪在地上。任憑牠神通廣大，連受兩次重創，哪得不痛死過去。牠所到的終點，正是靈雲等站的山坡下面。直把一個金蟬樂得打跌，便要去斬那蛇頭。靈雲忙喊：「不可造次！」金蟬這才住手。

果然那蛇掙扎了一會，又發出兩聲慘痛的呼聲。其餘怪蛇大蟒也都趕到，由那為首兩條大蛇，過來啣著妖蛇的皮不放。只見那妖蛇猛一使勁，便已掙脫軀殼，雖是人首蛇身，只是通體雪白，無有片鱗。這妖蛇叫了兩聲，便盤在一處，昂頭四處觀望，好似尋覓敵人所在。而崖上三人童心未退，只顧看蛇好玩，忘了危險。正在出神之際，忽然朱梅狼狽不堪地如飛奔到，說道：「師姊還不放珠，等待何時？」說完，便倒在地上。金蟬連忙過去用手扶起。

那靈雲被朱梅一句話提醒，剛將天黃珠取出放時，這妖蛇已看見四人站立之所，長嘯一聲，把口一張，便有鮮紅一個火球，四面俱是煙霧，向他們四人打來。群蛇也一擁而上。恰好靈雲天黃珠出手，碰個正著。自古邪不能侵正，那天黃珠一出手，便有萬道黃光黃雲，滿山俱是雄黃味，與蛇珠碰在一起，只聽「噗」的一聲，把毒蛇的火球擊破，化成數十道蛇涎，從空落下，頓時煙消霧散。

一群毒蛇怪蟒正躥到半山坡，被天黃珠的黃光罩住，受不住雄黃氣味，一條條骨軟筋酥，軟癱在地。那毒蛇見勢不佳，正要逃跑，恰好朱梅在金蟬懷中業已看見，便勉強使勁去推金蟬道：「蛇身有寶，可以救我，快去斬蛇取來！」

金蟬忙叫：「孫師兄！替我扶持梅姊，我去斬蛇就來。」

那朱梅望了孫南一眼道：「我不要人扶，讓我先躺在石上歇歇吧。」說時，好似力氣不支，話言未了，倒在山石上面。

金蟬在百忙中不暇細問朱梅為何這樣，因聽說蛇身有寶，可以救她，更不怠慢，縱身起來，提著虹霓劍便往下走。山坡下的怪蛇大蟒，被黃雲籠罩，都擠作一團。靈雲等也分不出下面誰是妖蛇。

偏巧那肉芝在朱梅、孫南未到以前，金蟬因為愛它長得好看，去吻它的小臉，那肉芝卻去用舌舔那金蟬的雙目。當時金蟬只覺涼陰陰，癢酥酥的，非常舒服，不甚注意。後來孫南趕到，那肉芝趁忙亂中跑下地來，便不知去向了。

金蟬正要走時，靈雲拉他道：「下面黃雲籠罩，看又看不見，你要斬蛇，放劍出去就是了，下去作甚？」

金蟬急得頓足道：「姊姊快放手，我看得見。梅姊中了暗算，蛇身有寶，可救梅姊。你看那蛇妖逃出很遠去了。」

靈雲還待不信時，金蟬猛一使勁，擺脫靈雲的手，如飛往東南而去。

孫南閒著無事，心想何不放劍多宰兩條蛇，豈不是好？便將劍光放出，指揮往山下亂砍。靈雲見孫南放劍，也把身子一搖，將劍放出。這兩道劍光在萬道黃雲中一起一落，如同神龍夭矯一般，煞是好看。殺了半個時辰，突然見她母親乾坤正氣妙一夫人攜著她愛弟金蟬，金蟬手中寶劍穿著一個水缸大小的人形蛇頭，走來說道：「蛇都死完了，你們還不把劍收回來？」

眾人連忙上前參拜，各自把劍收回。妙一夫人把手一招，把天黃珠收了回來。再往山下看時，遍地紅紅綠綠，盡是蛇的膿血，蛇頭蛇身，長短大小不一，鋪了一地。妙一夫人從一個葫蘆中倒了一葫蘆淨水下去，說是不到幾個時辰，便可把蛇身化為清水，流到地底下去。

金蟬忙跑到朱梅跟前看時，已是暈死過去，不禁號啕大哭，忙求母親將梅姊救轉。妙一夫人看了這般景象，不禁點頭嘆道：「情魔為孽，一至於此！」

妙一夫人忙叫金蟬：「不要驚慌，朱梅不過誤遭暗算，有我在此，決不妨事。」

金蟬才止住悲聲，又問母親：「她是中了何人暗算？」

夫人道：「先將她背回洞府，再作道理。」

金蟬即要去背。靈雲笑道：「你還是背你的勝利品，我來替你代勞吧。」

金蟬有些明白，把小臉羞得通紅。於是靈雲背了朱梅。金蟬仍用劍挑了蛇頭，正要起身，忽然想起肉芝，便對夫人將前事說出。

夫人道：「想不到你小小年紀，便有這好生之德，不肯貪天之功。只是可惜你……」說到這一句，便轉口道：「果然此物修成不易，索性連根移植洞中，成全了它吧，以免在此早晚受人之害。」說罷，命靈雲等先護送朱梅回洞等候，復又攜著金蟬去覓肉芝。才走出數十步，那肉芝已從路旁土內鑽出，向她母子跪拜。夫人笑道：「真乃靈物也！」

金蟬過去要抱，那肉芝卻回身便走，一面回頭用小手作勢，比個不休。夫人明白那肉芝的意思，是要引他們到靈根之所，便隨定它前行。

第二十章　朱梅中箭

話說那肉芝在前行走，與金蟬相離約有十餘丈左右。剛剛走到崖旁，忽聽一聲慘叫，便有一個黑茸茸的東西飛起。再看崖畔，閃出一個矮胖男子，相貌凶惡，便要往空逃走。妙一夫人荀蘭因忙喝道：「何人敢在本山放肆，還不與我將肉芝放下！」那人也不答應，把後腦一拍，一道黃光，便要往空中逃走。金蟬哪裡容得，喊了聲：「奸賊子！你倒來撿現成。」便將虹霓劍放起。好一個餐霞大師鎮洞之寶，只見一道紅光過去，那人便被劍光罩住。

妙一夫人忙喊：「不可造次！」一面將口中寶劍吐出去時，已來不及，那人一條左臂已削將下來。手中提的黑茸茸的東西，同時也墜落下來。

金蟬知道裡面定是肉芝，連忙過去看時，原來是一個頭髮織成的網，可不是肉芝正在裡面，已是跌得半死。金蟬氣忿不過，再找那人時，已被他母親放走，連那條斷臂，已被那人取去。便問夫人道：「母親，那個賊子是何人，為何與我們作對？」

妙一夫人道：「你這孩子太莽撞。你想有我在此，怎能讓他將肉芝搶走？你隨便就放劍傷人。如今我們峨嵋派仇人太多，你們還偏偏要結仇。剛才那矮胖子，便是廬山神魔洞中白骨神君心愛的門徒碧眼神佛羅梟。想是他知道你們斬蛇，又知道此地有這千年肉芝，想跑來找便宜。在此等了半天，知道肉芝雖受毒蛇擾害，避往別處，可是它生根之所在此，早晚必須歸巢，所以死守不走。他見肉芝回來，想出我們不意，撈了就走，誰想反送掉一隻左臂。」說罷，便將那髮網拿起一看，大驚道：「這是白骨神君頭髮結成之網呀！難道說他是奉命前來的嗎？這倒不可輕視呢！」

這時肉芝已漸漸醒轉，形態好像是十分困憊。夫人便對肉芝道：「芝仙，我等決不傷害你。你如願隨我到洞府去修煉，你便將你生根之所指示出來，我好替你移植。」肉芝便跳下地來，跪下叩了兩個頭，往前走了幾步，走到一個山石縫中，忽然不見。金蟬往石縫內看時，原來裡面是一個小小石洞，清香陣陣，從洞內透出。

等了一會，只見由洞中地面上湧現一株靈芝仙草，五色繽紛，奇香襲人。其形如鮮香菌一般，大約一尺方圓，當中是芝，旁邊有四片芝葉。妙一夫人先向北方跪祝了一番，然後從身旁取出一把竹刀，將靈芝四圍的土輕輕剔鬆，然後喊一聲：「起！」連根拔起。

金蟬忙問它變的那個小人呢？夫人道：「回洞自會出現，你忙什麼？」說時，忽然從芳香中嗅著一絲腥味，連忙看時，只見石洞旁壁下伏著一隻怪獸，生得獅首龍身，六足一角，鼻長尺許，兩個金牙露出外面，長有三尺。

妙一夫人嘆道：「天生靈藥，必有神物呵護。這個獨角神貅，又不知被何人所害，所以靈芝知道大難臨頭，往外逃避。」

金蟬見那神獸的皮，直發亮光，心中甚為愛惜，想要剝了回去。夫人道：「此獸亦非善類，性極殘忍，剝去無妨。牠那兩個大牙，削鐵如泥，頗有用處，一併拿了回去吧。」

金蟬聞言大喜，正要取那獸的皮、牙，忽又見地下一枝白色小箭，式樣新鮮靈巧。伸手去拾時，好似觸了電氣一般，手腳皆麻，連忙放手不迭。夫人走過撿起一看，說道：「這是白骨神君的白骨喪門箭，剛才朱梅正是中了羅梟的暗算，所以幾乎喪了性命。」

金蟬道：「早知如此，母親不該放他逃走，好與朱梅姊報仇。」

夫人道：「我們也只能適可而止。好在朱梅有救，不然豈能輕易放他？」

說時，金蟬因掛念朱梅，匆匆將獸皮剝完，攏了獸皮、獸牙，由妙一夫人捧著靈芝，離了醉仙崖，回轉洞府。剛一進門，看見朱梅仰臥在石床之上，聲息全無。靈雲同孫南守在旁邊，默默無言，見夫人和金蟬回轉，連忙上前接過靈芝。夫人叫靈雲將靈芝移往後洞，好好培植。吩咐已畢，便向朱梅床前走來。

金蟬見朱梅牙關緊咬，滿臉鐵青，睜著一雙眼，望著金蟬，好似醒在那裡，只是一言不發。忙喊了兩聲梅姊，不見答應。上前去拉她雙手，已然冰涼如死。雖然知道自己母親有起死回生之能，也禁不住傷心落淚。正在悲慟之間，夫人業已走過，忙喝金蟬道：「她中了妖人之箭，因她道行尚厚，雖然昏迷，並未死去，心中仍是明白。你這一哭，豈不勾起她的傷心，於她無益有損？」

金蟬聽了他母親之言，只得強自鎮定。夫人便叫將蛇頭取來。金蟬取將過來。夫人用劍將蛇前額劈開，取出一粒珠子，有鴨蛋大小，其色鮮紅，光彩照耀一室。又叫孫南去往後洞看靈芝，倘若靈芝移後，靈芝現出化身時，速來報知。

孫南奉命去了。夫人從身邊取出兩粒丹藥，塞入朱梅鼻孔裡面。又取出七粒丹藥，將朱梅的牙齒撥開，放在她口中。然後將朱梅前胸解開，把那蛇額中的紅珠放在她的心窩間，用手托著，來回轉動不停。轉了有半個時辰，忽見朱梅臉色由青轉白，由白又轉黃，秀眉愁鎖，好似十分吃苦，又說不出口來的樣子。那金蟬目不轉睛望著朱梅，恨不能去替她分些痛苦才好。

夫人見丹藥下去，運了半天蛇珠，雖然有些轉機，還看不出十分大效，臉上也露出為難的樣子。

金蟬見了，更是著急，忽然靈機一動，便對夫人道：「母親，我到後洞看看那靈芝就來。」夫人也不答言。金蟬如飛而去，到了後洞，見靈雲等已將靈芝移植妥當，朱莖翠葉，五色紛披，十分好看。靈雲正與孫南在那裡賞鑑，見金蟬跑來，對他道：「你不在前洞幫著母親照應你的梅姊，跑到這裡來則甚？」金蟬也不答言，走過來便向那靈芝跪下，口中不住地默祝。

孫南道：「師弟你在那裡說些什麼？」金蟬也不理他。靈雲道：「孫師兄莫要管他，他的事，只有我明白。想是母親救梅妹，功效慢了一點，所以他一稟至誠，又來乞靈草木了。」

正說時，忽然看見那芝草無風自動，顏色越來越好看，陣陣清香，沁人心脾。那金蟬跪祝了一會，不見動靜，正要發怒時，忽見那靈芝頂上，透出一道霞光，打裡頭鑽出一個嬰兒頭來，一會兒便現出原身，跳下地來。

金蟬一看，正是那肉芝，滿心歡喜。孫南從未見過這樣奇事，更是心愛。那肉芝朝金蟬點了點頭，便跑過來，拉了金蟬的手。金蟬急忙將它抱起，它又用手向前洞一指。金蟬起初看朱梅昏迷不醒，非常著急，猛然想起肉芝能使人長壽，豈不能使人起死回生？何不去求它將身上的血肉賞賜一些，以救朱梅之命呢？因為怕靈雲、孫南笑他，所以只在地上跪著默祝。今見芝仙這般狀況，知是允了他的要求。當下抱著它，往前洞就走。

靈雲、孫南也明白大概，跟蹤來看。才到前洞，只見妙一夫人向著那芝仙說道：「餐霞大師弟子朱梅，今中妖人白骨箭，命在旦夕。芝仙如肯賜血相救，功德不淺。」

那芝仙聽了夫人之言，口中忽呀，說個不住。夫人只是微笑點頭。金蟬性急，疑心那芝仙不肯，便問夫人道：「母親，它說些什麼？怎麼孩兒等俱都聽不出？」

夫人道：「你等道行尚淺，難怪你們不懂。它說它要避卻三災，才能得成正果。如今三災已去其二，我們將它移居到此，非常感謝，理應幫忙。不過它自捨的靈液，比較將它全身服用還有功效，可是因此它要損失了三百多年的道行。要我在它捨血之後，對它多加保護，異日再遇大劫難，求我們救它，避免大劫。」

金蟬道：「母親可曾答應？」

夫人道：「這本是兩全其美的事，我已完全答應了。」

那芝仙又朝夫人說了幾句，夫人益加歡喜，便對它道：「你只管放心，我等決不負你。如今受傷的人萬分痛苦，不可再延，請大仙指明地方，由我親自下手吧。」

那芝仙聞言之後，臉上頓時起了一種悲慘之容，好似有點不捨得，又無可奈何的樣子。又挨了片刻，才慢慢走到夫人跟前，伸出左臂，意思是請夫人動手。

大家看見這個形似嬰兒的肉芝，伸出一條雪白粉嫩的小手臂來，俯首待戮，真是萬分不忍。

夫人更是覺得它可憐可愛，因為救人要緊，萬分無法，只得把它抱在懷中。叫靈雲上床來，替她將蛇珠在朱梅胸腹上轉動。又叫金蟬取來一個玉杯，教孫南捧著玉杯，在芝仙的手腕下接著那靈液。然後在金蟬腰間取下一塊玉玦，輕輕向那肉芝說道：「芝仙，你把心放定，一點不要害怕，稍微忍受這一絲痛苦，事完，我取靈丹與你調治。」那肉芝想是害怕，閉緊雙目，不發一言，顫巍巍地把頭點了兩點。

夫人先將它左臂撫弄了兩下，真是又白又嫩，幾乎不忍下手。後來無法再延，便一狠心，趁它一個冷不防，右手拈定玉玦，在它腕穴上一劃，便割破了個寸許長的小口。

孫南戰戰兢兢，捧著玉杯去接時，只見那破口處流出一種極細膩的白漿，落在玉杯之中，微微帶一點青色，清香撲鼻，光彩與玉杯相映生輝，流有大半酒杯左右。夫人忙喊道：「夠了，夠了！」

那肉芝在夫人懷中，只是搖頭。一會兒工夫，那白漿流有一酒杯左右，便自止住。夫人忙在懷裡取兩粒丹藥，用手研成細粉，與它敷在傷口處。金蟬看那芝仙時，已是面容憔悴，委頓不堪，又是疼愛，又是痛惜，一把將它抱住。

夫人忙喊：「蟬兒莫要魯莽！它元氣大傷，你快將衣解開，把它抱在前胸，借你童陽暖它真氣。千萬不可使它入土。等我救醒朱梅，再來救它。」金蟬便連忙答應照辦。

妙一夫人忙又從孫南手中取過芝血，一看血多，非常歡喜，忙上床叫靈雲下來。再看朱梅時，借了蛇珠之力，面容大轉，只是牙關緊閉，好似中邪，不能言語。又叫靈雲取過一個玉匙，盛了少許芝血，撥開朱梅牙關，正待灌了進去。忽然看見起初塞在她口中的七粒丹藥，仍在她舌尖之上含著，並未下嚥。暗驚白骨箭的厲害，無怪乎靈丹無效，原來未入腹中。又恐芝血灌了下去，同這丹藥一樣，不能入腹，順口流出，豈不是前功盡棄，而且萬分可惜？便不敢造次下手。忙叫金蟬過來，將芝仙交與孫南，叫他如法偎在胸前。然後對金蟬說：

「朱師姊命在頃刻，只有芝血能救。她如今外毒已被蛇珠收去，內毒深入腠理，以致牙關緊閉，無法下嚥。意欲從權，命你用口含著芝血去餵她，她得你真陽之氣，其效更快。不過此事於你有損無益，你可願否？」

金蟬道：「梅姊原為孩兒才遭毒手，但能救她，赴湯蹈火，皆所不辭。」

夫人道：「既然如此，你先將芝血含在你口中些。然後用你的手，緊掐她的下頦，她的下頦必然掉將下來，口開難閉。你將你的嘴，對著她的嘴，將芝血渡將進去。你二人之口，須要嚴密合縫，以免芝血溢出。然後你騎在她的身上，用手抄在她背後，緊緊將她抱著，再提一口丹田之氣，渡將進去。倘若覺得她腹中連響，便有一口極臭而難聞的濁氣，從她口中噴出。你須要運用自己丹田之氣，將那濁氣抵禦回去，務必使那濁氣下行，不要上逆才好。」

金蟬連忙點頭答應，跨上床來。眼看一個情投意合、兩小無猜的絕色佳人，中了妖人暗算，在床上昏迷不醒。見他上來之後，一雙猶如秋水的秀目，珠淚盈盈望著他，只是說不出話來，可是並未失了知覺，其痛苦有甚於死，不禁憐惜萬分。到了這時，也顧不得旁人嘲笑，輕輕向著朱梅耳邊說道：「姊姊，母親叫我來救你來了。你忍著一點痛，讓我把你下頦端掉，好與你用藥。」朱梅仍是睜著兩眼，牙關緊閉，不發一言。

金蟬狠著心腸，兩手扣定朱梅下頦，使勁一按，咔喳一聲，果然下巴掉下，櫻口大張。金蟬更不怠慢，依照他母親之言，騎在朱梅身上，抄緊她的肩背。妙一夫人遞過玉碗，金蟬隨即在夫人手中喝了一口芝仙的白血，嘴對嘴，渡將進去。幸喜朱梅口小，金蟬便將她的香口緊緊含著，以待動靜。究竟芝仙的血液非比尋常，才一渡進，便即吞下。

金蟬知芝血下肚，急忙用盡平生之力，在丹田中運起一口純陽之氣，渡了進去。只聽朱梅腹內咕隆隆響個不住，再看她的臉色，已漸漸紅潤。適才上來時，覺得她渾身冰涼挺硬，口舌俱是發木的。此刻忽覺得她在懷中，如暖玉溫香一般，周身軟和異常，好不歡喜。這時朱梅腹內益發響個不住，猛然一個急噫，接著一口濁氣冒將上來，腥臭無比。

金蟬早已準備，急忙運氣，將那口濁氣抵了回去。一來一往，相持半碗茶的光景，便聽朱梅下身砰然放一個響屁出來，臭味非常難聞。金蟬也顧不得掩鼻，急忙又運動丹陽之氣，度了一口進去。

妙一夫人道：「好了，好了，不妨事了。蟬兒快下來吧。」再看朱梅，業已星眼瑩淚，緩醒過來。猛見金蟬騎在自己身上，嘴對著自己的嘴，含緊不放，又羞又急，猛一翻身，坐將起來。金蟬一個不留神，便跌下床來。

這朱梅生有靈根，又在黃山修煉數年，劍術很有根底，雖中了妖人暗算，還能支持。

只是心中明白，難受異常，不能言動。此番醒轉，明知金蟬是奉了他母親之命來救自己，因醒來害羞，使得勢猛，將他跌了一跤，好生過意不去。正要用手去扶，猛覺有些頭暈，隨又坐在床上。這時金蟬業已站起，也累了個力盡神疲。

夫人忙對朱梅道：「你妖毒雖盡，精神尚未復元，不必拘禮，先躺下養養神吧。」一面用手將她下頦捏好。朱梅身子也覺得輕飄飄地站立不住，也就恭敬不如從命，只好口頭向眾人稱謝。忽然覺得身下濕了一塊，用手摸時，羞得幾乎哭了出來，急忙招手呼喚靈雲。靈雲急忙走過，朱梅便向她咬了幾句耳朵。這時夫人也明白了，便叫孫南與金蟬出去，於是二人便到外面去了。

夫人便從孫南懷中取過肉芝，從身旁取了三粒丹藥，與它服用，仍然送到後洞手植之所，看它入土。又教金蟬不可隨意前去擾它。再回前洞時，朱梅業已借了靈雲的衣裳換好，收拾齊整，出來拜謝夫人救命之恩。

夫人道：「那白骨箭好不厲害！若非芝仙捨身相救，只有嵩山二老才有解藥，遠隔數千里，豈不誤事？況且也不能這樣容易復元。」金蟬便問其中箭情形。

朱梅道：「我同你在澗邊洗手時，因見鴉鳴，便疑心有人在旁窺探，深怕別人趁火打劫，去捉肉芝。我來時早已問明它生根所在，所以留下你們擒蛇，我便到崖後去守候。剛到那裡，便看見一個六足獨角的神獸，我本不想傷牠，正要設法將牠逼走，忽聽那獸狂吼一聲，便從崖後一個洞中竄了進去。我追蹤去看時，才到洞口，腦後一陣風響，知道有人暗算，急忙往後面一閃，已是不及。當時只覺左臂發麻，頭腦天旋地轉，知道中了妖法。因為寶劍不在手中，恐怕抵敵不住，急忙跑回。走到你們跟前，已是站立不穩了。後來我渾身疼痛，心如油煎，雖看得見你們，只是不大清楚，也聽不見說些什麼，難受極了。我叫你去斬的蛇頭呢？」

金蟬道：「我當時見你暈倒，非常著急。因聽你說蛇身有寶，便追了下去，牠業已逃出有半里路去。見我追牠來，便將頭揚起，朝我噴了一口毒氣。恰好母親趕到，用她老人家的劍光，將妖蛇的毒氣遏住。我才用劍將牠斬為數段，將蛇首挑了回來。母親叫我從蛇腦中取出一粒紅珠，是否就是你說的寶貝？」

朱梅道：「可不正是此物。」

夫人道：「此珠名為蛇寶，乃千年毒蟒精華。無論中了多麼厲害的毒，只消用此珠在渾身上下貼肉運轉，便能將毒提盡。只是此番因斬妖蛇，與白骨神君結下仇恨，將來又多一個強敵了。」

靈雲道：「他慫恿他的弟子為惡，暗中傷人，此人之惡毒可知，難道我們還怕他嗎？」

夫人道：「不是怕他，無非讓你們知道，隨時留意而已。」

朱梅與眾人談了一會，便要回山覆命。夫人便將餘下的芝血與她服下，叫靈雲將借來的幾件法寶交與她帶去。因為新癒之後，精神疲憊，並叫靈雲、金蟬陪同前往，順便道謝餐霞大師的盛意。三人辭別夫人，出了洞府，已是夕陽西下，便駕起劍光，前往黃山去了。

這裡妙一夫人對孫南道：「我回時途遇你師父同追雲叟，談起各派比劍之事，追雲叟主張在明年正月先破慈雲寺，剪卻他的羽翼再說，我倒甚為贊同。依我預算，正式在峨嵋比劍，還在三五年之後。你天資、心地俱好，如不嫌棄，可就在我這裡參修。我已同你師父說過，你意如何？」

孫南聽了，自然高興，急忙跪謝夫人成全之恩。從此孫南便在此山，與靈雲、金蟬等一同練習劍術。不提。

第廿一章　金身羅漢

話說金身羅漢法元，在九華與齊靈雲鬥劍，正在難解難分之際，巧遇許飛娘趕到，明為解圍，暗中點破，才知道那女子是乾坤正氣妙一真人齊漱溟的女兒，暗暗吃驚。恐怕吃了眼前虧，便藉著台階就下。等到離卻前山，正要往金頂走去，不由叫了一聲苦。心想：「九華既作了齊漱溟的別府，不消說得，那獅子天王龍化與紫面伽藍雷音，一定在此存身不得，此番來到金頂，豈非徒勞？」

他雖然如此想法，到底心還不死。好在金頂離此並不多遠，不消半頓飯時候，便已趕到。只見那龍化與雷音所住的歸元寺，山門大開，山門前敗草枯葉，狼藉滿地，不像廟中有人住的神氣。進入內殿一看，殿中神佛、廟貌依然，只是灰塵密布。蝙蝠看見有人進來，繞簷亂飛。更沒有一個人影。便知二人一定不在廟中。再走進禪房一看，塵垢四積。門前一柄黑漆的禪杖，斷為兩截在地上，不知被什麼兵刃斬為兩段。那禪杖原是純鋼打就，知是龍化用的兵器。進屋看時，地下還有一灘血跡，因為山高天寒，業已凍成血冰。

估量廟中無人，為期當在不遠。

正在凝思之際，忽想起此地既是峨嵋派劍仙洞府，在此住居的人未必只齊漱溟一個人。他們人多勢眾，不要被他們遇見，又惹晦氣。想到此間，便急忙離了歸元寺，下了金頂。心想：「此番出遊，原為多尋幾個幫手，誰想都撲了一個空。那許飛娘自從教祖死去，同門中人因為她不肯出力報仇，多看不起她。直到近年，才聽說她的忍辱負重，別存深意。適才山下相遇，想是從外面倦遊歸來。黃山近在咫尺，何不去看望她一番，順便約她相助？即便目前不能，至少也可打聽出龍化、雷音兩個人的蹤跡。」想罷，便駕起劍光，直往黃山飛去。

（至於龍化、雷音這些異派的劍仙，何以值得法元這般注意，以及他二人在九華金頂存身不住的原因，日後自有詳文。這且不言。）

且說那黃山，法元雖來過兩次，只是許飛娘所居的五雲步，原是山中最高寒處，而又最為神祕的所在，法元從未去過。聞說餐霞大師也在那附近居住，看望許飛娘須要祕密，不要為外人知道，因此法元駕劍飛行時十分留神。劍光迅速，不多時已到黃山，打算由前山文筆峰抄小徑過去。到了文筆峰一看，層翠疊巒，崗嶺起伏，不知哪裡是飛娘隱居之所。空山寂寂，除古木寒鴉，山谷松濤之外，並沒有一個人影。偌大一個黃山，正不知從何處去尋那五雲步。

正在進退為難之際，忽聽遠遠送來一陣細微的破空聲音。急忙抬頭看時，空中飛來一道黑影，看去好似一個幼童，離法元不遠，從空中落下一個東西，並不停留，直往東北飛去。

法元正待去拾時，腳下忽地又現出一道白影，細細一看，原來是一個穿白年幼女子，比箭還快，等到法元走到跟前，業已將落物拾在手中。法元看清那東西是一塊石頭，上面一根紅繩，繫著一封信。起初以為是那飛行人特意落給那小女孩的，倒也不十分注意。因為黃山乃仙靈窟宅，適才在九華山遇見那個孩子，幾乎栽了跟頭。如今又遇見一個小孩，見她身法，知非常人，便不願多事。正待轉身要走，忽見峰腳下又轉出一個穿藍衣的女子，喊著適才那個女子道：「師妹，搶到手了嗎？是個什麼東西？」

穿白的女孩答道：「是一信封，我們進去看吧。」言時旁若無人，好似並未看見法元在旁一樣。

法元猛想起：「我正無處尋訪飛娘，這兩個女孩能在此山居住，她的大人定非常人，我何不想一套言語，打聽打聽？」想罷，便走近前來，說道：「兩位女檀樾留步，貧僧問訊了。」

那大些的一個女子，剛把白衣女子的信接過，便道：「大和尚有話請說。」

法元道：「黃山有位餐霞大師，她住在什麼地方？兩位女檀樾知道否？」

那兩位女子聞言，便把法元上下打量一番，開口說道：「那是吾家師父。你打聽她老人家則甚？」

法元聞言，暗吃一驚，原想避開她們，如何反問到人家門口來了？幸喜自己不曾冒昧。當下鎮定精神，答道：「我與萬妙仙姑許飛娘有一面之緣，她曾對我言講，她與大師乃是近鄰，住在什麼五雲步。怎奈此山甚大，無從尋找，我想打聽出大師住的地方，便可在附近尋訪了。」

那女子聞言，微微一陣冷笑，說道：「大和尚法號怎麼稱呼呢？」

法元到底在五台派中是有名人物，在兩個女孩面前不便說謊，日後去落一個話柄，還說因為怕餐霞大師，連真姓名都不敢說。便答道：「貧僧名喚法元。」

那女子聽了，便哈哈大笑道：「你原來就是金身羅漢法元哪，我倒聽我師父說過。你不必找許飛娘了，這不是她給你的信？等我姊妹二人看完之後，再還與你吧。」說罷，便把手中信一揚。

法元看得真切，果然上面有「法元禪師親拆」等字。因聽那女子說，看完之後便給他，便著急道：「這是貧僧的私信，外人如何看得？不要取笑吧。」

那女子聞言，笑道：「有道是『撿的當買的，三百年取不去的』。此信乃是我們拾來的，又不是在你廟中去偷來的。修道人正大光明，你是一個和尚，她是一個道姑，難道還有什麼私弊，怕人看嗎？既經過我們的山地，我們檢查定了。如有不好的事，你還走不了呢！」

法元見那女孩似有意似無意，連譏諷帶侮辱，滿心大怒。知道許飛娘叫人送信，連送信人都不肯與他見面，其中必有很大的關係。情知飛娘與峨嵋派表面上假意拉攏，如果信上有機密的事，豈不誤卻大事？又不知餐霞大師在家否，不敢造次。只得強忍心頭火，一面用好言向對方婉商，一面打算來一個冷不防，搶了就走。

誰想那女子非常伶俐，早已料到此著，不等法元近前，便將信遞與白衣女子手中，說道：「師妹快看，大和尚還等著呢。」

法元到了此時，再也不能忍受，大怒道：「你二人再不將信還俺，俺就要無禮了！」那女子道：「師妹快拆開看，讓我來對付他。」

白衣女子剛把信拆開，法元正待放劍動手時，忽然峰後飛也似地跑過一人，喊道：「兩位姊姊休要動手，看在可憐的兄弟份上吧。」那兩個女子聞言，即停止拆信。法元也就暫緩動手。

看來人時，是一個十六七歲的男孩，穿了一身黑，慌不迭地跑了過來，一面向兩個女子打招呼，一面向法元道：「師叔不要生氣，我替你把信要回來吧。」

法元見來人叫他師叔，可是並不認識，樂得有人解圍，便答道：「我本不要動手，只要還我的信足矣。」

那黑衣男孩也不答言，上前朝著那兩個女子道：「二位姊姊可憐我吧，這封信是我送的，要是出了差錯，我得挨五百牛筋鞭，叫我怎麼受哇？」

那白衣女子道：「師姐，你看他怪可憐的，把這封信給他吧。」又向法元道：「要不是有人講情，叫你今天難逃公道。」法元強忍著怒，把信接過，揣在懷中。

那黑衣男孩道：「家師許飛娘叫我把信送與師叔，說是不能見你。偏偏我不小心，落在二位姐姐手中，幸喜不曾拆看。異日如遇家師，千萬請師叔不要說起方才之事。」

法元點頭應允，恐怕兩個女子再說話奚落，將足一頓，便有幾道紅線火光，破空而去。

黑衣男孩向著兩個女子，謝了又謝。那兩個女子問他信的來由，他說道：「家師剛從九華回來。到家後，匆匆忙忙寫了這封信，派我駕起劍光，等候方才那個和尚，說他是我的師叔法元，並叫我與他不要見面。我等了一會，才見他落在文筆峰下。誰想交信時被兩位姐姐拾去，我很著急。我藏在旁邊，以為姐姐可以還他。後來見雙方越說越僵，我怕動起手來，或把信拆看，回去要受家師的責打，所以才出來說情。多蒙姐姐們賞臉，真是感恩不盡。」

那女子答道：「我適才同師妹在此閒玩，忽見幾道紅線飛來，落在峰上，知有異派人來此。我很覺此人膽子不小，正想去看是誰，忽見你駕劍光跑來。起初以為你跟上年一樣，偷偷來和我們玩耍。後見你並不停留，擲下一個紙包，我知道那紙包決不是給我們的，否則不會那樣詭祕。師妹出去搶包時，那和尚已到眼前，我才知道信是給他的。他就是師父常說的金身羅漢法元。我們哪要看人私信，無非逗他玩而已。你今年為何不上我們這兒玩？」

那男孩答道：「我才是天底下最苦命的人呢。父母雙亡，全家慘死，好容易遇見家師，收我上山學劍。以前常帶我到此拜謁大師，得向諸位姐姐時常領教，多麼好呢。誰想去年因家師出門，煩悶不過，來看望諸位姐姐，不料被師弟薛蟒告發，原不要緊，只因我不該說錯了一句話，被家師打了我五百牛筋鞭，差點筋斷骨折。調養數月，才得痊癒。從此更不肯教我深造，也不准到此地來。每日只做些苦工粗活，待遇簡直大不如前了。今日不准我在此峰落地，想是不願意教我同姊姊們見面的緣故。」

這兩個女子聽了，很替他難受。便道：「怪不得去年一別，也不見你來呢。你說錯什麼話，以致令師這般恨你呢？」那男孩正要答言，忽見空中飛來一道青光，那男孩見了，嚇得渾身抖戰道：「兩位姊姊快救我吧，師弟薛蟒來了。倘被他看見我在這裡，一定回去告訴家師，我命休矣！」說罷，便鑽到峰旁洞中去了。

不大工夫，青光降落，現出一人，也是一個十七八歲的少年。這兩個女子見了他，不由得臉上現出十分憎惡的意思。那少年身形矮短，穿著一身紅衣，足登芒鞋，頭頸間長髮散披，打扮得不僧不道。滿臉青筋，二眉交錯處有一塊形似眼睛的紫記，掀唇露齒，一口黃牙，相貌非常醜惡。這人便是萬妙仙姑最得意的門徒三眼紅蜺薛蟒。他到了兩個女子跟前，不住地東張西望。那兩個女子也不去理他，有意說些不相干的閒話，好似才出洞門，並未發生過事情一樣。那薛蟒看不出動靜，不住地拿眼往洞中偷覷。後來忍不住問道：「二位道友，可曾見我師兄司徒平麼？」

那白衣女子正要發言，年長的一個女子急忙搶著說道：「司徒平麼？我們還正要找他呢。去年他來同我們談了半天，把我輕雲師妹一張穿雲弩借去，說是再來時帶來，直到如今也不送還。大師又不准我們離開這裡，無法去討。你要見著他，請你給帶個話，叫他與我們送來吧。」說時，神色自如。

薛蟒雖然疑心司徒平曾經到此來過，到底無法證明，自言自語道：「這就奇了，我明明看見紅線已飛往西南，怎麼他會不見呢？」

那女子便問道：「你說什麼紅線？敢是那女劍仙到黃山來了嗎？」薛蟒知話已說漏，也不曾答言，便快快而去。

那女子不悅道：「你看這個人，他向人家問話就可以，人家向他說話，他連話都不答，真正豈有此理！」

薛蟒明明聽見那女子埋怨，裝作不知，反而相信司徒平不在此間，逕往別處尋找去了。那兩個女子又待了一會，才把司徒平喊出，說道：「你的對頭走了，你回去吧。」

司徒平從洞側走出道：「我與他真是冤孽，無緣無故地專門與我作對。想是家師差我送信時，被他知道，故此跟在後面，尋我的差錯。」

那兩個女子很替他不平，說道：「你只管回去，倘到不得已時，你可來投奔我們，我今晚就向大師為你說便了。」

司徒平聞言大喜，因天已不早，無可留戀，只得謝別她二人，破空而去。

這兩個女子，年輕穿白的，就是餐霞大師的弟子朱梅。年長的一個，名喚吳文琪，乃是大師的大弟子，入門在周輕雲之先，劍法高強，深得大師真傳。因她飛行絕跡，捷若雷電，人稱為女空空的便是。文筆峰乃是大師賜她練劍之所。大師因為叫朱梅來向她取神矛，去幫助金蟬擒蛇妖，恰好在洞外遇見。談話中間，忽然看見法元來到，司徒平空中擲信，才有這一場事發生。雖然不當要緊，與異日破許飛娘的百靈斬仙劍大有關係，以後自知。

話說那法元離了文筆峰，轉過雲巢，找一個僻靜所在，打開書信一看，上面寫道：「劍未成，暫難相助。曉月禪師西來，愛蓮花峰紫金瀧之勝，在彼駐錫，望唾面自乾，求其相助，可勝別人十倍。行再見。知名。付丙。」

法元看罷大喜，心想：「我正要去尋曉月禪師，不想在此，幸喜不曾往打箭爐去空跑一次。」便把信揣在懷中，往蓮花峰走去。

那蓮花峰與天都峰俱是黃山最高的山峰，紫金瀧就在峰旁不遠，景物幽勝，當年天心道人曾隱居於此處。法元對蓮花峰原是熟路，上了立雪台，走過百步雲梯，從一個形如石鰲的洞口穿將過去，群峰崢嶸，煙嵐四合，果然別有洞天。

這時天已垂暮，忽然看見前面一片寒林，橫起一匹白練，知道是雲鋪海，一霎時雲氣，布散成錦。群山在白雲簇繞中露出角尖，好似一盤白玉凝脂。當中穿出幾十根玉筍，非常好看。再回顧東北，依舊清朗朗的，一輪紅日，被當中一個最高峰頂承著，似含似捧，真是人間奇觀。

佇立一會，正待往前舉步，那雲氣越緊越厚，對面一片白，簡直看不見山石路徑。況且紫金瀧這條道路，山勢逼仄異常，下臨無底深淵，底下碎石森列，長有丈許，根根朝上。一個不留神，滑足下去，身體便成肉泥。他雖是一個修煉多年的劍仙，能夠在空中御劍飛行，可是遇著這樣棧道雲封，蒼嵐四合，對面不見人的景物，也就無法涉險。等了一會，雲嵐景翳，天色越發黑將下來。知道今日無緣與曉月禪師見面，不如找個地方，暫住一宵，明日專誠往拜。

那黃山頂上，罡風最厲害，又在寒冬，修道的人縱然不怕寒威，也覺著難於忍受。便又回到立雪台，尋了個遮風的石洞，棲身一宵。

天色甫明，起來見雲嵐已散，趁著朝日晨暉，便往紫金瀧而去。走了一會，便到瀧前。只見兩旁絕澗，壁立千仞，承著白沙那邊來的大瀑布，聲如雷轟，形同電掣。只不知曉月禪師住在哪裡。四下尋找了一會，忽然看見澗對面走過一個小沙彌，挑著一對大水桶，飛身下澗，去汲取清泉。澗底與澗岸，相隔也有好幾丈高下。只見他先跳在水中兀立的一塊丈許高的山石上，掄著兩個大桶，迎著上流水勢，輕輕一掄，便已盛得滿滿兩桶水，少說點也有二百來斤輕重。只見他毫不費力地挑在肩上，將足微頓，便已飛上澗岸，身法又快又乾淨。桶中之水，並不曾灑落一點。法元不由口中喝了一聲采！

那小沙彌聽見有人叫好，將兩個水桶在地上一放，腳微頓處，七八丈寬的闊澗，忽如飛鳥般縱將過來，向著法元怒氣沖沖地說道：「你走你的路，胡說什麼！你不知道我師兄有病嗎？」

法元看那小沙彌蜂腰猿背，相貌清奇，從他兩道目光中看去，知道此人內外功都臻於上乘，暗暗驚異。又見他出言無狀，好生不悅。心想：「我這兩天怎麼盡遇些不懂情理的人，又都是小孩？」因為曉月禪師在此居住，來人又是個小和尚，恐怕是大師的弟子，不敢造次。便答道：「我見你小小的年紀，便已有這樣的武功，非常歡喜，不禁叫了一聲好，這也不要緊的。你師兄有病，我怎麼會知道，如何就出口傷人呢？」

那小沙彌聞言答道：「你不用裝傻。我們這裡從無外人敢來，我早看見你在這裡鬼鬼祟祟，東瞧西望，說不定乘我師父不在家，前來偷我們的寶貝，也未可知。你要是識時務的，趁早給我走開；再要偷偷摸摸，你可知道通臂神猿鹿清的厲害？」說完，舉起兩個瘦得見骨的拳頭，朝著法元比了又比。

法元看他這般神氣，又好氣，又好笑。答道：「你的師父是誰？你說出來，我也許聞名而退。要說你，想叫我就走，恐怕很難。」

鹿清聞言大怒道：「看來你還有點不服我嗎？且讓你嘗嘗我的厲害。」說罷，左掌往法元面上一晃，掄起右掌，往法元胸前便砍。法元把身子一偏避開，說道：「你快將你師父名字說出，再行動手不遲，以免誤傷和氣。」

鹿清也不還言，把金剛拳中化出來的降龍八掌施展出來，如風狂雨驟般地向法元攻擊過來。這金剛拳乃是達摩老祖祕傳，降龍八掌又由金剛拳中分化而出，最為厲害。要不是法元成道多年，簡直就不能抵禦。

法元因來人年幼，又恐是曉月禪師的門徒，所以便不肯用飛劍取勝，只好用拳迎敵。怎耐鹿清拳法神奇，變化無窮，戰了數十個回合，法元不但不能取勝，反而中了他兩掌。幸虧練就鐵打的身體，不然就不筋斷骨折，也要身帶重傷。

鹿清見法元連中兩掌，行若無事，也暗自吃驚。倏地將身躍出丈許遠近，將拳法一變，又換了一種拳。法元暗暗好笑，任你內外功練到絕頂，也不能奈何我分毫。打算將他累乏，然後施展當年的絕技七祖打空拳，將他擒伏。他如是曉月禪師門徒，自不必說，由他領路進見；否則像這樣好的資質，收歸門下，豈不是好？便抖擻精神，加意迎敵。

那鹿清見一時不能取勝，非常著急，便故意賣個破綻，將足一頓，起在半空。法元向他下身正待用手提他雙足，小沙彌早已料到，離地五尺許，施展金剛拳中最辣手的一招，將身在空中一轉，鯉躍龍門式，避開法元兩手，伸開鐵掌，並起左手二指，照著法元兩隻眼睛點去。

法元見勢不好，知道無法躲避，只得將身一仰，打算平躥出去。誰知鹿清敏捷非常，招中套招，左手二指雖不曾點著法元二目，跟著右手使一個綳拳，對著法元下頦打一個正著。接著又使一個襠裡連環，一飛腿，正打在法元前心。就法元前胸撞勁，腳微點處，便斜縱出三四丈高遠，立定大笑。

法元雖然武功純熟，經不起無意中連中幾下重手法，雖未受傷，跌跌撞撞，倒晃出去十幾步，差點沒有跌倒在地。這一下勾動無明火起，不由破口罵道：「你這小畜生，真不知天高地厚。你家羅漢爺念你年幼，不肯傷你，你倒反用暗算傷人。你快將你師父名字說出，不然教你死無葬身之地！」說罷，後腦一拍，便將劍光飛出。

鹿清看見幾條紅線，從法元腦後飛出，說聲：「不好！」急忙把腳一頓，躥過山澗。法元也不想傷他性命，無非藉此威嚇於他。見他逃走，便也駕起劍光，飛身過澗，在後追趕。鹿清回頭一看，見法元追來，便一面飛跑，一面大聲喊道：「師兄快來呀，我不行了！」話言未了，便見崖後面飛起一道紫巍巍的光華，將法元的劍光截住。

法元一面運劍迎敵，一面留神向對面觀看。只見對面走出一個不僧不道的中年男子，二目深陷，枯瘦如柴，穿了一件半截禪衣，頭髮披散，也未用髮箍束住，滿面的病容。法元估量那人便是鹿清的師兄，正要答話。

只見那人慢吞吞有氣無力地說道：「你是何方僧人，竟敢到此擾鬧？你可知道曉月禪師大弟子病維摩朱洪的厲害？」法元一聽那人說是曉月禪師的弟子，滿心高興，說道：「對面師兄，快快住手，我們都是一家人。」說罷，便將劍光收轉。那人聞言，也收回劍光，問道：「這位大師，法號怎麼稱呼？如何認識家師？來此則甚？」

法元道：「貧僧法元，路過九華，聞得令師飛錫在此，特地前來專誠拜見，望乞師兄代為通稟。」這時鹿清正從崖後閃出，正要答言，朱洪忙使眼色止住，對法元說道：「你來得不巧了。家師昨日尚在此間，昨晚忽然將我叫到面前，說是日內有一點麻煩事須去料理，今早天還沒亮，就起身往別處去了。」

法元見他二人舉動閃爍，言語支吾，便疑心曉月禪師不曾外出，想是不願見他。人家既然表示拒絕，也就不好意思往下追問。朱洪又不留他洞內暫住，神情非常冷淡。只得辭別二人，無精打采地往山下走去。

第廿二章　尋訪異人

話說金身羅漢法元見病維摩朱洪神情冷淡，正待往別處找尋能人相助，忽見正南方飛來了幾道紅線，知是秦朗打此經過，連忙上前喚住，二人相見，各把前事述說了一遍。秦朗道：「此次到打箭爐，曉月禪師業已他去，路遇滇西紅教中傳燈和尚，才知禪師隱居黃山紫金瀧。後來路過慈雲寺，見了知客馬元，聽說發生許多事故，師父出外尋找幫手。弟子想師父定不知道曉月禪師住址，特來代請，約他下山，到慈雲寺相助。」

法元道：「你哪裡知道。我自到九華後，人未約成，反與齊漱溟的女兒鬥了一次劍。後來飛娘趕來解圍，又叫人與我送信，才知道曉月禪師在此。等我尋到此地，他兩個徒弟又說他出外雲遊去了，是否人在紫金瀧，無從判斷。如果在家，成心不見，去也無益，我們另尋別人吧！」

秦朗道：「我知道曉月禪師西來，一則愛此地清靜；二則聽說此地發現一樣寶物，名為斷玉鉤，乃是戰國時人所鑄，在這瀧下泉眼中，所以駐錫在此，以便設法取到手中，決不會出門遠去。莫如弟子同師父再去一趟，先問曉月禪師是否他去。別處不是沒有能人，能制服追雲叟的，還是真少。他老人家相助，勝別人十倍。師父以為如何？」

法元聞言，也甚以為然，便同秦朗回了原路。剛剛走到瀧前，便見鹿清正在洞外，見他二人回來，好似很不痛快，說道：「大和尚又回來則甚？我師父不在洞中，出外辦事去了。老實說吧，就是在家，他老人家已參破塵劫，不願加入你們去胡鬧了。」

法元一聽鹿清之話，越覺話裡有因，便上前陪著笑臉說道：「令師乃是我前輩的忘年交，此番前來拜訪，實有緊急之事，務乞小師兄行個方便，代為傳稟。如禪師他出，也請小師兄將地方說知，我等當親自去找。」

法元把好話說了許多，鹿清只是搖頭，不吐一句真言。反說道：「我師父實實不在山中。他出外雲遊，向無地址。至於歸洞之期，也許一天半天，也許一年半載才回，那可是說不定。如果你真有要事，何妨稍候兩日再來，也許家師回來，也未可知。」說罷，道一聲「得罪」，便轉向崖後自去。

法元見了這般景況，好生不快，但是無可如何。秦朗見鹿清出言傲慢，也是滿心大怒，因曉月禪師道法高深，不敢有所舉動，只得隨了法元，離了紫金瀧，往山腳下走去。

師徒二人正要商量往別處尋人，忽然空中一道黑影，帶著破空聲音，箭也似的，眨眨眼已飛下一個相貌奇醜的少年，穿著不僧不道的衣服。秦朗疑心此人來意不善，忙作準備。法元連忙止住。

那少年見了法元，躬身施禮，說道：「弟子三眼紅蜺薛蟒，奉了恩師許飛娘之命，知道大師輕易見不著曉月禪師，叫我來說，禪師並未離此他去，請大師千萬不要灰心短氣。如今峨嵋派劍俠不久就在成都碧筠庵聚齊，去破慈雲寺，非曉月禪師下山，無法抵敵。家師劍未煉就，暫時不能下山相助。望大師繼續進行，必有效果，家師業與曉月禪師飛劍傳書去了。」

法元道：「我已去過兩次，均被他徒弟鹿清託辭拒絕。既蒙令師盛意，我再專誠去一回便了。」薛蟒聞言，便告辭走去。走不幾步，忽然回頭，又問法元道：「昨日我師兄苦孩兒司徒平送信的時節，可曾與大師見面親交？」

法元不知他們二人的關係，便實說道：「昨日他將書信原是從空中拋下，不想被文筆峰前兩個女子搶去。我去要時，那兩個女子執意不肯，雙方幾乎動武。你師兄才下來解圍，費了半天唇舌，才把書信取轉。見了令師，就說我們一切心照，我自按書信行事便了。」

薛蟒聽了，不禁獰笑兩聲。又對法元道：「那曉月禪師的徒弟鹿清，家師曾對他有恩，大師再到紫金瀧，就說我薛蟒致意，他自會引大師去見曉月禪師的。」說罷，便自作別而去。法元師徒二人等薛蟒走後，便整了整僧衣，二人虔心誠意往紫金瀧而去。

那曉月禪師是何派劍仙？為何使法元等這般敬重？這裡便再補述兩筆。那曉月禪師也是峨嵋派劍仙鼻祖長眉真人的徒弟，生來氣量褊狹，見他師弟乾坤正氣妙一真人齊漱溟末學新進，反倒後來居上，有些不服。只是長眉真人道法高深，越發不贊成他的舉動，漸漸對他疏淡。曉月含恨在心。等到長眉真人臨去時，把眾弟子叫到面前，把道統傳與了玄真子與齊漱溟。差點沒把曉月肚皮氣炸，又奈何他們不得。（他早先在道教中，原名滅塵子。）

真人又對眾弟子道：「此番承繼道統，原看那人的根行厚薄、功夫深淺為標準，不以入門先後論次序。不過人心難測，各人又都身懷絕技，難免日後為非作歹，遺羞門戶。我走後，倘有不守清規者，我自有制裁之法。」說罷，取出一個石匣，說道：「這石匣內，有我煉魔時用的飛劍，交與齊漱溟掌管。無論門下何人，只要犯了清規，便由玄真子與齊漱溟調查確實，只須朝石匣跪倒默祝，這匣中之劍，便會凌空而起，去取那人的首級。如果你二人所聞非實，或顛倒是非，就是怎樣默祝，這石匣也不會開，甚或反害了自己。大家須要緊記。」長眉真人吩咐已畢，便自升仙而去。

眾同門俱都來與齊漱溟和玄真子致賀，惟有曉月滿心不快，強打笑顏，敷衍了一陣。後來越想越氣，假說下山行道，便打算跑到廬山隱居，所謂眼不見心不煩。因知寡不敵眾，又有長眉真人留下的石匣，倒也並不想叛教。

不想在廬山住了幾年，靜極思動，便遊天台雁蕩。在插虹澗遇見追雲叟，因論道統問題，曉月惱羞成怒，二人動起手來，被眾同門知道，都派他不對。他才一怒投到貴州野人山，去削髮歸佛，拜了長狄洞的哈哈老祖為師，煉了許多異派的法術。到底他根基還厚，除記恨玄真子與齊漱溟而外，並未為非作歹。眾同門得知此信，只替他惋惜，嘆了幾口氣，也未去干涉他。後來他又收了打箭爐一個富戶兒子名叫朱洪的為徒，便常在打箭爐居住。那裡乃是川滇的孔道，因此又認得了許多佛教中人。

他偶遊至黃山，愛那紫金瀧之勝，便在那裡居住。他同許飛娘的關係，是因為有一年為陷空老祖所困，遇見許飛娘前來解圍，因此承她一點情。他早知法元要來尋他，因為近年來勤修苦煉，不似從前氣盛，雖仍記前嫌，知齊漱溟、玄真子功行進步，不敢造次。所以法元來了兩次，俱命鹿清等設辭拒絕。法元第二次走後，便接到許飛娘的飛劍傳書，心神交戰了好一會，結果心中默默盤算了一會，覺得暫時仍不露面為是。便把鹿清叫在面前，囑咐了幾句，並說若是法元再來，你就如此如彼地對答他。鹿清連聲說「遵命」。

且說法元師徒二人一秉至誠，步行到紫金瀧，早已看見鹿清站在澗岸旁邊。鹿清看見法元師徒回轉，不待法元張口，便迎上前來說道：「適才家師回轉，已知二位來意，叫我轉致二位，請二位放心回廟，到了緊急時節，自會前來相助。今日另有要事，不及等二位前來敘談，他老人家又匆匆下山去了。」法元尚疑鹿清又是故意推辭，正待發言，那秦朗已把薛蟒吩咐之言，照樣說了一遍。

鹿清聞得秦朗提起薛蟒致意，果然換了一副喜歡面孔，先問秦朗的姓名，然後問他因何與薛蟒相熟。談了幾句後，漸漸投機。三人便在澗石上面坐下，又談了一陣。法元乘機請他幫忙，請曉月禪師下山。

鹿清知道法元心中疑慮，便向他說道：「我師父生平從不打誑語，說了就算數，二位只管放心吧。」法元方才深信不疑。又問鹿清道：「當初我同令師見面，已是三十年前。後來他老人家搬到打箭爐，便很少去問候。小師父是幾時才拜入門牆，功行就這樣精進？」

鹿清道：「你要問我出家的根由麼？就連我自己也不知道。我只記得我小時候，是生長在四川一個荒山石洞裡面，我倒沒有娘，餵我乳的是一隻梅花鹿。有一天，我師父他老人家路過那山，我正跟一群鹿在那裡跑，我師父說我生有異禀，日後還可和我生身父母見面，便把我帶到打箭爐，傳我劍術，到現今已十二年了。那個薛蟒的師父，曾經幫過我師父的忙，我要是早知道二位跟她認識，我也就早跟你們交好了。」

法元見鹿清說話胸無城府，也不知道什麼禮節稱呼，純然一片天真，非常可愛。正想同他多談幾句，想打聽曉月禪師在此隱居，是否為覓那斷玉鉤？方要張口，便聽崖後洞中有一個病人的聲音喚道：「清師弟，話說完了，快回來吧，我有事找你呢。」

鹿清聞言，便忙向二人作辭道：「我家師不在洞中，未便讓二位進去。現在我師兄喚我，異日有緣，相見再談。」說罷，便急忙走去。

法元與秦朗見鹿清走後，師徒二人一同離了紫金瀧，計算時日還早，便想起到廬山白鹿洞去尋雷音的師叔八手觀音飛龍師太下山相助，順便打聽雷音、龍化的下落。劍光迅速，不一日便到了廬山白鹿洞前。降下劍光，正待舉步，忽見一陣腥風起處，連忙定睛看時，只見洞內躥出一隻吊睛白額猛虎，望著二人撲來。

法元知是飛龍師太餵的家畜，不肯用劍傷牠，忙望旁邊一閃。剛剛避過，又見眼前一亮，由洞內又飛出一條獨角白鱗大蟒，箭也似一般疾，直向秦朗撲去。

那秦朗哪知其中玄妙，喊一聲：「來得好！」腦後一拍，幾道紅線飛起。法元忙喊：「休要冒失！」已來不及，劍光過去，把那三丈來長的白蟒揮成兩段。那隻黑虎見牠同伴被殺，將前足微伸，後足伏地，一條長尾，把地打得山響，正要作勢前撲。法元見白蟒被秦朗所殺，知道闖下大禍，又聽得洞內有陣陣雷聲，便知不妙。也不及說話，伸手將秦朗一拉，喊一聲：「快逃！」二人劍光起處，飛身破空而去。

法元在路上埋怨秦朗道：「你怎麼這般魯莽？我連聲喊你不可冒失，你怎還把飛龍師太看守洞府的蛇、虎給毀了一個？這位老太婆性如烈火，非常難惹。她對人向來是無分善惡，完全以對方同自己有無感情為主旨。我同她雖然認識，也只是由於雷音的引見，並無深交。請她下山相助，也無把握，只是希望能先打一個招呼。此人本最守信用，但求她不幫助峨嵋派與我們為敵罷了。如今人未請成，反傷了她的靈蟒，她如知道，豈肯甘休？尚喜我們走得快，她如出來看見，豈非又是一場禍事？」

秦朗見師父埋怨，情知做錯，也無可奈何。他雖入道多年，嗜欲未盡，尚不能辟穀。法元雖能數日不饑，一樣不能斷絕煙火。

二人見雷音找不著，無處可請別人，算計日期還早，本想回慈雲寺去。又想起峨嵋劍仙暫時不來寺中尋事，是因為自己不在寺中，表示餘人不堪一擊的緣故。此時回寺，難免獨力難支。他是知道追雲叟的厲害的，便不想早回去。偶然想起每次往返武昌，並未下去沽飲，又在山中數日，未動葷腥，便想下去飲食遊玩，沿路不再御劍飛行，一路沿江而上，觀賞風景。秦朗自然更是贊成。

師徒二人，於是到了漢陽，找了個僻靜所在，按下劍光落地。然後雇了一隻小船，往江中遊玩一番，再渡江上黃鶴樓上去沽飲。上樓之後，只見樓上酒客如雲，非常熱鬧，便找了一個靠窗的座頭坐下。自有酒保上前招呼。

他師徒二人便叫「把上等酒菜只管拿來。」隨即憑窗遙望，見那一片晴川，歷歷遠樹，幾點輕帆，出沒在煙波浩渺中，非常有趣。移時酒保端來酒菜，他二人便自開懷暢飲。不提。

這一樓酒客正在飲食之間，忽見上來這兩個奇形怪狀的一僧一俗，又見他二人這一路大吃大喝，葷酒不忌。荊楚之間，本多異人，巫風最勝。眾人看在眼裡，雖然奇怪，倒也不甚注意。

惟獨眾客中有一富家公子，原籍江西南昌，家有百萬之富。這陶公子單名一個鈞字，表字孟仁，自幼好武。祖上雖是書香門第，他父母因他是個獨子，非常鍾愛，不但不禁止，反倒四處聘請有名的教師陪他習學。

陶鈞練到十六歲，他父母相繼下世。臨終的時節，把陶鈞叫到面前，說道：「你祖父因明亡以後，不肯去屈節胡兒，所以我便不曾出去求功名。我因仰承祖訓，你既不願讀書，也就望你去學習刀棒。不過我忠厚一生，只生你一人。我死之後，為免不為人引誘，墮入下流，所以我在臨死的時節，一切都替你佈置妥當。我現在將我的家財分作十成：一成歸你現在承繼，任你隨意花用，以及學武之資；三成歸老家人陶全掌管，只能代你整頓田業，你如將自己名分一成用完，陶全手中的財產，只準你用利，不准你動本，以免你日後不能營生；還有六成，我已替你交給我的好友滕——」剛說到這裡，便已力竭氣微，兩眼一翻，壽終人世。

陶鈞天性本厚，當他父親病時，就衣不解帶地在旁親侍湯藥。這日含淚恭聽遺囑，傷心已極，正想等聽完之後，安慰老人家幾句。忽見他父親說到臨末六成，只說出一個「滕」字，便嚥氣而死。當時號啕大哭，慟不欲生，也顧不到什麼家產問題。等到他父親喪葬辦完，才把老僕陶全找來，查點財產。果然他父親與他留下的一成，盡是現錢，約有七八萬兩銀子。老僕手裡的田產家財，約值有二十餘萬，皆是不動產。惟有那六成家產，不知去向。

陶全只知道那六成中，除了漢口有三處絲、茶莊，因為隨老主人去過，字號是永發祥外，下餘田業，一向是老主人掌管，未曾交派過，所以全不知道。估量老主人必定另行託付有人，日久不難發現。

陶鈞是膏粱子弟，只要目前有錢，也就不放在心上。居喪不便外出，每日依舊召集許多教師，在家中練習。練到三年服滿，所有家中教師的本領，全都被他學會。每屆比試時，也總是被他打倒，越加得意非常，自以為天下無敵。這一班教師見無可再教，便又薦賢以代。於是又由陶鈞卑辭厚禮，千金重聘，由這些教師代為聘請能手來教他。他為人又非常厚道，見舊日教師求去時，他又堅不放走。對新來的能手，又是敬禮有加。於是那一班教師，舊者樂而不去，新者踴躍而來，無不竭力教授，各出心得，交易而退，皆大歡喜。

陶鈞又天資非常之好，那些教師所認為不傳之祕訣手法，他偏偏一學便會。會了之後，又由新教師轉薦新教師，於是門庭若市，教師雲集。每值清明上墳，左右前後，盡是新舊的教師，如眾星捧月一般地保護，真是無一個大膽的人，敢來欺負這十幾歲的小孩。

小孟嘗名聲傳出去，便有慕名來以武會友的英雄豪傑，不遠千里，特來拜訪。於是眾教師便慌了手腳，認為公子天才，已盡眾人之長，不屑與來人為敵。一方面卑辭厚禮優待來人，以示公子的大方好友；一方面再由教師的頭目百靈鳥賽蘇秦魏說，先同來人接見，說話半日，再行比武。結果大多是先同教師們交手，獲勝之後，再敗在陶鈞手裡，由教師勸公子贈銀十兩以至百兩，作為川資，作遮羞錢，以免異日狹路報仇。有些潔身自好之士，到了陶家，與這位魏教師一比之後，便不願再比，拂袖而去。據賽蘇秦魏說，「來人是自知不敵，知難而退。」

陶鈞聽了，更是心滿意足，高興萬分。可是錢這種東西，找起來很難，用起來卻很快。他那七八萬兩銀子，哪經得起他這樣胡花，不到幾年光景，便用了個一乾二淨。要問陶全拿時，陶全因守著老主人的遺囑，執意不肯鬆手，反用正言規勸道：「老主人辛苦一生，創業艱難，雖然家有百萬之富，那大的一半，已由老主人託交別人保存，臨終時又未將那人名姓說出，將來有無問題，尚不可知。餘下的這四成，不到三年工夫，便被小主人化去七八萬。下餘這些不動產，經老奴掌管，幸喜年年豐收，便頗有盈餘，已由老奴代小主人添置產業，現錢甚少，要用除非變賣產業。一則本鄉本土傳揚出去，怕被人議論，說小主人不是克家之子；二則照小主人如今花法，就是金山也要用完。

「當初勸小主人節省，小主人不聽，那是無法。這在老奴手中的一點過日子以及將來小主人成家立業之費，老奴活一天，決不能讓小主人拿去胡花，使老奴將來無顏見老主人於地下的。再者小主人習武，本是好事，不過據老奴之眼光看來，這一班教師，差不多是江湖無賴，決非正經武術名家。天下豈有教師總被徒弟打倒的，這不是明明擺著他們無能嗎？況且每次來訪友的人，為何總愛先同他接洽之後，才行比試？其中頗有可疑之處。老奴雖是門外漢，總覺小主人就是天生神力，也決不會這點年紀，就練成所向無敵的。

「依老奴之見，小主人就推說錢已用完，無力延師，每人給些川資，打發他們走路。如果真要想由武術成名，再打發多人，四處去打聽那已經成名的英雄，再親自延聘。這些親自送上門的，哪有幾個好貨？至於打發他們走的錢，同異日請好武師的錢，老奴無論如何為難，自要去設法。現時如果還要變賣田產去應酬他們，老奴絕對不能應命。」

陶鈞人極聰明，性又至孝，見陶全這樣說法，不但不惱，仔細尋思，覺得他雖言之太過，也頗有幾分理由。即如自己羨慕飛簷走壁一類的輕身功夫，幾次請這些教師們教，先是設辭推委，後來推不過，才教自己綁了沙袋去跳玩，由淺而深。練了一二年，丈許的房子雖然縱得上去，但是不能像傳聞那樣輕如飛燕，沒點聲響。跳一回，屋瓦便遭殃一回，一碎就是一大片。

起初懷疑教師們不肯以真傳相授。等到叫那些教師們來跳時，有的說功夫拋荒多年；有的說真英雄不想偷人，不練那種功夫；有兩個能跳上去的，比自己也差不多。後來那些教師被逼不過，才薦賢以代。先是替未來的教師吹了一大陣牛，及至見面，也別無出奇之處。只是被眾人掇弄捧哄慣了，也就習成自然。

今天經老人家陶全一提，漸漸有些醒悟。只是生來面嫩，無法下這逐客之令，好生委決不下。只得對陶全道：「你的話倒不錯，先容我考慮幾日再辦。不過今天有兩個教師，是家中有人娶媳婦；還有一個，是要回籍奔喪。我已答應他們，每人送五百兩銀子，還有本月他們的月錢一千多兩銀子，沒有三千銀子，不能過去。我帳房中已無錢可領，你只要讓我這一次的面子不丟，以後依你就是。」

陶全嘆口氣答道：「其實老奴手中的財產，還不是小主人的。只因老主人有鑑及此，又知老奴是孤身一人，誠實可靠，才把這千斤重責，交在老奴身上。這一次小主人初次張口，老奴也不敢不遵。不過乞望小主人念在老主人臨終之言，千萬不要再去浪費，急速打發他們要緊。」說罷，委委屈屈地到別處張羅了三千銀子，交與陶鈞。

陶鈞將錢分與眾人之後，知道後難為繼。又見眾人並無出奇的本領，欲留不能，欲去不好意思。陶全又來催促幾次，自己只是設詞支吾。過了十幾天，好生悶悶不樂。有一天，正同眾教師在談話，忽然下人進來報導：「莊外來了一個窮漢，要見主人。」

陶鈞正要發言，那賽蘇秦搶口說道：「想是一個普通化子，公子見他則甚？待我出去打發他走便了。」說罷，立起身來，就要往外走。陶鈞忙道：「他如果是來求助的，那就叫帳房隨便給一點錢罷了。要是找我比武的，可急速引來見我。」

賽蘇秦一面答應，一面已不迭地趕到外面。只見那人是個中年男子，穿得十分破爛，一臉油泥，腰間繫了一條草繩，正與下人爭論。賽蘇秦便上前喝問道：「你是幹什麼的，竟敢跑到這裡來吵鬧？」

那漢子上下望了賽蘇秦兩眼，微微笑道：「你想必就是這裡的教師頭，曾經勸我徒弟陸地金龍魏青，不要與你的衣食父母陶鈞比武，或者假敗在他手裡，還送他五十兩銀子的麼？可惜他本慕名而來，不願意幫助你們去哄小孩，以致不領你們的情。我可不然，加上這兩天正沒錢用。他是我的徒弟，你們送他五十兩；我是他師父，能耐更大，我要五百兩。如少一兩，你看我把你們衣食父母的蛋黃子都給打出來。」

賽蘇秦起初疑心是窮人告幫，故爾盛氣相向。及至聽說這人是魏青的師父，去年魏青來訪陶鈞，自己同人家交手，才照一面，便被人家一指頭點倒。後來才說出自己同眾人是在此哄小哥，混飯吃，再三哀求他假敗在陶鈞手內，送他五十兩銀子，人家不受，奚落一場而去。這人是他師父，能耐必更大。只是可恨他把自己祕密當眾宣揚出來，不好意思。又怕來人故意用言語相詐，並無真實本領。想了一想，忽然計上心來，便對那人說道：「閣下原來是來比武的，我們有話好說。請到裡面坐下，待我將此比武規矩說明，再行比試如何？」

那漢子答道：「你們這裡規矩我知道：若假裝敗在你們手裡，是三十兩；敗在你們衣食父母手裡，是五十兩。美其名曰川資。對嗎？」

賽蘇秦心中又羞又恨，無可奈何，一面使眼色與眾人，表示要收拾那人；一面假意謙恭，一個勁直往裡讓。那人見他那般窘狀，冷笑兩聲，大踏步往裡便走。賽蘇秦便在前引路，往花園比武所在走去，打算乘他一個冷不防，將他打倒，試試他有無功力。如果不是他的敵手，再請到自己屋中，用好言相商，勸陶鈞送錢了事。主意拿走後，一面留神看那人行走，見他足下輕飄飄的，好似沒有什麼功夫，知是假名詐騙，心中暗喜。

剛剛走到花園甬道，回看後面無人跟隨，便讓那人前行，裝作非常客氣的樣子。等到那人才走到自己的前面，便用盡平生之力，照定那人後心一拳打去。誰想如同打在鐵石上面，痛徹心肺，不禁大驚。知那人功力一定不小，深怕他要發作，連忙跳開數尺遠近。再看那人，好似毫不放在心上一般，行若無事，仍往前走。心知今日事情棘手，萬般無奈，只得隨在那人身後，到了自己屋前，便讓那人先進去。再看自己手時，已紅腫出寸許高下，疼痛難忍。

那人進門之後，便問道：「你打我這一下，五百兩銀子值不值呢？」

賽蘇秦滿面羞愧，答道：「愚下無知，冒犯英雄。請閣下將來意同真姓名說明，好讓我等設法。」

那人道：「我乃成都趙心源，久聞貴教師等大名，今日我要一一領教。如果我敗在你們手裡，萬事皆休；若是你們敗在我手下，你們一個個都得與我滾開，以免誤人子弟。」

賽蘇秦已經吃過苦頭，情知眾人俱都不是對手，只得苦苦哀求道：「我等並無真實本領，也瞞不過閣下。只是我等皆有妻兒老小，全靠陶家薪水養活，乞望英雄高抬貴手，免了比試。如果願在這裡，我們當合力在陶公子面前保薦；如果不願在這裡，你適才說要五百兩銀子，我等當設法如數奉上。」說罷，舉起痛手，連連作揖，苦苦央求。

那人哈哈大笑道：「你們這群東西，太替我們武術家丟人現眼。看見好欺負的，便狐假虎威，以多為勝；再不然乘人不備，暗箭傷人；等到自己不敵，又這樣卑顏哀求。如饒你們，情理難容！快去叫他們來一齊動手，沒有商量餘地。」

賽蘇秦還待哀求，忽聽窗外一聲斷喝道：「氣死我也！」說罷，躥進一人，原來正是陶鈞。

第廿三章　結客揮金

原來陶鈞自聽陶全之言，便留心觀察眾人動靜。今見有人來訪，賽蘇秦又搶先出去。自己若去觀看，定要被這一群教師攔阻，便假說內急，打算從花園內繞道去看個清楚。剛剛走到花園，便見賽蘇秦用冷拳去打那窮漢，心中好生不悅。覺得比武要明鼓明鑼，不能用暗算傷人。及至見那人竟毫不在意，賽蘇秦倒好似有負痛的樣子，心中暗暗驚異。便遠遠在後面跟隨，欲待看個水落石出。

他二人進屋之後，便在窗外偷聽。見了賽蘇秦許多醜態，聽了那人所說種種的話，才知一向是受他們哄騙。便氣得跳進屋內，也不理賽蘇秦，先向那人深施一禮道：「壯士貴姓高名？我陶鈞雖然學過幾年武功，一向受人欺誑，並未得著真傳。壯士如果要同舍間幾位教師比武，讓我得飽眼福，我是極端歡迎的。」

賽蘇秦見陶鈞進來，暗恨一班飯桶為何不把他絆住，讓他看去許多醜態。情知事已敗露，又羞又急，不等那人回答，急忙搶先說道：「我們武術家照例以禮讓為先，不到萬不得已，寧肯自己口頭上吃點虧，不肯輕易動手，以免傷了和氣，結下深仇。這位趙教師乃成都有名英雄，他因慕公子的大名，前來比試。我恐公子功夫尚未純熟，萬一一時失手，有傷以武會友之道。好在公子正要尋覓高人，所以我打算同趙教師商量，請他加入我輩，與公子朝夕研究武藝。公子不要誤會了意。」

趙心源聽罷，哈哈大笑道：「貴教師真可謂舌底生蓮，語妙人前了。我趙心源也不稀罕哄外行，騙飯吃，要入你們的夥，我是高攀不上。要奉陪各教師爺走上兩趟，那倒是不勝榮幸之至。」

陶鈞見賽蘇秦還要設辭哄騙自己，不由滿心大怒，只是不好發作。冷笑了兩聲，說道：「這位趙教師既然執意比試，何必攔阻人家呢？來來來，我替你們倆當作證人，哪個贏了，我就奉送哪個五十兩彩金如何？」

趙心源道：「還是你們公子說話痛快，我趙某非常贊成。」

賽蘇秦見事已鬧僵，自己又不是對手，忽然眉頭一皺，計上心來，便說道：「趙教師與公子既贊成比試，愚下只得奉陪。不過今日天晚，何妨就請趙教師安歇一宵，容我等與公子稍盡地主之誼。明早起來，約齊眾教師，就在莊外草坪中，分個高下如何？」

陶鈞已知趙心源定非常人，正恐他不能久留，樂得藉此盤桓，探探他的口氣，便表示贊成。趙心源也不堅拒。當下陶鈞留趙心源住在他書房之內。又吩咐廚房備酒接風，讓趙心源上座。趙心源也不客氣，問了眾教師名姓之後，道聲：「有僭。」逕自入座。酒到半酣，陶鈞便露出延聘之意。

趙心源聞言大笑道：「無怪乎江湖上都說公子好交，美惡兼收，精粗不擇了。想趙某四海飄零，正苦無有容身之地，公子相留，在下是求之不得。只是趙某還未與眾位教師爺比試，公子也不知道我有無能耐，現在怎好冒昧答應？倘若趙某敗在眾教師手裡，公子留我，也面上無光；萬一僥倖把眾教師打倒，眾位教師爺當然容讓趙某在此，吃碗閒飯。公子盛意，趙某心領，且等明日交手後再說吧。」

陶鈞見趙心源滿面風塵，二目神光炯炯，言詞爽朗，舉動大方，迥非門下教師那般鄙俗光景，不待明日比試，已自心服，在席上竭力周旋他一人，把其餘諸人簡直不放在眼裡。賽蘇秦同這一群飯桶教師見了這般情狀，一個個全都切齒痛恨。席散之後，陶鈞又取了兩身新衣，親自送往書房，與趙心源更換。

趙心源道：「公子這番盛意，也不是趙某不受，且等明日交手之後，再領情吧。」陶鈞道：「我等一見傾心，閣下何必拘此小節？」趙心源尚待推辭，怎奈陶鈞苦勸，也就只好收下。二人談了片時，各自安寢。

那賽蘇秦席散之後，召集眾人，互相埋怨了一陣，又議臨敵之策。其中也有兩個功夫稍好一些的，一名叫黎綽，一名叫黃暖，乃是水路的大盜，也是來訪友比武，被眾人婉勸入夥的。當下便議定明日由黎、黃二人先上頭陣，眾人隨後接應；如見不能取勝，估量敵人縱然厲害，也雙拳難敵四手，就與他來個一擁齊上；如再不勝，末後各人將隨身暗器同時施放出來，他就不死，也要受重傷的。打傷姓趙的之後，陶鈞好說便罷，如若不然，就放起火來，搶他個一乾二淨，各人再另覓投身之所。計議已定，一宿無話。

到了次日，陶鈞陪著趙心源，同眾教師到了莊前草坪，看的人業已擠滿。黃暖自己忍耐不住，手持單刀，跳到場內，指著趙心源叫陣。趙心源也不脫去身上長衣，也不用兵刃，從容不迫地走進場內，先打一躬，說道：「趙某特來領教，還望教師爺手下留情一二。」

黃暖氣憤憤地說道：「你這東西欺人太甚！快亮兵刃出來交手。」

趙心源道：「兵刃麼？可惜我不曾帶將出門；這裡的兵刃，無非是擺樣子的，不合我用。這可怎麼好呢？」

黃暖怒道：「你沒有兵刃，就打算完了嗎？」

趙心源道：「趙某正想眾位教師讓我在此吃兩年閒飯，豈有不比之理？也罷，與你一個便宜，你用兵刃，我空手，陪你們玩玩吧。」

黃暖道：「這是出你自願。既然如此，你接招吧。」言還未了，一刀迎面劈下。

陶鈞見趙心源無有兵器，正要派人送去，他二人已動起手來，心中暗怪黃暖不講理，又怕趙心源空手吃虧。正在凝思，忽聽滿場哈哈大笑。定睛一看，只見趙心源如同走馬燈似的，老是溜在黃暖身後。那黃暖怒發千丈，一把刀橫七豎八，上下亂斫，休說是人，連衣服也傷不了人家一點，引得滿場哈哈大笑。

這其中惱了黎綽，手持一條花槍，躥入場中。陶鈞忙喊：「黎教師且慢！只許單打獨鬥，才算英雄。」

黎、黃二人哪裡肯聽，仍是一擁齊上。陶鈞見黎、黃二人刀槍並舉，疾若飄風，正替趙心源著急。再看那趙心源時，縱高跳遠，好似大人戲弄小孩子一樣，並不把黎、黃二人放在心上。

黎、黃二人鬥了半天，竟不能傷敵人分毫，又羞又氣又著急，便不問青紅皂白，把手中兵器拚命向敵人進攻。先是黎綽照著趙心源前心，使了一個長蛇入洞，抖起碗大的槍花，分心便刺。趙心源不慌不忙，將腳一墊，縱起有丈許高下。落地不遠，黃暖一刀，又照他腳面斫去。看看斫在腳上，趙心源忽地一個怪蟒翻身，將身一側，避過刀鋒。左腳剛一落地，黎綽的槍又到，同時黃暖的刀又當頭斫來。趙心源喊一聲：「來得好！」將身往後一仰，腳後跟頓處，倒退斜穿出去數尺遠近。

那黎綽一槍刺了個空，恰巧黃暖用力太猛，收刀不住，一刀斫在黎綽槍上，斫成兩段。在這快如閃電的當兒，趙心源業已飛身到了面前，舉起兩拳，在黎、黃二人臉上一晃。他二人吃了一驚，慌不迭地，一個拿了把鋼刀，一個舉起半截斷槍，還待迎敵，只覺頭上彷彿有個東西輕輕按了一下。再看敵人，已不知去向。忽見趙心源立在一個土坡上，手裡拿著他二人的帽子，哈哈笑道：「二位教師果然武術高強，請饒了我吧！」

黎、黃二人暗暗驚異：「怎麼一轉瞬間，自己帽子會被人家取去了？」情知萬萬不是此人對手，只是又捨不得離此他去，越加惱羞成怒。稍微想了一想，黎綽又在別人手中取過一件兵刃，二人喊了一聲，又趕殺上去。趙心源見二人這樣不知趣，便說道：「趙某手下留情，爾等仍然不知時務，我就要無禮了。」

那賽蘇秦見勢不佳，便與餘下的十幾個教師使了一個眼色，自己卻溜回莊中而去。那十幾個渾人哪知趙心源的厲害，見軍師發下號令，還想以多取勝，一個個手持兵刃，離了座位，假裝觀望，往場內走去。到底敵人是一雙空手，起初還不好意思加入戰團。

那趙心源見眾人挨近，早知來意，便一面迎敵，一面口中說道：「諸位如果技癢，何不也下來玩耍玩耍呢？」眾人見趙心源叫陣，越加惱怒，大吼了一聲，各持兵刃，一擁齊上。

趙心源起初只敵黎、黃二人，並未拿出真實本領，無非用些輕身功夫，閃轉騰挪，取笑而已。現在見眾人一齊向前，心想：「不給他們點厲害，他們也不知道我趙心源為何許人也。」想罷，順便就把兩個帽子當作兵器，舞了個風雨不透。覷定眾人來到切近，忽地將身往下一蹲，用一個掃地連環腿，往四面一轉，掃將開去，當時打倒了七八個人。黎綽受了同夥兵刃的誤傷，幾乎連肩削了去。知道不好，按照原定計畫，打了一個呼哨，眾人連滾帶爬，忙跟著四散退了下來。

趙心源本不想太甚，既是敵人敗退，也不窮追。恰好身旁倒有兩個受傷的教師，便上前用手相扶。剛剛扶起一人，忽聽金刃劈風的聲音，知道是敵人暗器，忙將頭一偏，躲了過去，原來是一隻飛鏢。再往四外看時，敗退的十幾個教師，手中各持暗器，已在四面將自己包圍。

說時遲，那時快，這四下的鏢、錘、弩、箭，如飛蝗流星一般，向他打來。趙心源見他等這般卑鄙，暗暗好笑，可是自己也不敢大意。你看他躥高縱矮，縮頸低頭，手接腳踢，敏捷非常，活似猿猴一般，休想傷得他分毫。百忙中有時接著敵人暗器，還要回敬一下，無不百發百中。

這時早惱了陶鈞。起初見黎、黃敗退，眾教師以多為勝，已是又氣又恨。及至見眾人不是趙心源敵手，被人赤手空拳打倒好些，心中高興非常。現在見眾人敗退，暗器齊發，不由大怒，便站在高處喝止。

眾人恨極了趙心源，咬牙切齒，哪裡還聽他的話。陶鈞正待上前，忽見陶全上氣不接下氣跑來，說道：「適才公子在此比武，有一個教師偷偷回到莊中，將帳房綑住，開了銀櫃，搶了許多金銀，往西北方逃走了。」

陶鈞心想：「果然這班人俱是歹人，現今他們見能手來了，知道他們站不住腳，便下這樣毒手。」又想自己平日對他們何等厚待，臨走倒搶了自己銀票。情知已追趕不上，索性等比試完了再說。又見眾教師狼狽情形，越加忿恨，便喊道：「趙英雄，你不必手下留情，他們這一夥俱是強盜，適才已分人到我家中打劫去了。」

這時黎綽站得離陶鈞最近，聞聽此話，暗恨賽蘇秦不夠朋友，眾人在此捨死忘生對敵，他倒於中取利。又恨陶鈞不講交情，一心偏向外人，恰好手中暗器用完，便顧不得再打敵人，把心一橫，只一躥便到了陶鈞面前，大聲喝道：「你這個得新忘舊的小畜生！」言還未了，一槍當胸便刺。陶鈞一個冷不防，吃了一驚，剛喊出一聲：「不好！」黎綽已中鏢倒地。

原來趙心源在場上亂接暗器時，地下新躺倒兩個受傷的敵人。一個傷很重，已經動轉不得，雖經趙心源扶起，依舊倒下哼哼裝死。另一個姓毛，外號人稱貓頭鷹，最是奸險不過。他雖然也捱了趙心源一連環腿，卻是受傷不重。因見眾教師暗器齊飛，趙心源應接不暇之際，看出了便宜。恰好他身上帶著有三支鋼鏢，悄悄取在手中。

趙心源正在那裡亂接暗器，忽見地下受傷教師在那裡慢慢移動，便留上了神。貓頭鷹哪知厲害，將鏢挪在右手，向前一舉，一隻鋼鏢直奔趙心源咽喉打去。趙心源早已防備，見鏢來到，也不躲閃，將口一張，用鋼牙緊緊將鏢咬住。恰好手中又接了一支弩箭，覷準貓頭鷹右肩胛上，大中二指捏住箭桿，食指用力微一使勁，打個正著。貓頭鷹第二次鏢還未發出，就中了敵人暗器，疼得滿地打滾。這時黎綽已縱到陶鈞跟前，舉槍便刺。

趙心源遠遠看見，來不及救援，他便把口中的鏢換在左手，又接了黃暖一支鏢，剛要回敬他一下，瞥眼看著陶鈞正在危險之中，也不及說話，雙手鏢衝著黎、黃二人次第發出，黎、黃二人分別中鏢倒地。

趙心源接著施展燕子飛雲縱的功夫，接連三縱，已到了陶鈞面前。再看陶鈞，已奪過黎綽花槍，要往下再刺。趙心源忙喊道：「公子不可造次。」陶鈞停手剛要問時，趙心源忙道：「公子請先回莊，待我先打發他們上路。」說罷，要過陶鈞手中的槍，將黎綽脅下一點，便縱身入場。

這時眾教師中，有乖覺一點的，業已逃跑；有不知時務的，還待上前。趙心源施展輕身功夫，縱到他們跟前，用槍桿一點，無不應聲而倒。不一會工夫，眾教師除逃去的三四個外，其餘的俱都被趙心源點倒在地，不能動轉。趙心源又將眾人像提豬一般，提在一個地方。

這時陶鈞尚未走去，眾人俱都不能動轉，面向著他，露出一種乞憐之色。陶鈞正要發言，趙心源道：「想爾等眾人在此地蒙騙陶公子混碗飯，原無什麼罪惡。只是不該以眾凌寡，暗算傷人。爾等如欲從此洗心革面，趙某也不為已甚；否則便請陶公子送爾等到官廳，辦爾等搶劫之罪。任憑爾等打算吧！」說罷，便走過去，在每人身後拍了一把，眾人緩醒過來，一個個羞容滿面，轉身要走。

陶鈞這時倒動了惻隱之心，忙喝道：「諸位暫且慢走，且容我派人將諸位的行李衣物取來。」說罷，便叫人去叫陶全將眾人的衣物取來，又叫陶全再籌一千兩銀子，作為贈送眾人的川資。眾人見公子如此仁義，俱都喜出望外，跪在地下，向陶鈞叩頭謝別。陶鈞也跪下還禮。眾人當即告辭。那受傷的人，便由不受傷的攙扶，分別上路而去。陶鈞見眾人走後，便請趙心源同往莊中，執意拜他為師。

趙心源道：「公子生有異質，趙某怎配做公子的師父？我不過在此避難。公子如以朋友相待，趙某當盡心相授。」陶鈞還是不依，趙心源只得受了陶鈞四拜，從此朝夕用功，藝業大進。

第廿四章　望門投止

那趙心源原名崇韶，乃是江西世家，祖上在明朝曾為顯宦。趙心源從小隨宦入川，自幼愛武，在青城山中遇見俠僧軼凡，練了一身驚人的本領。他父親在明亡以後，不願再事異族，隱居川東，課子力田。去世之後，心源襲父兄餘產，仗義輕財，到處結納異人名士，藝業也與日俱進。江湖上因他本領超群，又有山水煙霞之癖，贈他一個雅號，叫作煙中神鶚。

他與陸地金龍魏青，乃是同門師兄弟。近年因在四川路上幫助一家鏢客，去奪回了鏢，無意中與西川八魔結下仇怨。因常聽魏青說起陶鈞輕財好友，好武而未遇名師，便想去投奔於他，藉以避禍。好在他的名江湖上並無人知道，八魔只以為四川是他的老家，暫時不會尋訪到江西來。又見陶鈞情意殷殷，便住在他家中，用心指導他內外功門徑。三年光陰，陶鈞果然內外功俱臻上乘。對於心源，自然是百般敬禮。

有一天，陶鈞正同心源在門前眺望，忽然覺得有一個亮晶晶的東西飛來，再看心源，已將那東西接在手中，原來是一支銀鏢。正待發問，忽見遠處飛來一人，到了二人跟前，望著心源笑道：「俺奉魔主之命，尋閣下三年，正愁不得見面，卻不想在此相遇。現在只聽閣下一句話，俺好去回覆我們魔主。」說罷，獰笑兩聲。

心源道：「當初俺無意中傷了八魔主，好生後悔。本要登門負荊，偏偏又被一個好友約到此地，陪陶公子練武。既然閣下奉命而來，趙某難道就不識抬舉？不過趙某還有些私事未了，請閣下上復魔主，就說趙某明年五月端午，準到青螺峪拜訪便了。」

那人聽了道：「久聞閣下為人素有信義，屆時還望不要失約才好。」說罷，也不俟心源還言，兩手合攏，向著心源當胸一揖，即道得一聲：「請！」

心源將丹田之氣往上一提，喊一聲：「好！閣下請吧！」再看那人，無緣無故，好似有什麼東西暗中撞了似的，倒退出去十幾步，面帶愧色，望了他二人幾眼，回身便走，步履如飛，轉眼已不知去向。

陶鈞見心源滿臉通紅，好似吃醉了酒一般，甚覺詫異。剛要問時，心源搖搖頭，回身便走。回到陶家，連忙盤膝坐定，運了一會氣，才說道：「險哪！」陶鈞忙問究竟。

心源道：「公子哪裡知道，適才那人，便是四川八魔手下的健將，名叫神手青鵰徐岳的便是。」說罷，將手中接的那支銀鏢，遞與陶鈞道：「這便是他們的請柬。只因我四年前，在西川路上，見八魔中第八的一個八臂魔主邱舲，劫一位鏢客的鏢，他們得了鏢，還要將護鏢的人殺死。我路見不平，上前解勸，邱紟不服，便同我打將起來。他的人多，我看看不敵，只得敗退。不知什麼所在，放來一把梅花毒針，將他們打敗，才解了鏢客同我之圍。放針的人，始終不曾露面。八魔卻認定了我是他們的仇敵。我聽人說，他非要了我的命不可。我自知不敵，只好避居此地。

「今日在莊外遇見徐岳，若非內功還好，不用說去見八魔，今日已受了重傷。那徐岳練就的五鬼金沙掌的功夫，好不厲害。他剛才想趁我不留神，便下毒手。幸喜我早有防備，用丹田硬功回撞他一下，他就不死，也受了內傷。我既接了八魔請柬，不能不去。如今離明年端午，只有九個多月，我要趁此時機，作一些準備，不能在此停留。公子藝業未成，我也不要做公子的師父，辱沒了公子資質。天下劍仙異人甚多，公子如果有心，還是出門留心，在風塵中去尋訪。只要不驕矜，能下人，存心厚道，便不會失之交臂的。」

陶鈞聽心源要走，萬分不捨，再四挽留不住，又知道關係甚大，只得忍痛讓心源走去。由此便起了出門尋師之念。好在家中有陶全掌管，萬無一失。於是自己也不帶從人，打了一個包袱，多帶銀兩，出門尋覓良師異人。因漢口有先人幾處買賣，心源常說，蜀中多產異人，陶鈞就打算先到漢口，順路入川。

行了月餘，到了漢口。陶家開的幾家商店，以宏善堂藥舖資本最大，聞得東家到來，便聯合各家掌櫃，分頭置酒洗塵。陶鈞志在求師，同這些俗人酬應，甚覺無聊。周旋幾天之後，把各號買賣帳目略看了看，逢人便打聽哪裡有會武術的英雄。那武昌城內趕來湊趣的宏善堂的掌櫃，名叫張興財，知道小東家好武，便請到武昌去盤桓兩日，把當地幾個有名的武師，介紹給陶鈞為友。

陶鈞自從跟心源學習武功之後，大非昔比。見這一班武師並無什麼出奇之處，無非他們經驗頗深，見聞較廣，從他們口中知道了許多武俠軼聞，綠林佳話，心中好生欲慕。怎奈所說的人，大都沒有準住址，無從尋訪。便想再住些日，決意入川，尋訪異人。

眾武師中，有一個姓許名鉞的，使得一手絕好的子母鴛鴦護手鉤，輕身的功夫也甚好，外號展翅金鵬。原是書香後裔，與陶鈞一見如故，訂了金蘭之好。這時已屆隆冬，便打算留陶鈞過年後，一同入川，尋師訪友。陶鈞見有這麼一個知己伴侶，自然更加高興。因厭藥店煩囂，索性搬在許鉞家中同住。

有一天，天氣甚好，漢口氣候溫和，雖在隆冬，並不甚冷，二人便約定買舟往江上遊玩。商量既妥，也不約旁人，雇了一隻江船，攜了行灶酒食。上船之後，見一片晴川，水天如鏡，不覺心神為之一快。二人越玩越高興，索性命船家將船搖到鸚鵡洲邊人跡不到的去處，盡情暢飲。船家把船搖過鸚鵡洲，找了一個停泊所在。陶、許二人又叫把酒食搬上船頭，二人舉酒暢談。

正在得趣之際，忽見上流頭遠遠搖下一隻小船，這隻船看去簡直小得可憐，船上只有一把槳，水行若飛。

陶鈞正要說那船走得真快，還未說完，那船已到了二人停舟所在。

小船上的人是一個瘦小枯乾的老頭，在數九天氣，身上只穿著一件七穿八洞的破單袍，可是漿洗得非常乾淨。那小船連頭帶尾不到七尺，船中頂多能容納兩人。船頭上擺了一把瓦茶壺，一個破茶碗，還有一個裝酒的葫蘆。那老頭將船靠岸，望了陶、許二人兩眼，提了那個葫蘆，便往岸上就走，想是去沽酒去。那小船也不繫岸，只管順水飄泊。

陶鈞覺得稀奇，便向許鉞道：「大哥，你看這老頭，想是貪杯如命，船到了岸，也不用繩繫，也不下錨，便上岸去沽酒。一會這船隨水流去，如何是好呢？」說時那船已逐漸要離岸流往江心。陶鈞忙命船家替他將船攏住。船家領命，便急忙用篙竹竿將那船鉤住。說也可笑，那船上除了幾件裝茶、酒的器具外，不用說錨纜沒有，就連一根繩子也沒有，好似那老頭子根本沒有打算停船似的。船家只得在大船上尋了一根繩子，將那小船繫在自己船上的小木樁上。

許鉞年紀雖只三十左右，閱歷頗深，見陶鈞代那操舟老頭關心，並替他繫繩的種種舉動，只是沉思不語，也不來攔阻於他。及至船家繫好小船之後，便站起身來，將那小船細細看了一遍。忽然向陶鈞說道：「老弟，你看出那老頭有些地方令人可疑麼？」

陶鈞道：「那老頭在這樣寒天只穿一件單衫，雖破舊，卻非常整潔。可是他上岸的時候，步履遲鈍，又不像有武功的樣子。實在令人看不透來歷。他反正不是風塵中異人，便是山林內隱士，決非常人。等他回來，我們何妨請他喝兩杯，談談話，不就可知道了嗎？」

許鉞道：「老弟的眼力果然甚高，只是還不盡然。」陶鈞正要問是何緣故，那老頭已提著一大葫蘆酒，步履蹣跚，從岸上回轉。剛到二人船旁，便大喝道：「你們這群東西，竟敢趁老夫沽酒的時候，偷我的船麼？」

船家見老頭說話無禮，又見他穿的那一身窮相，正要反唇相罵。陶鈞連忙止住，跳上岸去，對那老頭說道：「適才閣下走後，忘了繫船。我見貴船隨水飄去，一轉眼就要流往江心，所以才叫船家代閣下繫住，乃是一番好意，並無偷盜之心。你老休要錯怪。」

那老頭聞言，越發大怒道：「你們這群東西，分明通同作弊。如今真贓實犯俱在，你們還要強詞奪理嗎？我如來晚一步，豈不被你們將我的船帶走？你們莫非欺我年老不成？」

陶鈞見那老頭蠻不講理，正要動火，猛然想起趙心源臨別之言，又見那老頭雖然焦躁，二目神光炯炯，不敢造次，仍然陪著笑臉分辯。那老頭對著陶鈞，越說越有氣，後來簡直破口大罵。

許鉞看那老頭，越覺非平常之人，便飛身上岸，先向那老頭深施一禮道：「你老休要生氣，這事實是敝友多事的不好。要說想偷你的船，那倒無此心。你老人家不嫌棄，剩酒殘餚，請到舟中一敘，容我弟兄二人用酒賠罪，何如？」那老頭聞言，忽然轉怒為喜道：「你早說請我吃酒，不就沒事了嗎？」

陶鈞聞言，暗笑這老頭罵了自己半天，原來是想詐酒吃的，這倒是訛酒的好法子。因見許鉞那般恭敬，知出有因，自己便也不敢怠慢，忍著笑，雙雙揖客登舟。坐定之後，老頭也不同二人寒暄，一路大吃大喝。陶、許二人也無法插言問那老頭的姓名，只得殷勤勸酒敬菜。真是酒到杯乾，爽快不過。

那兩個船家在旁看老頭那份窮喝餓吃，氣忿不過，趁那老頭不留神，把小船上繫的繩子悄悄解開。許鉞明明看見，裝作不知。等到船已順水流出丈許，才故作失驚道：「船家，你們如何不經意，把老先生的船，讓水給沖跑了？」

兩個船家答道：「這裡江流本急，他老人家船上又無繫船的東西，通共一條小繩，如何繫得住？這大船去趕那小船，還是不好追，這可怎麼辦？好在他老人家正怪我們不該替他繫住他的小船，想必他老人家必有法子叫那船回來的。」

那老頭聞船家之言，一手端著酒杯，回頭笑了笑道：「你說的話很對，我是怕人偷，不怕它跑的。」

陶鈞心眼較實，不知許鉞是試驗老頭的能耐，見小船順水飄流，離大船已有七八丈遠，忙叫：「船家快解纜，趕到江心，替老先生把船截回吧。」

船家未及答言，老頭忙道：「且慢，不妨事的，我的船跑不了，我吃喝完，自會去追它的，諸位不必費心了。」

許鉞連忙接口道：「我知道老前輩有登萍渡水的絕技，倒正好藉此瞻仰了。」

陶鈞這才會意，便也不開口，心中甚是懷疑：「這登萍渡水功夫，無非是形容輕身的功夫到了登峰造極的地步，如在水面行走。昔日曾聽見趙心源說過，多少得有點憑藉才行。看那船越流越遠，這茫茫大江，無風三尺浪，任你輕身功夫到了極點，相隔數十丈的江面，如何飛渡？」

仔細看那老頭，除二目神光很足外，看不出一些特別之點。幾次想問他姓名，都被他用言語岔開。又飲了一會，小船隔離更遠，以陶、許二人目力看去，也不過看出在下流頭，像浮桴似地露出些須黑點。

那老頭風捲殘雲，吃了一個杯盡盤空。然後站起身來，酒醉模糊，腳步歪斜，七顛八倒地往船邊便走，陶鈞怕他酒醉失足江中，剛一伸手拉他左手時，好似老頭遞在自己手上一個軟紙團，隨著把手一脫，陶鈞第二把未拉住，那老頭已從船邊跨入江中。

陶鈞嚇了一跳，「不好」兩字還未喊出口，再看那老頭足登水面，並未下沉，回頭向著二人，道一聲「再見！」蹬著水波，望下流頭如飛一般走去。把船上眾人嚇得目定口呆。江楚間神權最盛，兩個船家疑為水仙點化，嚇得跪在船頭上大叩其頭。

許鉞先時見那老頭那般作為，早知他非常人。起初疑他就會登萍渡水的功夫，故意要在人前賣弄。這種輕身功夫，雖能提氣在水面行走，但是頂多不過三四丈的距離，用蜻蜓點水的方式，走時也非常吃力。後見小船去遠，正愁老頭無法下台，誰知他竟涉水登波，如履平地。像這樣拿萬丈洪濤當作康莊大路的，簡直連聽都未聽說過。深恨自己適才許多簡慢，把絕世異人失之交臂。

陶鈞也深恨自己不曾問那老頭姓名。正出神間，忽覺手中捏著一個紙團，才想起是那老頭給的。連忙打開一看，上面寫著「遲汝黃鶴，川行宜速」八個字，筆力遒勁，如同龍蛇飛舞。二人看了一遍，參詳不透。因上面「川行宜速」之言，便想早日入川，以免錯過良機。同許鉞商量，勸他不要顧慮家事，年前動身。許鉞也只得改變原來安排，定十日內將家中一切事務，託可靠的人料理，及時動身。當下囑咐船家，叫他們不要張揚出去。又哄騙說：「適才這位仙人留得有話，他同我們有緣，故爾前來點化。如果洩漏天機，則無福有禍。」又多給了二兩銀子酒錢。船家自是點頭應允。不提。

二人回到許家，第二天許鉞便去料理一切事務。那陶鈞尋師心切，一旦失之交臂，好不後悔。因老頭紙條上有「遲汝黃鶴」之言，臨分手有再見的話，便疑心叫他在黃鶴樓相候。好在還有幾天耽擱，許鉞因事不能分身，也不強約，天天一人跑到黃鶴樓上去飲酒，一直到天黑人散方歸，希望得些奇遇。到第七天上，正在獨坐尋思，忽然看見眾人交頭接耳。回頭一看，見一僧一俗，穿著奇怪，相貌凶惡，在身後一張桌子上飲酒。這二人便是金身羅漢法元和秦朗，相貌長得醜惡異常，二目凶光顯露。陶鈞一見這二人，便知不是等閒人物，便仔細留神看他二人舉動。

那秦朗所坐的地方，正在陶鈞身後，陶鈞回頭時，二人先打了一個照面。那秦朗見陶鈞神采奕奕，氣度不凡，也知他不是平常酒客。便對法元道：「師父，你看那邊桌上的一個年輕秀士，二目神光很足，好似武功很深，師父可看得出是哪一派中的人麼？」

法元聽秦朗之言，便對陶鈞望去，恰好陶鈞正回頭偷看二人，不由又與法元打了一個照面。法元見陶鈞長得丰神挺秀，神儀內瑩，英姿外現，簡直生就仙骨，不由大吃一驚。便悄悄對秦朗說道：「此人若論功行，頂多武術才剛入門；若論劍術，更是差得遠。然而此人根基太厚，生就一副異稟。他既不會劍術，當然還未被峨嵋派收羅了去。事不宜遲，你我將酒飯用完，你先到沙市相候，待我前去引他入門，以免又被峨嵋派收去。」

師徒用了酒飯，秦朗會完飯帳，先自一人往沙市去了。法元等秦朗走後，裝作憑欄觀望江景，一面留神去看陶鈞，簡直越看越愛。

那陶鈞起先見法元和秦朗不斷地用目看他，一會又見他們交頭接耳，小聲祕密私談，鬼鬼祟祟的那一副情形，心中已經懷疑。後來見秦朗走時，又對他盯了兩眼，越發覺得他二人對自己不懷好意。陶鈞雖造詣不深，平時聽趙心源時常議論，功夫高深同會劍術的人種種與常人不同之點，估量這兩個人如對自己存心不善，絕不容易打發。那和尚吃完不走，未必不是監視自己。自己孤身一人，恐難對付；欲待要走，少年氣盛，又覺有些示弱。自想出世日淺，並未得罪過人，或者事出誤會，也未可知。於是也裝作憑欄望江，和看街上往來車馬，裝作不介意的樣子。

正在觀望之間，忽見人叢中有一個矮子，向他招呼。仔細一看，正是他連日朝思暮想、那日在江面上踏波而行的那個老頭，不由心中大喜。正要開口呼喚時，那老頭連忙向他比了又比，忽耳旁吹入一絲極微細的聲音說道：「你左邊坐著的那一個賊和尚，乃是五台派的妖孽，他已看中了你，想收你作徒弟。你如不肯，他就要殺你。我現時不願露面，你如想拜我為師，可用計脫身，我在鸚鵡洲下等你。那和尚要想等你下樓，用強迫手段將你帶走。你不妨欲取故與，先去和他說話，捉弄他一下。」說完，便不聽聲響。再看那老頭時，已走出很遠去了。

說到這裡，閱者或者以為作者故意張大其詞，否則老頭在樓下所說這些話，雖然聲小，既然陶鈞尚能聽見，那法元也是異派劍仙中有數人物，近在咫尺，何以一點聽不見呢，閱者要知道，劍仙的劍，原是運氣內功，臻乎絕頂，才能身劍合一，可剛可柔，可大可小。那老頭說話的一種功夫，名叫百里傳音，完全是練氣功夫。他把先天真氣，練得細如游絲，看準目標，發將出去，直貫對方耳中。聲音雖細，卻是異常清楚。漫說摟上樓下，這十數丈的距離，就是十里百里，也能傳到。劍仙取人首級於百里之外，也是這一種道理。

話說陶鈞聞聽老頭之言，才明白那和尚注意自己的緣故。又聽那老頭答應收他為徒，真是喜出望外。又愁自己被和尚監視，脫身不易。望了望那和尚，好似不曾聽見老頭曾經和自己說過話一般，就此已知他二人程度高下。於是定了定心神，暗想脫身之計。那法元本想等陶鈞下樓時，故意自高身價，賣弄兩手驚人的本領，好讓陶鈞死心塌地前來求教。後來見陶鈞雖然看了他兩眼，也不過和其他酒客一樣，並不十分注意，不由暗暗罵了兩聲蠢才。他和陶鈞對耗了一會，不覺已是申末酉初，酒闌人散。黃鶴樓上只剩他兩個人，各自都假裝眺望江景，正是各有各的打算。

陶鈞這時再也忍耐不住，但因聽那老頭之言，自己如果一走，那和尚便要跟蹤下樓，強迫他同走，匆速間委實想不出脫身之計。正在凝思怎樣走法，偏偏湊趣的酒保因陶鈞連來數日，知是一個好主顧，見他獨坐無聊，便上來獻殷勤道：「大官人酒飯用完半天，此時想必有些饑餓。適才廚房中剛從江裡打來的新鮮魚蝦，還要做一點來嘗嘗新麼？」

陶鈞聞言，頓觸靈機，便笑道：「我因要等一個朋友，來商量一件要事，原說傍晚在此相會，大概也快來啦。既有這樣新鮮東西，你就去與我隨便做兩樣。我此時有點內急，要下樓方便方便。倘如我那位朋友前來，就說我去去就來，千萬叫他不要走開。」說罷，又掏出一錠銀子，叫他存在櫃上，做出先會帳的派頭，向酒保要了一點手紙，下樓便走。

法元正在等得不耐煩，原想就此上前賣弄手段。及聽陶鈞這般說法，心想物以類聚，這人質地如此之高，他的朋友也定不差。便打算索性再忍耐片時，看看來人是誰。估量陶鈞入廁，就要回來，也就不想跟去。又因枯坐無聊，也叫酒保添了兩樣菜，臨江獨酌。等了半日，不見陶鈞回來，好生奇怪，心想道：「此人竟看破了我的行藏麼？」冬日天短，這時已是暝色滿江，昏鴉四集。酒保將燈掌上，又問法元為什麼不用酒菜。

法元便探酒保口氣道：「適才走的那位相公，不像此地口音，想必常到此地吃酒，你可知道他姓甚名誰，家居何處嗎？」

那酒保早就覺著法元相貌凶惡，葷酒不忌，有些異樣，今見他探聽陶鈞，如何肯對他說真話。便答道：「這位相公雖來過兩次，因是過路客人，只知他姓陶，不知他住何處。」

法元見問不出所以然來，好生不快。又想那少年既然說約會朋友商量要事，也許入廁時，在路上相遇，或者不是存心要避自己。便打算在漢口住兩天，好尋覓此人，收為門下，省得被峨嵋派又網羅了去。

法元酒飯用罷，便會帳下樓，去尋客店。剛剛走到江邊，忽見對面來了一個又矮又瘦的老頭，喝得爛醉如泥，一手還拿著一個酒葫蘆，步履歪斜，朝著自己對面撞來。法元的功夫何等純熟，竟會閃躲不開，砰的一聲，撞個滿懷，將法元撞得倒退數尺。那老頭一著急，哇的一聲，將適才所吃的酒，吐了法元一身。明知闖了禍，連一句客氣話也不說，慌忙逃走。

法元幾乎被那老頭撞倒在地，又吐了自己一身的酒，不由心中大怒。本想將劍放出，將那老頭一揮兩段。又想以自己身分，用劍去殺一個老醉鬼，恐傳出去被人恥笑。正要想追上前去，暗下毒手。在月光底下，忽抬頭看見前面街道轉角處，站定一人，正是在那酒樓上所見的少年。便無心與那老頭為難，連忙拔步上前。

怎奈那少年看見法元，好像知道來意，拔腳便走，兩下相隔有十幾丈遠。法元萬料不到陶鈞見他就躲，所以走得並不十分快。及至見陶鈞回身便走，忙急行幾步，上前一看，這巷中有三條小道，也不知那少年跑向哪一條去。站在巷口，不由呆了一陣。猛然想起剛才那個老頭有些面熟，好似在哪裡見過；又想起自己深通劍術，內外功俱臻絕頂，腳步穩如泰山，任憑幾萬斤力量來撞，也不能撞動分毫，怎麼適才會讓一個醉鬼幾乎將自己撞倒？越想越覺那人是個非常人物，特意前來戲弄自己。再往身上一看，一件簇新的僧衣，被那老頭吐得狼藉不堪，又氣又惱。

等了一會，不見酒樓遇見的那少年露面，只得尋了一個客店住下，將衣服用濕布擦了一擦，放在屋內向火處去烘乾。坐在屋內，越想越疑心那少年是那老頭的同黨。便定下主意：如果那少年並不在敵派教下，那就不愁他不上套，無論如何，也要將他收歸門下，以免被敵人利用；如果他已在峨嵋派門下，便趁他功行未深、劍術未成之時，將他殺死，以除後患。

法元打好如意盤算之後，就在店房之中盤膝坐定。等到坐完功課，已是三更時分，估量這件僧衣業已烘乾。正要去取來穿時，不料走到火旁一看，不但僧衣蹤影不見，連自己向秦朗要來的那十幾兩散碎銀子，俱已不知去向，不由大吃一驚。論起來，法元御劍飛行，日行千里，雖未斷絕煙火食，已會服氣辟穀之法，數日不饑。這塵世上的金銀原無什麼用處，只因在酒樓上秦朗會帳時，法元後走，恐怕難免有用錢的地方，特地給他留下十幾兩散碎銀子。也不知哪一個大膽的賊人，竟敢在太歲頭上動土，來開這麼一個玩笑。

法元情知這衣服和錢丟得奇怪。自己劍術精奇，聽覺靈敏，樹葉落地，也能聽出聲響。何況在自己房內，門窗未動，全沒絲毫聲息，會將自己偷個一淨二光，此事決非尋常賊盜所為，就是次一等的劍仙，也不能有此本領。明知有敵人存心和自己過不去，來丟他的醜。沒有衣服和銀子，慢說明天不好意思出門見人，連店錢都無法付。自己是有名的劍仙，絕不能一溜了事，其勢又不能張揚，好生為難。猛想起天氣還早，何不趁此黑夜，上大戶人家去偷些銀兩，明日就暗地叫店家去買一身僧衣，再設法尋查敵人蹤跡。

主意決定之後，也不開門，便身劍合一，從後窗隙穿出，起在空中，挑那房屋高的所在，飛身進去。恰好這家頗有現銀，隨便零整取了有二十兩銀子。又取紙筆，留下一張借條，上寫「路過缺乏盤資，特借銀二十兩，七日內加倍奉還，聲張者死」幾個字。寫完之後，揣了銀子，仍從原路回轉店中，收了劍光坐下。剛喊得一聲：「慚愧！」忽覺腰間似乎有人摸了他一把，情知有異。急忙回頭看時，忽然一樣東西當頭罩下。

法元喊聲：「不好！」已被東西連頭罩住，情知中了敵人暗算。在急迫中，便不問青紅皂白，放起劍光亂砍一陣，一面用手去取那頭上的東西。起初以為不定是什麼法寶，誰想摸去又輕又軟，等到取下看時，業已被自己的劍砍得亂七八糟，原來正是將才被那人偷去的僧衣。

法元這是平生第一次受人像小孩般玩弄，真是又羞又氣又著急，哭笑不得。再一摸適才偷來的二十兩銀子，也不知去向。僧衣雖然送還，業已被劍砍成碎片，不能再穿。如要再偷時，勢又不能。敵人在暗處，自己在明處，估量那人本領，決不在自己以下，倘再不知進退，難免不吃眼前虧，好生為難。猛一回頭，忽見桌上亮晶晶地堆了大大小小十餘個銀錁子，正是適才被人偷去之物。走上前一看，還壓著有一張紙條，上面寫道：「警告警告，玩玩笑笑。羅漢做賊，真不害臊。贓物代還，嚇你一跳。如要不服，報應就到。」底下畫著一個矮小的老頭兒，一手拿著酒杯，一手拿著裝酒的葫蘆，並無署名。

法元看完紙條，再細細看那畫像，好似畫的那老頭，和臨黑時江邊所遇的那老頭兒一樣。越看越熟，猛然想起，原來是他。知道再待下去，絕無便宜，不及等到天明，也顧不得再收徒弟，連夜駕起劍光逃走了。在路上買了一身僧衣，追上秦朗，回轉慈雲寺去了。

第廿五章　三戲法元

說了半天，這個老頭是誰呢？這便是嵩山二老中一老，名叫賽仙朔矮叟朱梅。此人原在青城山得道隱居，百十年前，在嵩山少室尋寶，遇見東海三仙中追雲叟白谷逸。兩人都是劍術高深，道法通神，性情又非常相投。從頭一天見面起，整整在嵩山少室相聚了有十年，於是便把嵩山少室作為二人研究元功之所。各派劍仙因他二人常在嵩山少室相聚，便叫他二人為嵩山二老。

朱梅舉動滑稽，最愛偷偷摸摸和別人開玩笑。既有神出鬼沒之能，又能隱形藏真。有一位劍仙，曾送了他一個外號，叫賽仙朔。他的劍術自成一家，另見一種神妙。生平未收過多的徒弟，只數十年前在青城山金鞭崖下，收了一個徒弟，名叫紀登，便是前者多寶真人金光鼎去約請，被他避而不見的那一個。此人生得又瘦又長，他師父只齊他肚腹跟前。師徒二人走到一起，看去非常好笑。

朱梅還有一個師弟，也是一個有名的劍仙，名喚石道人。法元原是石道人的徒弟，石道人因見他心術不正，不肯將真傳相授，法元才歸入五台派門下。所以法元深知朱梅的厲害，嚇得望影而逃。

那朱梅是怎生來的呢？他原先本同東海三仙之中的追雲叟白谷逸二人每隔三年，無論如何忙法，必到嵩山少室作一次聚會。今年本是他二人相會之期，忽然髯仙李元化專程騎鶴去到嵩山少室，告訴他說追雲叟煩他帶口信，今年少室之約，因事不能前來；同時還敦請他下山幫忙，去破慈雲寺，繼續準備日後與各異派翻臉時的事體等語。朱梅聽了這一番言語，自是義不容辭。先到了四川青城山考察紀登的功課，知較前進步，便勉勵了他幾句。

那金光鼎原先與紀登本是總角之交，後來紀登被朱梅接引，洗手學道，二人雖然邪正不同，倒是常常來往。金光鼎去請紀登下山時，恰好朱梅正在那裡，問起根由，不但不准紀登與金光鼎相見，反申斥了他一頓。紀登無法，只得叫道童回覆金光鼎，說是雲遊在外。

朱梅在觀中待了幾日，靜極思動。心想各派都在網羅賢材，自己平生只收這一個徒弟，雖然肯用功上進，怎奈資質不厚，不能傳自己的衣鉢。便想也去搜羅幾個根基厚的人，來作傳人。於是離了青城山，到處物色。順著蜀江下游尋訪，雖然遇見幾個，都不合他的意。前些日在漢陽江邊，用劍誅了一個水路的小賊。他便把賊人留下的小船，作起浮室泛宅上的生活。他生來好飲（本書中有三個愛吃酒的劍仙，一個是追雲叟，一個是醉道人，一個便是朱梅。）每日坐著小船在江邊沽醉，逍遙了數日。那日見陶鈞，便知是個好資質，一路跟下他來，故意將船泊岸，去試驗於他。

朱梅早算就法元要經過此地，特意叫陶鈞在黃鶴樓相候，存心作弄法元一番。他把陶鈞引下黃鶴樓之後，便同陶鈞晤面，囑咐了幾句言語，約定第七日同往青城山去。這才假裝醉人，吐了法元一身酒。後來見法元進了一家客店，知道他還不死心，便跟蹤下來。到了晚間，飛身進了法元所住的店房，將他衣服、銀兩偷去。原是念在他從前師父石道人的份上，想警戒他知難而退，以免日後身首異處。及至見法元雖然有些畏懼，卻是始終不悟，又去偷盜人家，知道此人無可救藥，仍將盜來的僧衣和銀兩與他送還，留下一張紙條，作一個最後的警告。可嘆法元妄念不息，未能領會朱梅一番好意，所以後來峨嵋鬥劍，死得那樣慘法。

補說陶鈞在黃鶴樓上用了幾句詐語，脫身下樓之後，且喜法元並不在後跟來，於是急忙順著江邊路上走去，赴那老頭之約。剛剛走出三里多地，便看見江邊淺灘上橫著那老頭所乘的小船，知道老頭不曾遠去，心中大喜。等到跑近船邊一看，只是一個空船，老頭並不在船上，心中暗恨自己來遲了一步，把這樣好的機會錯過。正在悔恨之際，忽然覺得身後一隻手伸過來，將他連腰抓在手中，舉起掄了兩掄，忽然喊一聲：「去你的吧！」隨手一拉，將他拉出有三四丈高遠。要換了別人，怕不被那人拉得頭昏眼花，跌個半死。

陶鈞起初疑心是黃鶴樓上遇的那個和尚，便使勁掙扎，偏偏對方力大無窮，一絲也不能動轉。他自隨趙心源學藝三年後，武功確實大有進步。及至那人把他拉了出去，他不慌不忙，兩手一分，使了一個老鷹翔集的架子，輕輕落在地下。向對面一看，站定兩個人：一個正是那夢寐求之的矮老頭；還有一個老尼姑，手持拂塵，慈眉如銀，滿面紅光，二目炯炯有神。不由心中大喜。正要趕上前去答話，忽聽那老頭對那老尼姑說道：「如何？我說此子心神湛定，資質不差麼。」

那老尼姑笑道：「老前輩法眼，哪有看錯的道理？」

這時陶鈞已跪在老頭面前，口尊「師父」。老頭道：「快快起來，拜過雲靈山的白雲大師。」陶鈞連忙上前拜跪。白雲大師半禮相還。陶鈞又請教師父的姓名。

老頭道：「我乃嵩山少室二老之一，矮叟朱梅是也。因見你根基甚厚，恐你誤入迷途，特來將你收歸門下。你要知道，此乃特別的緣法，非同小可。我生平只收你師兄一個徒弟，他僅能將我的道法劍術得去十之二三。你如肯努力精進，前途實在不可限量，完全在你好自為之而已。我同白雲大師，俱都是日內要往成都赴你師伯追雲叟之約。你急速回你寓所，收拾等候，七日內隨我同行。

「我先到青城山金鞭崖你師兄紀登那裡。你的那個朋友，雖然也向道心虔，可惜他的資質不夠做我的徒弟，再說他也無緣，想去也不行。你回去對他言明，叫他暫時不必入川。他過年將家事料理完竣之後，可到宜昌三遊洞去尋俠僧軼凡。他若不肯收留，就說是我叫他去的。同時，叫他對俠僧軼凡說，他的徒弟趙心源，被西川八魔所迫，明年端午到魔宮赴會，人單勢孤，凶多吉少，叫他無論如何，要破例前去助他脫難。

「黃鶴樓上那個和尚，名叫金身羅漢法元，原先是你師叔石道人的弟子，也是一個劍仙，後來叛正歸邪。他必然仍要前來尋你，不要害怕，凡事有我在此。你此時回去，若遇著他，你只回頭便走，底下你就不用管了。到第七天早晨，你一人仍到這邊找我。現時就分手吧。」陶鈞俯首恭聽，等朱梅說完之後，便遵言拜別而去。不提。

白雲大師原是從廬山回轉，路遇朱梅，互相談起慈雲寺的事，才知道她也是接了髯仙李元化代追雲叟的邀請。朱梅很得意地告訴她收了一個好徒弟，因要試試陶鈞的定力同膽量，所以才突如其來地將他拉起空中。及見陶鈞雖然有些驚疑，並不臨事驚慌；尤其是看清楚之後，再行發話。這一種泰山崩於前而色不變的態度，更為難得，所以朱梅很覺滿意。白雲大師因要先回雲靈山去一轉，便告辭先走。朱梅便去點化法元，上文業已說過。

這裡陶鈞剛走到離許家不遠，忽見前面來了凶僧法元，在那裡東張西望，好似尋人的樣子。又見師父朱梅從一條小巷內步履歪斜，直往法元身上撞去。法元身法雖然敏捷非常，可是並未閃開，被朱梅一撞，幾乎跌倒，又吐了他一身，看去情形十分狼狽可笑。正疑心他師父要和法元比劍，打算看個熱鬧。忽然覺得有人在他肩頭上一拍，說道：「你看什麼，忘了我的話嗎？」

他回頭一看，正是自己師父，這一眨眼工夫，不知怎麼會從前面二十多丈遠的地方到了自己身後，正要答話，已不見師父的蹤跡。猛抬頭看見法元好似看見了自己，正往前走來，知道不好，慌不迭地連忙跑進巷內。且喜許家就在跟前，忙將身一縱，便已越牆而入，邁步進了廳堂。只見許鉞正在那裡愁眉不展，問起原因，許鉞只管吞吞吐吐不說實話，只說四川之遊，不能同去，請他即日動身。

陶鈞暗服師父果然先知，便把朱梅之言對他說了一遍。許鉞只是嘆氣，對陶鈞道：「恭喜賢弟！還未跋涉，就遇劍仙收歸門下。愚兄雖承他老人家指引門路，去投俠僧軼凡，但不知我有無這個福氣，得側身劍俠之門呢？」

陶鈞見許鉞神氣非常沮喪，好生不解，再三追問根由，許鉞終是不肯吐露隻字。陶鈞不便再往下追問，只是心中懷疑而已。許鉞也不再料理別事，每日陪著陶鈞，把武漢三鎮的名勝遊了一個遍。到第六天上，備了一桌極豐盛的酒席，也不邀約外人，二人就在家中痛飲。飯後剪燭西窗，越談越捨不得睡。

一宵易過，忽聽雞鳴。陶鈞出看天色，冬日夜長，東方尚是昏沉沉的。陶鈞因與師父初次約會，恐怕失約，便想在東方未明前，就到江邊去等，以表誠敬。許鉞也表贊成，便執意要送陶鈞，並在江邊陪他。陶鈞因師父說過，許鉞與他無緣，唯恐師父不願意相見，便想用婉言謝絕。才說了兩句客氣話，許鉞忽然搶著說道：「賢弟你難道看愚兄命在旦夕，就不肯加以援手嗎？」陶鈞聞言大驚，忙問是何緣故。

許鉞嘆氣道：「你見我面帶愁煩，再三盤問，此時愚兄已陷入危險，因知賢弟的本領雖勝過愚兄，但決不是那人的對手，所以不肯言明。第二日忽然想起令師可以救我，雖然說我與他無緣，但他既肯指引我的門路，可知他老人家尚不十分鄙棄我。恰好我的仇人與我約定，也是今日上午在江邊見面比試。所以我想隨賢弟同去，拜見令師，或者能借令師的威力，解此大難。我這幾日幾次三番想同賢弟說明，只因年輕荒唐之事，不好意思出口。如今事機急迫，愚兄只有半日的活命。現時天已快明，無暇長談，死活全仗賢弟能否引我去拜求令師了。」

陶鈞見許鉞說時那樣鄭重，好友情長，也不暇計師父願意與否，便滿口應允。正待問因何與人結仇，這時見明瓦上已現曙色，許鉞又說到江邊再談，便把打好的包裹和銀兩提在手中，一同出門。

路並不遠，到時天才微明。江邊靜蕩蕩的，一些聲息皆無，只有江中寒潮，不時向堤岸激潑。見小船不在，知道師父未來，二人找了一塊石頭坐下。嚴冬時節，雖然寒冷，且喜連日晴明，南方氣候溫和，又加以二人武功有根底，尚不難耐。坐定以後，許鉞便開始敘說以前結仇經過。

第廿六章　俠女報仇

許鉞道：「我家祖先世代在大明承襲武職，家傳九九八十一手梨花槍，在武漢三鎮一帶頗有盛名。我有一個族弟，名喚許錕，小時一同學藝，非常友愛。家父因見異族亡我國家，非常忿恨，不許在朝中為官。因此我弟兄將武藝學成之後，舍弟便出外經商，我便在家中閉戶力田，同時早晚用功習武。八年前，忽然舍弟跑了回來，左手被人打斷，身上中了人家的暗器。

「問起情由，原來是他經商到長沙，走到一個大鎮場上，看見一個老婆子，帶著兩個女兒，大的不過也就十七八歲上下，在那裡擺把式場子。場上立著一面旗，上寫比武招婿，說話非常狂傲。這一老二小三個女人，在鎮上亮了三天的場，被她們打倒不少當地的有名教師。舍弟年輕，見獵心喜，便下去和那女人交手。先比拳腳，輸給人家。後來要求比兵刃，才一出手，那老婆子便上前攔住，說道：『小女連日比試，身體困乏，兵刃沒眼睛，彼此受了傷都不好。況且適才貴客業已失敗在小女手中，就算這次贏了，也無非扯個平，算不得輸贏。莫如由老身代小女比試，如果老身輸了，立刻照約履行，以免臨時又來爭論。』

「舍弟欺那婆子年邁，她說的話也近情理，雙方同意之後，便動起手來，誰想打了半日，不分勝負，正在難解難分。那老婆子使一對特別的兵刃，名喚麻姑鋤，非常神妙，想是老年氣弱，看看有些支撐不住。舍弟眼看就要取勝之際，忽覺右臂一陣酸痛，手一鬆，一個失著，被那婆子一鋤，將他右手打折。當時敗下陣來，回到寓所一檢查，原來他無心中中了人家一梅花針。要是明刀明槍輸了，自無話說。像這樣暗箭傷人，使舍弟變成殘廢，愚兄自然決難容讓，便連夜同舍弟趕往那個鎮場上。

「恰好走到半路相遇。愚兄那時除了自家獨門梨花槍外，又從先師孟心一那裡學了幾年內功，自然她們母女不是對手。先是那女子同我動手，因見她武藝相貌均好，不忍心要她的命；況且打傷舍弟又不是她。少年輕狂，想同她開開玩笑。又在四五月天氣，穿得很單薄。我便用醉仙猿拳法同她動手，老是在她身旁掏掏摸摸，趁空在她褲腰上用鷹爪力重手法捏了一下，故意賣一個破綻與她。恰好她使了一個鴛鴦連環腿踢將過來，被我接在手中。只一些的工夫，她褲帶早被我用手指捏得已經要斷，她又用力一振，褲子便掉將下來。在眾目之下，赤身露體，妙相畢呈。她羞得要哭出來。

「那婆子一面用衣服與她遮蓋，一面上前朝我說道：『我母女本不是賣武為生，乃是藉此招婿的。小女既輸在你手中，請你就照約履行吧。』我本為報仇而去，況且業已娶妻生子，不但未允，反說了許多俏皮話。那老婆子惱羞成怒，便和我動起手來。這時大家都兵刃拚命相持，還未到半個時辰，我也覺著左臂酸痛，知道她們又發暗器。

「偏偏那婆子倒楣，我中暗器時，她剛好使了一個吳剛伐桂的招數，當頭一鋤打到。我右手單舉著槍，橫著一擋。她第二鋤又到，我忍痛抖著槍使了一個怪蟒翻身，抖起斗大的槍花，只一絞將她兩鋤撥開，她露出整個的前胸，我當時取她性命，易如反掌。只因不願打人命官司，所以槍尖垂下，將她左腳筋挑斷，倒在地下。我才對她們說道：『許某向不欺負婦人女子，誰叫你們暗箭傷人？這是給你們一個教訓，警戒你們的下次！』說完，我便同舍弟回家。

「且喜那梅花針打中得不厲害，僅僅受了一些微傷。後來才知道，那老婆子是南五省的江洋大盜余化虎的老婆，有名的羅剎仙蔡三娘。她兩個女兒，一個叫八手龍女余姑，小的一個便是如今尋我為仇的女空空紅娘子余瑩姑。上兩月，有一個湖南善化好友羅新，特意前來送信，說那余姑因我當眾羞辱於她，又不肯娶她為妻，氣病身亡。蔡三娘受傷之後，已成廢人；又因痛女情殷，竟一病而死。我聽了非常後悔，但也無濟於事。

「誰想她小女瑩姑立志報仇，天天跑到她母親、姊姊墳前去哭。偶然遇見羅浮山女劍仙元元大師，看她可憐，收歸門下。練成劍術之後，便要尋我報仇。羅新從大師同派中的一個朋友那裡得來消息，他叫我加緊防備。恰好賢弟約我入川，訪師學劍，正合我意，原擬隨賢弟同行。

「那日賢弟出門，我正在門外閒立，忽然走過一個女子，向我說道：『這裡就是許教師的家中麼？』我便說：『姓許的不在家，你找他則甚？』她說：『你去對他說，我是來算八年前的舊帳的。我名叫余瑩姑，他如是好漢，第七天正午，我在江邊等他。如果過午不來，那就莫怪我下絕情了。』我聞言，知道她既尋上門來，決不能善罷甘休。我就能逃，也逃不了一家老小，倒不如捨這條命給她。事隔多年，她已不認得我，樂得藉七天空閒，辦理後事。便答道：『你不就是元元大師的高徒紅娘子嗎？當年的事情，也非出於許某他的本心，再說釁也不是他開。不過事情終要有個了斷，他早知你要來，特命我在此等候。他因為有點要事須去料理，七日之約，那是再好不過，你放心，他屆時準到就是。』

「那女子見我知道她的來歷，很覺詫異，臨去時回頭望了我幾眼，又回頭說道：『我真是有眼不識泰山，原來閣下就是許鉞，那真是太好了。我本應當今天就同你交手，可報殺姊之仇。只是我門中規矩，要同人拚死的話，須要容他多活七天，好讓他去請救兵，預備後事。第七天午前，我準在江邊等你，如要失信，那可不怪我意狠心毒。』我明知難免一死，當下不肯輸嘴，很說了幾句漂亮話。那女子也還不信，只笑數聲而去。過後思量，知道危在旦夕，又知道賢弟能力不能夠助我，不願再把好朋友拖累上。先時不肯對你說明，就是這個緣故。」

這時已屆辰初二刻，日光漸漸照滿長江。江上的霧，經紅日一照，幻出一片朝霞，非常好看。二人正說得起勁，忽見上流頭搖下一隻小舟，在水面上駛行若飛。陶鈞忙道：「師父的船來了，我們快去迎接吧。」

許鉞遠遠向來船看了又看道：「來船決不是朱老師，這個船似乎要大一些。」言還未了，來船業已離岸不遠，這才看清船上立著一位紅衣女子，一個穿青的少年尼姑。那紅衣女子手中擎著一個七八十斤的大鐵錨，離岸約有兩三丈遠，手一揚處，便釘在岸上，腳微一點，便同那妙齡女尼飛身上岸，看去身手真是敏捷異常。陶鈞正要稱羨，忽聽許鉞口中「噯」的一聲，還未及說話，那兩個人已經走到二人面前。

那紅衣女子首先發言，對許鉞道：「想不到你居然不肯失信，如約而來。這位想必就是你約的救兵嗎？一人做事一人當，何苦饒上好朋友做什麼？」

陶鈞聞言，便知來人定是許鉞所說的紅娘子余瑩姑了，因惱她出言無狀，正要開口。許鉞忙拉了他一把，便對余瑩姑說道：「姑娘休得出言無狀。許某堂堂男子，自家事，自家了，豈肯連累朋友？這位小孟嘗陶鈞，乃是我的好友。他因有事入川，在此等候他的令師。我一則送他榮行，二則來此踐約。你見我兩人在此，便疑心是約的幫手，那你也和這位比丘同來，莫不成也是懼怕許某，尋人助拳麼？」

余瑩姑聞言，大怒道：「我與你不共戴天之仇，如今死在臨頭，還要巧語傷人。今日特地來會會你的獨門梨花槍，你何不也在你家姑娘跟前施展施展？」說罷，腰中寶劍出匣，靜等許鉞亮兵刃。

許鉞聞言，哈哈笑道：「想當初我同你母親、姊姊動手，原是你們不該用暗器傷我兄弟，我才出頭打抱不平。那時手下留情，並不肯傷她二人性命。你姊姊丟醜，你母親受傷，只怨她們學藝不精，怪得誰來？今日你為母報仇，其志可嘉。久聞你在羅浮練成劍術，許某自信武藝尚不在人下，若論劍術，完全不知。你如施展劍術，許某情願引頸受戮，那也無須乎動手。若憑一刀一槍，許某情願奉陪三合。」說罷，兩手往胸前一搭，神色自如。

那穿青女尼自上岸來，便朝陶鈞望了個目不轉睛。這時見二人快要動手，連忙插嘴道：「二位不必如此。我也同貴友一樣，是來送行的。二位既有前嫌，今日自然少不得分一個高下。這事起因，我已盡知。依我之見，你們兩家只管比試，我同貴友作一個公證人，誰也不許加入幫忙如何？」

許鉞正恐朱梅不來，陶鈞跟著吃苦，聞言大喜，連忙搶著說道：「如此比試，我贊成已極。還未請教法號怎麼稱呼？」

那女尼道：「我乃神尼優曇的門下弟子，叫素因便是。瑩姑是同門師妹。她奉師叔之命，到我漢陽白龍庵借住，我才知道你們兩家之事。我久聞許教師乃是武漢的正人俠士，本想為你們兩家解紛，但是這事當初許教師也有許多不對之處，所以我也就愛莫能助了。不過聽許教師之言，對劍術卻未深造。我們劍仙中人，遇見不會劍術的人，放劍去殺他，其原因僅為私仇，而那人又非奸惡的盜賊，不但有違本門中規矩，也不大光明，我師妹她是決不肯的。教師只管放心，亮兵刃吧。」

許鉞聞言，感覺如釋重負，不由膽氣便壯了三分。他的槍原是蛟筋擰成，能柔能剛，可以束在腰上。一聲：「多謝了！」便取將出來，一脫手，筆桿一般直，拿在手中，靜等敵人下手。

余瑩姑原有口吃毛病，偏偏許鉞、素因回答，俱都是四川、湖北一帶口音，說得非常之快，簡直無從插口，只有暗中生氣。及至聽素因說出比兵刃，不比劍的話，似乎語氣之間，有些偏向敵人，好生不解。自己本認為這是不共戴天之仇，原打算先把敵人嘲弄個夠，再放飛劍出去報仇。如今被素因說了多少冠冕堂皇的話，又的確是本門中的規矩，無法駁回。越想越有氣，早知如此，不請她同來反倒省事。若不是臨行時師父囑咐「見了素因師姊如同見我，凡事服從她命令」的話，恨不得頂撞她幾句，偏用飛劍殺與她看。

正在煩悶之間，又見許鉞亮出兵刃，立等動手，不由怒發千丈道：「大膽匹夫！你家姑娘不用飛劍，也能殺你報仇，快些拿命來吧。」言罷，道一聲：「請！」腳點處，縱出丈許遠近，左手掐著劍法，右手舉劍橫肩，亮出越女劍法第一招青鸞展翅的架勢，靜待敵人進招。那一種氣靜神閒、沉著英勇的氣概，再加上她那絕代的容華，不特許、陶二人見了心折，就連素因是神尼優曇得意弟子，箇中老手，也暗暗稱許她入門不久，功行這樣精進。

這時許鉞在這生死關頭，自然是不敢大意，將手中長槍緊一緊，上前一縱，道一聲：「有僭！」抖起三四尺方圓的槍花，當胸點到。瑩姑喊一聲：「來得好！」急忙舉劍相迎。誰知許鉞槍法神化，這一槍乃是虛招。等到瑩姑舉劍來撩時，他見敵人寶劍寒光耀目，削在槍上，定成兩段。瑩姑的劍還未撩上，他將槍一縮，槍桿便轉在左手，順勢一槍桿，照著瑩姑腳面掃去。瑩姑不及用劍來擋，便將兩腳向上一縱，滿想縱得過去，順勢當頭與許鉞一劍。誰想許鉞這一槍桿也是虛招，早已料到她這一著。

瑩姑剛剛縱過，許鉞槍柄又到手中，就勢一個長蛇入洞，對準瑩姑腹部刺到，手法神妙，迅速異常。許家梨花槍本來變化無窮，許鉞從小熬煉二十餘年，未有一日間斷。又從名師練習內功，升堂入奧，非同小可。瑩姑所學越女劍，本非等閒，只因一念輕敵，若非許鉞手下留情，就不死也帶了重傷了。

許鉞這幾年來閱歷增進，處處虛心，極力避免結仇樹敵。深知瑩姑乃劍仙愛徒，此次但求無過，於願已足，故此不敢輕下毒手。槍到瑩姑腹前，瑩姑不及避讓，「呀」的一聲未喊出口，許鉞已將槍掣回。

瑩姑忙將身體縱出去丈許遠近，再看身上衣服，已被許鉞槍尖刺破。又羞又惱，劍一指，縱將過來，一個黃河刺蛟的招數，當胸刺到。許鉞見她毫不承情，便知此人無可商量，便想些微給她一點厲害。知道劍鋒厲害，不敢用槍去迎，身子往右一偏，避開瑩姑寶劍，朝著敵人前側面縱將過去。腳才站定，連手中槍，一個金龍回首，朝瑩姑左脅刺到。

這回瑩姑不似先前大意，見許鉞身子輕捷如猿，自己一劍刺空，他反向自己身後縱將過來，早已留心。等到許鉞一槍刺到，剛剛轉過身來，使用劍照槍桿底下撩將上去。許鉞知道不好，已無法再避。自己這一條槍，費盡無數心血製造，平時愛若性命，豈肯廢於一旦？

在這危機一髮之間，忽然急中生智，不但不往回拖槍，反將槍朝上面空中拋去。接著將腳一墊，一個黃鶴沖霄燕子飛雲勢，隨著槍縱將出去。那槍頭映著日光，亮晶晶的，剛從空中向蓑草地上斜插下來，許鉞業已縱到，接在手中。忽然腦後微有聲息，知道不好，不敢回頭，急忙將頭一低，往前一縱，刷的一聲，劍鋒業已將右肩頭的衣服刺了一個洞。如非避得快，整個右肩臂，豈不被敵人刺了一個對穿？

原來瑩姑劍一直朝許鉞槍上撩去，沒想到許鉞會脫手丟槍。及至許鉞將槍扔起，穿雲拿月去接回空中槍時，瑩姑怎肯輕饒，一個危崖刺果的招數，未曾刺上。知道許鉞使這種絕無僅有的奇招，正是絕好機會，毫不怠慢，也將腳一蹬，跟著縱起。二人相差原隔丈許遠近，只因許鉞縱去接槍，稍微慢了一慢，恰好被瑩姑追上，對準後心，一劍刺到。寶劍若果迎著順風平刺出去，並無有金刃劈風的聲音，最難警覺。還算許鉞功夫純熟，步步留心，微聞聲息，便知敵人趕到身後，只得將身往左一伏，低頭躲去，肩頭衣服刺了一下。也顧不得受傷與否，知已避過敵人劍鋒，忽地怪蟒翻身，槍花一抖，敗中取勝，許家獨門拿手回頭槍，當胸刺到。

瑩姑見自己一劍又刺了個空，正在心中可惜，不料敵人回敬這樣快法。這時不似先前大意，將身一仰，槍頭恰好從瑩姑腹上擦過。瑩姑順手掣回劍，往上一撩，但聽叮噹一聲，瑩姑也不知什麼響聲，在危險之中，腳跟一墊，平斜著倒退出去兩三丈遠。剛剛立起，許鉞的槍也縱到面前。原來許鉞始終不想傷瑩姑性命，回身一槍猛刺，正在後悔自己不該用這一手絕招。忽見瑩姑仰面朝天，避開自己槍尖，暗暗佩服她的膽智，便想就勢將槍桿向下一插，跌她一跤。

誰知瑩姑在危險忙迫之中，仍未忘記用劍削敵人的兵刃。起初一劍刺空，敵人又槍法太快，無法避讓。及至仰面下去，避開槍頭，自己就勢撤回，一面往後仰著斜縱，一面用劍往上撩去。

許鉞也未想到她這樣快法，急忙掣回手中槍，已是不及，半截槍頭，已被敵人削斷，掉在地下，痛惜非常。心一狠，便乘瑩姑未曾站穩之際，縱近身旁，一槍刺去。

瑩姑更不怠慢，急架相還。

二人這番惡鬥，驚險非常，把觀戰的素因和陶鈞二人都替他們捏一把汗。

陶鈞起初怕許鉞不是來人敵手，非常焦急。及見許鉞一支槍使得出神入化，方信名下無虛，這才稍放寬心。他見這兩個人，一個是絕代容華的劍仙，一個是風神挺秀的俠士，雖說許鉞是自己好友，可是同時也不願敵人被許鉞刺死，無論內中哪一個在戰場上躲過危機，都替他們額手稱慶。深知二虎相爭，早晚必有一傷，暗中禱告師父快來解圍，以免發生慘事。誠於中，形於外，口中便不住地咕嚕。

那素因起初一見陶鈞，神經上頓時受了一番感動，便不住地對他凝望。及至陶鈞被她看得回過臉去，方才覺察出，自己雖是劍仙，到底是個女子，這樣看人，容易惹人誤會。及至許、余二人動起手來，便注意到戰場上去。有時仍要望陶鈞兩眼，越看越覺熟識。二人同立江邊，相隔不遠。

素因先前一見陶、許二人，便知這兩人根基甚厚，早晚遇著機會，要歸本門。因無法勸解瑩姑，這才故意來作公證人，原是不願傷許鉞的性命。忽見陶鈞嘴唇亂動，疑心他是會什麼旁門法術，要幫許鉞的忙，便留神細聽。如果他二人已入異派，用妖法暗算瑩姑，此人品行可知，那就無妨用飛劍將二人一齊斬首。及至看陶鈞口中咕嚕，臉上神色非常焦急，又有些不像，便慢慢往前挨近。

陶鈞專心致志在那裡觀戰，口中仍是不住地喚著：「師父，你老人家快來」。素因耳聽，何等靈敏，業已聽出陶鈞口中念的是：「大慈大悲的矮叟朱梅朱師父，你老人家快來替他二人解圍吧！」

素因聞言，大大驚異：「這矮叟不是嵩山少室二老之一朱梅朱師伯麼？他老人家已多少年不收徒弟了，如今破例來收此人，他的根基之厚可知。」不由又望了陶鈞一眼，猛看見陶鈞耳輪後一粒朱沙紅痣，不由大吃一驚，脫口便喊了一聲：「龍官！」

陶鈞正在口目並用的當兒，忽聽有人喊他的乳名，精神緊張之際，還疑心是家中尊長尋來，便也脫口應了一聲道：「龍官在此！」便聽有人答言道：「果然是你？想不到在此相遇。」

陶鈞聞言詫異，猛回頭，見那叫素因的妙年女尼，站近自己身旁，笑容可掬。不知她如何知道自己乳名？正要發問，忽聽素因口中說一聲：「不好！」

第廿七章　為寶傾生

話說陶鈞正奇怪素因女尼喚他的乳名，忽見戰場上有一個如匹練般的白光飛往戰場，陶鈞疑心她用飛劍去殺許鉞，嚇了一跳。回頭往戰場上看時，這兩個拚命相鬥的男女二人，已經有人解圍了。解圍的人，正是盼穿秋水的師父矮叟朱梅。不由心中大喜，趕將過去，同許鉞跪倒在地。

素因原疑瑩姑情急放劍，知道危險異常，便飛劍去攔。及見一個老頭忽然現身出來，將瑩姑的劍捉在手中，不禁大吃一驚。定睛一看，認出是前輩劍仙矮叟朱梅。自己還在十五年前，同師父往峨嵋摩天崖去訪一真大師，在半山之上見過一面，才知道他是鼎鼎大名嵩山二老之一。因是入道時遇見的頭一位劍仙，他又生得好些異樣，故而腦海中印象很深。當下不敢怠慢，急忙過來拜見。

起初瑩姑同許鉞殺了兩三個時辰，難分高下。瑩姑到底閱歷淺，沉不住氣，幾次幾乎中了許鉞的暗算，不但不領許鉞手下留情，反而惱羞成怒。素因注意陶鈞那一會工夫，許鉞因為同瑩姑戰了一個早晨，自己又不願意傷她，她又不知進退，這樣下去，如何是個了局？便想索性給她一個厲害。一面抖擻精神，努力應戰；一面暗想誘敵之計。瑩姑也因為戰久不能取勝，心中焦躁。心想：「這廝太狡猾，不給他個便宜，決不會來上當的。」她萬沒料到許家梨花槍下，決不能去取巧賣乖，一個假作聰明，便要上當。

這時恰好許鉞一槍迎面點到，瑩姑知道許鉞又用虛中套實的招數來誘敵，暗罵：「賊徒！今番你要難逃公道了。」她算計許鉞必定又是二仙傳道，將槍交於左手，仍照上次暗算自己。便賣個破綻，故意裝作用劍撩的神氣，把前胸露出，準備許鉞槍頭刺過，飛身取他上三路。誰知許鉞功夫純熟已極，他的槍法，所謂四兩撥千斤，不到分寸，決不虛撤。

他見瑩姑來勢較遲，向後一退，陡地向前探劍，猛一運力，桿槍微偏，照準劍脊上一按，使勁一絞，但聽叮叮噹噹之聲。瑩姑撤劍進劍都來不及，經不起許鉞神力這一絞，虎口震開，寶劍脫手，掉在地上。同時許鉞的槍也挨著一些劍鋒，削成兩段，只剩手中半截槍柄。

許鉞更不怠慢，持著四五尺長的半截槍柄，一個龍歸大海，電也似疾地朝著瑩姑小腹上點到。瑩姑又羞又急，無法抵禦，只得向後一縱，躲過這一招時，許鉞已將瑩姑的劍拾在手中，並不向前追趕，笑盈盈捧劍而立。瑩姑見寶劍被人拾去，滿心火發，不暇顧及前言，且自報仇要緊，便將師父當年煉來防魔的青霓劍從懷中取出。

許鉞見瑩姑粉面生嗔，忽從腰間取出一個尺多長的劍匣來，便知不妙，未及開言，那瑩姑已將寶劍出匣，一道青光，迎面擲來。情知來得厲害，不及逃避，只得長嘆一聲，閉目等死。

正在無可奈何之際，忽聽「哈哈」一聲，好一會不見動靜。再睜眼時，只看見那日江邊所遇的矮叟朱梅，站在自己面前，一道白光匹練般正向那個少年女尼飛回。敵人所放的劍光已被朱梅捉在手中，如小蛇般屈伸不定，青森森地發出一片寒光。這時素因與陶鈞都先後來到朱梅面前拜見。許鉞才猛然想起，不是朱梅趕來，早已性命難保，自己為何還站在一旁發呆？便連忙向朱梅跪下，叩謝解圍之德。

朱梅見眾人都朝他跪拜，好生不悅，連忙喊道：「你們快些都給我起來！再要來這些虛偽禮節，我就要發脾氣了。」

素因常聽師父說他性情古怪，急忙依言起立。那許鉞、陶鈞，一個是救命恩深，一個是歡喜忘形，只顧行禮，朱梅說的什麼，都未曾聽見。惹得朱梅發了脾氣，走過來，順手先打了陶鈞一個嘴巴。把陶鈞打了一個頭昏眼花，錯會了意，以為是師父一定怪他不該引見許鉞，一著急，越發叩頭求恕。

許鉞見陶鈞無故挨打，他也替他跪求不止。誰想頭越叩得勤，朱梅的氣越生得大，又上前踢了陶鈞兩腳。然後回轉身，朝著許鉞跪下道：「我老頭子不該跑來救你，又不該受你一跪。因不曾還你，所以你老不起來。你不是我業障徒弟，我不能打你，我也還你幾個頭如何？」這一來，陶、許二人越發膽戰心驚，莫名其妙，跪在地下，不知如何是好。朱梅跪在地下，氣不過，又把腳在身背後去踢陶鈞。陶鈞見師父要責打自己，不但不敢避開，反倒迎上前去受打，與師父消氣。只消幾下，卻踢了一個鼻青眼腫。

素因早知究竟，深知朱梅脾氣，不敢在旁點明。後來見陶鈞業已被朱梅連打帶踢，受了好幾處傷，門牙都幾乎踢掉，順嘴流血，實在看不過去，便上前一把先將陶鈞扶起道：「你枉自做了朱梅師伯徒弟，你怎麼會不知道他老人家的脾氣，最不喜歡人朝著他老人家跪拜麼？」

這時陶鈞已被朱梅踢得不成樣子，心中又急又怕，素因說的話，也未及聽明，還待上前跪倒。許鉞卻已稍微聽出來朱梅口中之言，再聽素因那般說法，恍然大悟，這才趕忙說道：「弟子知罪，老前輩請起。」同時趕緊過來，把陶鈞攔住，又將素因之言說了一遍。陶鈞這才明白，無妄之災，是由於多禮而來。便不敢再輕舉妄動，垂手侍立於旁。

朱梅站起身來，撲了撲身上的土，朝著素因哈哈大笑道：「你只顧當偏心居中證人，又怕親戚挨打，在旁多事。可惜元元大師枉自把心愛的門徒交付你，託你照應，你卻逼她去投長江，做水鬼，你好意思嗎？」

素因聞言，更不慌忙，朝著朱梅說道：「弟子怎敢存偏心？元元師叔早知今日因果，她叫瑩姑來投弟子，原是想要磨練她的火氣，使成全材。否則瑩姑身劍不能合一，功行尚淺，在這異派橫行之時，豈能容她下山惹事？師伯不來，弟子當然奉了元元師叔之命，責無旁貸。師伯既在此地，弟子縱一知半解，怎敢尊長門前賣弄呢！」

陶、許二人這時才發覺面前少了一個人，那立志報仇的余瑩姑，竟在眾人行禮忙亂之際，脫身遠行，不知去向。朱梅既說她去投江，想必是女子心窄，見二劍全失，無顏回山去見師父，故爾去尋短見。許鉞尤覺瑩姑死得可惜，不由「噯」了一聲。朱梅只向他望了一眼。及至素因說了一番話以後，陶、許二人以為朱梅脾氣古怪，必定聽了生氣。

誰想朱梅聽罷，反而哈哈大笑道：「強將手下無弱兵，你真和你的師父那老尼姑的聲口一樣。這孩子的氣性，也真太暴，無怪乎她師父不肯把真傳給她。」說罷，便往江邊下流走去。眾人便在後面跟隨。走約半里多路，朱梅便叫眾人止步。朝前看時，瑩姑果在前面江邊淺灘上，作出要投身入江的架勢。眾人眼看她往江心縱了若干次，身子一經縱起，彷彿有個什麼東西攔住，將她碰了回來，結果仍舊落在淺灘上，並不曾入水。瑩姑的神氣，露出十分著急的樣子。陶、許二人好生不解。

卻見朱梅忽然兩手合著嘴，朝著江對面輕輕說了幾句。陶鈞見師父這般動作，便知又和那日黃鶴樓下一樣，定是又要朝著江心中人說話。再往前看時，只見寒濤滾滾，江中一隻船兒也無，好生詫異。再往江對岸看時，費盡目力，才隱隱約約地看出對岸山腳下有一葉小舟，在那裡停泊，也看不出舟中有人無人。朱梅似這樣千里傳音，朝對岸說了幾句，扭回頭又囑咐素因幾句話。

素因便向許鉞說道：「解鈴須要繫鈴人。許教師肯隨我去救我師妹麼？」許鉞早就有心如此，因無朱梅吩咐，不敢造次。見素因相邀，知是得了朱梅同意，自然贊同，便隨素因往淺灘上走去。兩下相隔只有二三丈，素因便大喊道：「師妹休尋短見，愚姊來也！」

這時瑩姑還在跳哩，忽聽素因呼喚，急忙回頭一看，見素因同自己的仇人許鉞一同走來，越加羞愧難當，恨不得就死。便咬定牙關，兩足一蹬，使盡平生之力，飛起兩丈多高，一個魚鷹入水的架勢，往江心便跳。這一番使得力猛，並無遮攔，撲冬一聲，濺起丈高的水花，將江下寒濤激起了一個大圓圈。瑩姑落在江中，忽又冒將上來，只見她兩手望空亂抓了兩下，便自隨浪飄流而去。

許鉞起初見瑩姑投江，好似有東西遮攔，心知是朱梅的法術。素因叫他同來救人，疑心是示意他與瑩姑賠禮消氣。及至見瑩姑墜入江流，不知怎麼會那樣情急，平時水性頗好，當下也不及與素因說話，便奮不顧身地往江心跳去。數九天氣，雖然寒冷，且喜水落灘淺，浪力不大。許鉞在水中追了幾十丈遠，才一把抓著瑩姑的頭髮，一伸右手，提著瑩姑領口，倒踹著水，背游到江邊。將瑩姑抱上岸來，業已凍得渾身打戰，寒冷難禁。再看瑩姑，臉上全青，業已淹死過去。

許鉞也不顧寒冷，請素因將瑩姑兩腿盤起，自己兩手往脅下一插，將她的頭倒轉，吐出許多清水。摸她胸前，一絲熱氣俱無，知是受凍所致。正在無法解救，焦急萬狀，朱梅業已同了陶鈞走將過來。只見朱梅好像沒事人一般，用手往江面連招。不一會，便見對岸搖來一隻小船，正是當初朱梅所乘之舟。船頭上站定一個老尼姑，身材高大，滿臉通紅，離岸不遠，便跳將上來。素因連忙上前拜見，口稱：「師叔，弟子有負重託，望求師叔責罰。」

那老尼道：「此事係她自取，怎能怪你？我無非想叫許檀樾施恩於她，解去冤孽罷了。」朱梅道：「夠了夠了，快將她救轉再說吧。天寒水冷，工夫長了，要受傷的。」

那老尼聞言，便回身從腰間取出兩粒丹藥，叫素因到小船上取來半盞溫熱水，撥開瑩姑牙關，灌了一陣，哇的一聲，又吐出了升許江水，緩醒過來。覺著身體被人夾持，回頭一看，正是自己仇人許鉞，一手插在自己脅下，環抱著半邊身體；一手在自己背上輕輕拍打。不由又羞又急，又惱又恨，也沒有看清身旁還有何人，喝道：「大膽狂徒！竟敢在危急中戲弄於我！」言還未了，回手一拳。許鉞不及提防，被她打個正著，登時臉上紫腫起來，順嘴流血。

瑩姑沒好氣地往前一縱，忽覺身子有些輕飄飄的，站立不穩。原來她從早上起來，忙著過江找許鉞報仇，一些食物未吃，便同勁敵戰了一早晨，又加上灌了一肚子江水，元氣大虧。縱時因用力太猛，險些不曾栽倒，身子晃了兩晃，才得站穩。正要朝許鉞大罵，猛聽有人喝道：「大膽業障！你看哪個在此？」

瑩姑定神一看，正是自己師父，羅浮山香雪洞元元大師，旁邊立著素因同一個老頭兒，便是將才收去自己寶劍的人，還有適才相遇的那姓陶的少年。不由又驚又怕，急忙過來，跪在地下，叩頭請罪。

原來瑩姑性如烈火，當初在羅浮山學藝時，元元大師說她躁性未退，只教她輕身功夫和一套越女劍法，不肯教她飛劍。瑩姑志在報仇，苦苦哀求，又託許多同門師叔兄輩說情，大師仍然不肯。羅浮山原是人間福地，遍山皆是梅花，景色幽奇。每到十月底邊，梅花盛開，一直開到第二年春天，才相繼謝落。瑩姑無事時，便奉大師之命，深入山谷採藥。

有一年春天，忽然被她在後山中發現一個山洞，進口處很窄小，越走越深，越走越覺往上盡是螺絲形的小道，漸漸看見前面露出亮光，鼻端時時聞見梅花香味。瑩姑天性好奇，仗著自己手中寶劍鋒利，不怕毒蛇猛獸侵襲，便直往洞內走去。轉過一個鐘乳下垂的甬道，忽然前面現出一塊平坦的草原，上面有成千株大可合抱的千年老梅，開得正盛。

忽見前面又有一片峭壁，寫著「香雪海」三個摩崖大字，下面有一個洞口。心想：「師父住的那洞，因為萬梅環繞，洞中有四時不謝之花，所以叫做香雪洞。這裡又有這個香雪海，想必也是因為梅花多的緣故。這洞中景致，不知比那香雪洞如何？今日被我發現，倒要進去看看。如果比香雪洞還好，回去告訴師父，便搬在這裡來住，豈不更妙？」一面想，一面便往洞中走去。

適才的洞，步步往上。這個洞，卻是步步往下。走了十幾步，見裡面有一座石屏。轉過石屏，隱約之間，看見前面有東西放光。走近前一看，什麼都沒有。那光從一塊石板底下發出，她便用手中劍把石板掘開，底下便現出一把一尺三寸長的小寶劍。估量是個寶物，取在手中，仍將石板蓋好。因洞中光線太暗，正要縱身到外看時，忽聽有腳步之聲，從外進來。疑心是洞中主人前來，不及逃出，便隱藏在屏風旁邊，看看來人是誰。

暗處看明處，格外清楚。只見來人是兩個女子：前面走的一個，只穿了一條褲子，上身衣服全用樹葉作成，身材婀娜，眉目間稍含蕩意；後面走的一個，穿著一身藍布衣服，臉容非常美麗，頸上拖了一串鎖鏈。二人走到屏風前面，便立定不走，爭論起來。

穿樹葉的女子說道：「這三十六年的長歲月，如何熬得過去？我在寨主那裡，享不盡的無窮富貴。你師父所說不用她自己動手，便會有人用飛劍斬你，這句話，不過嚇嚇你罷了。如果不是你要回來取東西時，我們怕不走去有幾百里路麼？你怎麼又要害怕呢？」

藍衣女子說道：「不是我害怕。我師父的厲害，我是深知的。適才蒙你相救，將我放出此洞。本不想回來取我這些寶物的，只因我當初辛苦得來，頗非容易，就連在洞中受這十幾年的活罪，也為這些東西而起。但是師父當日埋藏那些寶物時，曾說這些東西傳入人間，匹夫無罪，懷璧其罪，不知又要發生多少慘事，又不願把它毀壞，於是便拿來埋在這石頭下面。那時將師父當年煉來防魔的青霓劍埋在上面一層。因我劍術練成之後，為偷盜這些寶物，曾經犯戒殺人，本想將我殺死。是我苦苦哀求，又蒙定慧大師兄求情，才免我一死，追去我的寶劍，因我在洞中三十六年，面壁參修。埋寶時節，曾對我言過，倘若我遇機逃脫，或者再存貪念，去盜寶時，自有人用那青霓劍取我首級。師父平日說話，無有不驗。我雖捨不得又跑回來，要叫我親手去掘那石板，我實在無此膽量。」

那穿樹葉的女子聞言笑道：「我因你當年對我有許多好處，十餘年不見，後來才知你在此受罪，恰好寨主要求像你一般的人才，所以不遠千里，前來相救。多年不見，怎的就這麼膽小？你既害怕，你說出地方，待我替你去取如何？」

藍衣女子道：「就在這石屏後面一塊石板底下，你須要小心在意才好。」穿樹葉的女子說道：「不妨事。」說罷，便轉過石屏。

這時瑩姑得來的小劍，不住在手中震動，好似一個把握不住，便要脫手飛去似的。估量兩個女子決非常人，自己恐怕不是來人對手，便不敢造次。又不知藍衣女子所說的寶物是什麼東西，很後悔適才掘石板時，沒有往下搜尋。見那兩個女子由左往屏後轉時，自己便輕腳輕手，由右往屏前轉。瑩姑膽子甚大，也忘了處境危險，還想偷看所說的寶貝，開開眼界，便隱身在壁腳黑暗所在，看二人動靜。

只見那穿樹葉的女子，手中持了一桿鋼叉，叉尖上紅光閃閃。她用叉將石板掘開，在裡面撥了一陣，又掘起一塊小石板，從內中取出一個石匣，說道：「我說你師父故意恐嚇你不是？這不是你說的石匣嗎？寶劍哪有呢？」

穿藍衣的女子連忙接過石匣道：「想是寶劍已被師父取去。寶物既得，我們快走吧。」

那穿樹葉的女子說道：「久聞你從前在明宗室靖王府中得這九龍銅寶鏡同這夜光珠時，曾傷了三個峨嵋派劍客，殺死十幾條人命，乃是無價之寶。洞外光明，不如洞中黑暗，可顯此二寶神奇。何不取出，讓我開開眼界呢？」那藍衣女子好似受了人家恩惠，無法拒絕，很為難地把手中石匣打開。

瑩姑在暗處看得很清楚。只見那石匣有八寸見方，四寸厚。裡面裝著一面銅鏡，鏡背後盤著九條龍，麟角生動非常，晶光四照，寒光射目。另外還有一粒徑寸的大珠，方一出匣，登時合洞光明，照得清澈異常。

那穿樹葉的女子接過鏡、珠二寶，正不斷連聲誇讚好寶，果然價值連城。那穿藍衣的女子忽然大驚失色，道一聲：「噯呀！不好！」便直往穿樹葉女子身後躲去。

瑩姑以為藏在暗處，不會被人發現。誰想那夜光珠才一出匣，便好似點了千百支蠟燭一般，把洞中照得如在青天白日之下。穿樹葉的女子一心觀寶，倒不曾留意。藍衣女子本自心虛，深怕師父飛劍前來，老是留神東瞧西望。瑩姑本在她身後，她猛一回頭，瞧見一個紅衣少女，一手拿著一口寶劍，正是當初她師父埋寶同時埋下的那口青霓劍。原說如若叛道，自有人用這口劍來殺她，焉得不膽裂魂飛呢？

那穿樹葉女子也看見瑩姑站在面前，她久聞元元大師的厲害，也自心驚。見藍衣女子嚇得那樣，只得強打精神，先將兩樣寶物揣在身上，朝著瑩姑喝道：「你是何人？擅敢前來窺探我們舉動！你可知鬼母山玄陰寨赤髮寨主大弟子翹翹的厲害麼？」

瑩姑知道此時示弱，難免受害，索性詐她一詐，便答道：「何方妖女，竟敢到本山私放罪人，偷盜寶物！我奉師父之命，在此等候多時。速速將二寶放下，還可饒你不死。」

那穿樹葉女子還未及答言，瑩姑手中的青霓劍已在手中不住地蹦跳，手微一鬆，便已脫手飛去，一道青光過處，穿藍衣的女子「哎喲」一聲，屍倒洞口。蠻姑翹翹（即穿樹葉衣女子）登時大怒，抖手中叉，那叉便飛起空中，發出烈焰紅光，與那青霓劍鬥在一處。

瑩姑不會劍術，心知敵人厲害，暗暗焦急。正在無計可施，忽然洞外一聲斷喝道：「大膽妖孽，竟敢來山擾鬧！」言罷，元元大師已從洞外進來。翹翹知道大師厲害，收回叉，腳一蹬，一溜火光，竟自逃走。大師手一招，將劍收回。

瑩姑見大師到來，心中大喜，正要開言，大師擺手道：「一切事情，我已盡知。死的這人，是你不肖師姊王娟娟，也是她自作自受，才有今日。她今日如果投奔異教，又不知要害人多少。這是天意假手於你，將她正法。我門下規矩甚嚴，你應當以此為戒。這口青霓劍，乃是我當年煉魔之物，能發能收。既然被你發現，就賜與你吧。你異日如果犯了教規，你師姊便是你的榜樣。此間乃是香雪洞的後洞，早晚時有瘴氣，於初修道的人不宜。快將你師姊掘土掩埋，隨我回去吧。」

瑩姑無意中得了一口飛劍，又感激，又快活，埋了王娟娟之後，便隨大師回洞。大師又傳她運用飛劍之法。大師賜劍之後，日常總教訓不可任性逞能，多所殺戮，居心要正直光明，不可偏私。惟獨於她要報仇之事，總是不置可否。瑩姑見師父不加攔阻，以為默許，又有了這口飛劍，便打算求大師准她下山報仇。大師素日威嚴，對於門下弟子，不少假藉詞色。瑩姑雖然性急，總不敢冒昧請求，便打算相機再託人關說。

請續看《蜀山劍俠傳》二　暗藏機關

風雲武俠經典

蜀山劍俠傳【第一部】1 訪道入山

作者：還珠樓主
發行人：陳曉林
出版所：風雲時代出版股份有限公司
地址：10576台北市民生東路五段178號7樓之3
電話：(02) 2756-0949
傳真：(02) 2765-3799
執行主編：劉宇青
美術設計：吳宗潔
業務總監：張瑋鳳

出版日期：2025年6月
ISBN：978-626-7510-72-8
風雲書網：http://www.eastbooks.com.tw
官方部落格：http://eastbooks.pixnet.net/blog
Facebook：http://www.facebook.com/h7560949
E-mail：h7560949@ms15.hinet.net
劃撥帳號：12043291
戶名：風雲時代出版股份有限公司

風雲發行所：33373桃園市龜山區公西村2鄰復興街304巷96號
電話：(03) 318-1378
傳真：(03) 318-1378
法律顧問：永然法律事務所 李永然律師
北辰著作權事務所 蕭雄淋律師

行政院新聞局局版台業字第3595號 營利事業統一編號22759935

定價：340元

國家圖書館出版品預行編目資料

蜀山劍俠傳. 第一部 / 還珠樓主作. -- 臺北市：風雲時代出版股份有限公司, 2025.05
冊；公分

ISBN 978-626-7510-72-8 (第1冊：平裝). --

857.9 114002681